생각대로 방향대로

For. korea and world's all mania

작가소개

그
믐
달

누군가를 비추어 주는 존재는 아니지만, 한 줌 빛도 없는 사람이 되지 않기 위해 노력하는 이.

뜨겁지는 못하지만, 차가워지지 않고 싶어서 사랑으로 채워진 사람들에게 기울어지는 이.

프롤로그

나는 아직 생존한다.
그건 내가 장전된 상태로 숨을 죽이고 있다가 적절한
타이밍에 방아쇠를 당겼기 때문이다.
총성이 울리고 사람과 상황이 허무 속에 사라지면 그
제야 한숨이 쉬어진다.

(01) 면접

🜄 자연건축사사무소

서울의 면목동에 자리한 사무실, 네 명의 직원 중 마지막으로 출근한 최기훈은 모두를 둘러보며 활기차게 인사를 한다.

▷최과장 : 오늘은 절로 병이 든다는 월요일, 우린 건강합시다!
▷이대리 : 전 이미 병들었어요. 어떻게 주말에 한 일이 더 많아.
▷최과장 : 결혼이 그런거다. 회사 와서 쉬는 거야. 이왕 결심한 거 어서 날 잡고 해치워. 준비 길면 파투 난다? 그럼 외롭지! 내가....
▷이대리 : 저 진짜 대안 없겠죠? 하나랑은 너무 오래 봐와서 감흥이 없는데.. 한집 산다고 다를 게 뭐 있어요. 막상 날까지 잡으면 막.. 입영통지서 받은 거처럼 그럴 거 같아요. 군대는 제대 날짜라도 알고 가지.
▷최과장 : 빨리 애부터 낳으라니까? 내 새끼 보는 낙으로 사는 거지! 한 살이라도 젊어야 쉽게 만들어져.　　　나는 그게.. 제일 후회스럽다..
▷이대리 : 아! 지금도 고(아차, 싫어 뒷말을 삼킨다.) 네... 알겠습니다. 그렇게 될 거예요. 그렇게라도 돼야죠. 과장님보다 먼저 아빠 될게요.
▷최과장 : 그래그래. 결혼까지만 해. 그럼 한 배에는 탄 거 아냐. 저 박 소장님은 한사코 안 타신다니까 너뿐이라고!

박 소장이 두 사람을 보며 피식 웃었고, 최 과장은 대화가 오가는 동안 고개 한번 들지 않고 일만 하는 이은서 씨를 보며 잠시 망설였지만 '그래. 내가 해야지. 누가 하겠어.' 말을 건넨다.

▷최과장 : 은서 씨는 일찍 나왔어요? 뭔 일을 벌써 열심히 하고 계시대요?
▷이은서 : 일하는 거 좋아해요.
▷이대리 : 에이, 일 좋아하는 분이 신입으로 이런 델 오셨어요?
▷이은서 : 사람을 싫어해요.
▷이대리 : 사람을~ 그렇죠, 어디든 나랑 안 맞는 사람이 꼭 있어. 꼭 있죠. (우린 이은서 씨 덕분에 생겼고요.)
▷이은서 : 아뇨. 저, 사람은 다 싫어해요.
▷최과장 : 엥... 가족도 사람이고, 친구도 사람이고, 은서 씨도 사람인디요?
▷이은서 : 네. 그래서, 다 라고 할 수 있는 건데.

최 과장과 이 대리는 고개도 안 들고 무심히 대답하는 이은서 씨를 잠시 바라보다 서로에게 눈짓으로 (여기까지. 그만해.) 사인을 보내고, 최 과장이 자리에 앉아서 컴퓨터를 켜자마자 들어오는 메시지를 확인한다.
• 이대리 : 과장님, 왜 자꾸 말을 걸어요? 진짜.
• 최과장 : 그럼 저 분과는 아무 말도 안 하냐?
• 이대리 : 최대한 인사만. 대화는 안 이어질 정도만!
• 최과장 : 넌? 왜 여기서 일하냐고 마음의 소리를 해놓고는?
• 이대리 : 전.. 아! 여기서는 솔직했어서 툭 튀어 나오네요.
• 최과장 : 너 요즘.. 상당히 예민하다. 아냐?
• 이대리 : 식 올리면 어차피 비행기 타잖아요.

- 최과장 : 신혼여행이 왜?
- 이대리 : 당장 타고 싶어요. 신혼이 어땠어요? 여행이라도 되게 나 혼자 지금 뜨고 싶어요.
- 최과장 : 그러다가 너.. 반대편일 수도 있다?
- 이대리 : ??
- 최과장 : 보통은 연애 때 뜨겁다가 결혼하고 식는 거니까, 넌 그 반대면 어쩔(→지우고) 좋겠다.
- 이대리 : 형. 솔직히 연애나 신혼이 왜 좋아요? 결혼 왜 해요?
- 최과장 : 연애는 만날 여자가 생긴 게 좋고, 신혼은 한 집에 살게 돼서 좋고, 결혼은.... 같이 애 낳고 키우려고 하는 거지?
- 이대리 : 지금 저랑 어린이용 대화해요? 이럴 거면 다 듣게 말로 하지. (투덜대는 이모티콘)
- 최과장 : 이놈의 시키가! 이제 나한테도 짜증이네. 답정이면 왜 물어봐? 나 안 궁금할게.
- 이대리 : (무릎 꿇는 이모티콘) 잘못했어요.
- 최과장 : 그럼 동생, 어디 성인답게 말해 보시오.
- 이대리 : 여자만 같이 할 수 있는 거. 그거요.
- 최과장 : 그거? 뭐?
- 이대리 : ......몸으로 하는 대화요.
- 이대리 : 여자도 말로만 하는 대화는 남자랑 안 해도 될 거 아녜요.
- 최과장 : 그런데 그 대화가 왜?
- 이대리 : 시도를 해봤는데.. 아직은 아니다 싶어서..
- 최과장 : 뭐가 아직은이야?
- 이대리 : 결혼식 하고 하자고..
- 최과장 : 대박.. 그럼 혼전순결이야?
- 최과장 : 혹시, 하나 씨 집안 독실기독??

• 이대리 : 형. 생각 좀! 그런 거면 제가 결혼하는 걸 이렇게 힘들어하겠어요?

• 최과장 : 결혼하면 같이 교회 나가야 하는 분위기거나 그러면? 아, 힘들지..

• 최과장 : 근데.. 이 시키가 또 짜증!

• 이대리 : 그게 아니라 안 돼서 못 했어요.

• 최과장 : ?!

• 이대리 : 휴..... 그날 내가 얼마나 놀랐는지..   이거 진짜 어떻게 해요? 원래 남자의 욕구란 마음먹으면 언제든 누구든 가능한 거 아녔어요?

• 최과장 : 그건.. 짐승 새끼고.... 이 일을 어쩌냐? 검사는 받아봤어?

• 이대리 : 네.

• 최과장 : 의사가 머래?

• 이대리 : 머 병원까지.. 영상으로..

• 최과장 : 어??   어~ 어느 여자 선생님이 한방에 고쳐주시디?

• 이대리 : 형. 저 외동이라 혼자 하는 거 싫어해요. 그땐 긴급 진단 차원에서..

• 최과장 : 병원 가.

• 이대리 : 왜요? 정상이라니까.

• 최과장 : 약. 매직 포션 받아와.

• 이대리 : 이 나이에요? 저 그렇게까지 살아야 돼요?

• 최과장 : 이 판 뒤집는 거 못하면 니 속이 뒤집혀야지 어쩌냐.

• 최과장 : 문제가 머야 대체? 왜 네가 그 정도로 반응이 없어? 혹시 하나 씨가.. 얼굴이 진짜 아니야..?

• 이대리 : 이름부터 문제인 거 같아요.

• 최과장 : 갑자기 웬 이름?

- 이대리 : 지 이름처럼 나 하나밖에 모르니까. 보면 답답만 해요.
- 최과장 : 그래-_- 니 이름은? 야. 잘 어울린다.
- 이대리 : 네?
- 최과장 : 진짜 재수
- 이대리 : ....
- 최과장 : 진수야, 너 이런 얘기 누구한테 또 하냐?
- 이대리 : 누구한테 해요.. 제 주변은 다 하나네랑 엮여있는데, 제 대나무 숲은 형뿐이죠.
- 최과장 : 다행이네. 다른 숲은 만들지 마. 위험해진다.
- 이대리 : 왜요..
- 최과장 : 다른 숲에서 이런 소리 했다가 너 거기 매장될 거 같아서. 형이 걱정돼서 그러지.
- 이대리 : 진짜.. 이럴 땐... 사장님이 맨날 하는 그 소리, 그게 진리다.
- 이대리 : 겪어봐야 안다고요!! (불 뿜는 이모티콘)
- 최과장 : 어허, 하나뿐인 숲에 불붙을라. 저리 가!

박 소장은 컴퓨터를 켜고 일을 하면서 집중이 안 된다. 매듭짓지 못한 일은 머릿속을 뿌옇게 만들어서 싫다. 설계처럼 다른 일도 전체와 디테일을 한 번에 다 볼 수 있으면 좋겠다.
'그동안 겪어본 여직원들.. 잘 지냈지만 무언가 동료라는 입장보다 여자라는 입장을 더 와닿게 만드는 어떤 불편함이 있었지.'
그래서 이번 여직원 모집에서 박 소장은 이력서들 중 나이도 있고, 외모도 이력도 객관적으로 별로인 이은서 씨를 추천했다.
정 사장은 다른 지원자들 면접을 다 보고서야 한 번 더 얘기한 박 소장 때문에 마뜩지 못한 표정으로 바로 이은서 씨에게 전화를 걸어 자기가 지금 다른 일정이 있어서 혹시 한 시간 안에 면접이 가능하면 오라는 얘기를 했는데 이은서 씨는 채 10 분도 안 돼서 사장실 안으로 들어갔다.

'청바지에 후드티를 입은 학생이.. 왜 회사에..?'

게다 바로 사장실 문을 노크하길래 면접을 볼 사람이라고는 전혀 생각지도 못하고 사장님의 개인적인 손님인 줄 알았더랬다.

'근데 누구지?'

인사를 건네 볼까 하는데 이미 사장실 문이 닫혔었다. 그리고 10 분쯤 지나서 나온 그 학생은 곧장 나갔고 바로 다음날 금요일 아침에 다시 만났다.

♦ 목요일 오후

노크 소리에 대답하자 사장실 안에 들어온 처음 보는 여자를 보고 정 사장은 의아했다.

▷정사장 : 누구..?

▷이은서 : 이은서입니다. 좀 전에 면접 보러 오라고 연락 주셨던.

▷정사장 : 아, 아. 근데 어디, 여기 근처 있었어요? 어떻게 이렇게 빨리 왔어요?

▷이은서 : 5 분 거리에 살아요. 그래서 지원했고요.

▷정사장 : 그래서 지원을.. 밖에 직원들 보고 인사했어요? 그럼 나한테 인터폰 해줬을 텐데..

▷이은서 : 연락도 사장님께 직접 받았고, 다음 일정도 있으시니까, 사장실로 직행했는데요.

정호성 사장은 이은서 씨로 인한 당황스러움이 곧 이상하게도 동질감이라는 걸 알고 재밌어졌다.

▷정사장 : 이은서 씨. 성격이 급한가..?

▷이은서 : 간결한 걸 지향은 해요.

▷정사장 : 내가 궁금한 게 제법 생겼는데 물어봐도 되죠?

▷이은서 : 면접이 그런 거죠. 저도 질문해도 되죠?

▷정사장 : 그럼 간결하게 주고받을까요? 먼저 이력서상 사진으로는 알아보기 어려울 만큼 다른데.. 살을 많이 뺀 건가요?

▷이은서 : 사진은 여권에 있는 거 스캔 한 거라 폼에 맞춰서 늘리다 보니.. 그렇게 됐네요.

▷정사장 : 아. (웃음) 그럼 면접 차림은.. 내가 시간이 없다고 해서 급하게 나오느라?

▷이은서 : 아뇨. 제가 일회성인 차림을 싫어해서요.

▷정사장 : 싫어한다라.. 그런 차림이 성의 없다고 생각해서 아예 채용이 안될 수도 있을 텐데요?

▷이은서 : 네. 제 입장에서도 걸러내는 거죠. 서로 싫어하는 거니까 퉁이잖아요.

▷정사장 : 퉁. (웃음) 합격이라고 연락 줘도 안 나오는 지원자들 같은 거네. 그럼.. 난 걸러지기 싫으니까, 이은서 씨만 가능하면 내일부터라도 출근해 볼래요?

▷이은서 : 아. 저 바로 써보시게요?

▷정사장 : (웃음) 앞에서는 잘 안 하는 표현들 잘 쓰네요?

▷이은서 : 보통.. 누구로 채용했어. 보다 쟤 한번 써보려고. 그러지 않나요?

▷정사장 : 나도 바로 알아들었으니 그렇네요. 이젠 이은서 씨가 질문, 하세요.

▷이은서 : 여기, 일 많은가요?

▷정사장 : 어떤 의미로 궁금한 건지..

▷이은서 : 혹시 할 일이 별로 없는 건 아닌지, 지루한 거 싫어

14

해서요.

▷정사장 : 이은서 씨.. 워커홀릭이네. 맞죠?

잠시 후 밖으로 나가려는 정 사장에게 박 소장이 묻는다.

▷박소장 : 사장님, 방금 다녀간 그 학생은 누굽니까? 그리고 벌써 나가시면 면접은 어떻게

▷정사장 : 박 소장, 나 많이 웃었다. 그 학생이랑 면접 보면서.

▷박소장 : 네? 이은서 씨였어요?

▷정사장 : 내일부터 출근할 거야. 박 소장의 안목이 특이한 걸 난 이번 일로 처음 알았는데, 박 소장이 여자 보는 눈? 그건 아니겠구나. 어떤 감? 그런 걸 느끼나 봐.

▷박소장 : 전.. 평범할 거 같아서 추천했는데요. 대체 어떤 점이..?

▷정사장 : 겪어봐야 알지. 알려준다고 아나?

정 사장이 외출하고 박 소장은 여러 가지 생각이 많아진다.

'이은서 씨는 들어올 때도 사장실로 쌩. 나올 때도 출입문으로 쌩.. 사람을 의식도 안 하고.. 영 이상한 성격 같은데? 막상 출근 안 하는 거 아닐까? 사장님은.. 지루한 걸 싫어한다. 그런데 이은서 씨랑 면접 보면서 웃는다..?'

그동안 최 과장과 이 대리가 여직원이 있었으면 좋겠다고 아쉬워할 때마다 사장님은 "잡일하는 거 넘긴다고 여직원 뽑지? 그럼 다른 걸로 더 귀찮아진다."라며 보류했다.

하지만 은행과 관공서, 거래처를 다녀오는 간단한 외근 업무로 시간을 많이 뺏기는 일이 빈번하게 되면서 "하는 수 없네. 경리 사원 함 써보자." 그렇게 마지못해 시작한 면접만 한 달이 넘게

이어지고 있었다. 최 과장과 이 대리는 이건 100% 나가리 각이라며 마음 접자는 얘기가 오가는 상태였다.

'서류상 가능성이 제일 없었던 이은서 씨가 바로 채용이 된 것도 의외인데, 사장님의 평소 같지 않은 모습까지. 이상하게 불안하다.. 왠지 변수가 많을 거 같아서. 난 안정적인 게 좋은데.. 여직원이라서 있는 듯 없는 듯할 그런 사람을 찾아 추천한 건데..'

다시 보는 이은서 씨의 이력서
'고졸.. 첫 직장이 식품 제조공장 3년 근무. 그 후 4년의 공백. 공무원 시험 준비 한 건가, 주민센터는 2년 반 근무. 그리고 다시 7년 정도가 공백?
기혼도 아닌데 의아한 이력.. 사장님이 면접 볼 생각도 안 한 건 당연한데.. 나는 왜 지원자 중 한 명이 동료가 돼야 한다면 이은서 씨이길 바랐을까?
가장 가능성이 없어서? 직장을 구하기 어려웠던 거 같아서? 결국 알지도 못하는 사람을 내 추측만으로 연민한? 그런 거였나..'

(02) 출근

◆ 금요일 오전

박 소장은 출근 중 전화를 받는다. 정 사장이 거래처에 들렀다가 점심때 들어간다며 이은서 씨 나오면 최 과장, 이 대리에게 소개해 주고 자리 안내해 주라는 얘기를 한다.
박 소장이 회사에 도착하고 최 과장과 이 대리도 나오고, 시간을 보니 9시 10분 전. 밖을 가끔 보다가 9시 3분 전. 그때 이은서 씨가 창밖으로 보인다.
'어제 그 모습 그대로네.. 그래서 알아보긴 쉽네.'

은서가 들어와서 자기를 바라보는 세 남자를 보고 고개를 숙이고 인사를 한다.
▷이은서 : 이은서입니다.
▷박소장 : 네. 저는 박민영 소장입니다. 그리고 최기훈 과장, 옆자리는 이진수 대리, 직원이 단출하죠?
▷이은서 : 저까지 넷.. 많네요.
▷최과장 : 아, 은서 씨도 외동인가 보네요.
▷이은서 : 아뇨.
▷최과장 : 그럼 형제가 어떻게 되세요?
▷이은서 : 오빠 한 개.. 있습니다.
▷이대리 : 한 개?

▷최과장 : 남매 시구나. 부모님은요?
▷이은서 : 살아는 계세요.
▷최과장 : 아니.. 같이 사시는지, 어디 계시는지.. 전 그런 의미로 여쭤본 건데..
▷이은서 : 어딘가 사시겠죠.

은서의 대답에 세 사람은 당황스럽다.
최과장은 '내가 말 잘못 한 건가? 뭘 잘못.. 아, 대화부터 이어가야지.' 빠르게 생각을 정리한다.
▷최과장 : 저.. 은서 씨, 나이가.. 나이 물어봐도 되죠..?
▷이은서 : 곧 마흔이요.
▷이대리 : 네? 정확히..?
▷이은서 : 서른여섯이요.
▷이대리 : 그런데 곧 마흔이라고.. 왜 나이를 많아 보이게 얘기하세요?
▷최과장 : 어.. 나랑 동갑인데.. 토끼띠..?
▷이은서 : 나이 드는 게 좋아서요.   87년생 맞아요.
▷이대리 : 에이, 나이 드는 거 좋아하는 여자가 어딨어요? 진짜면 전 처음 봐요. 왜요? 왜 좋지?
▷이은서 : 살수록 살 날이 줄어드는 건 유일하게 확실한 거니까. 좋은데.

일반적이지 않은 은서의 대답에 점점 어색한 분위기다.
▷박소장 : 아, 저희 나이도 알려드리면 제가 마흔이고요. 이 대리가 서른셋, 최 과장은 동갑이고 기혼자예요.
▷이대리 : 저도 (한숨) 곧..   갑니다.....
▷이은서 : 아.. 네. 저는 한번 갔다 왔고, 다신 안 가고 싶어요.

이 대리와 최 과장이 황당하고 난감한 표정으로 서로를 바라보고
박 소장이 얼른 상황을 정리하려 말을 한다.
"저, 계속 서 계신데 이은서 씨 자리 안내해 드릴게요. 이쪽으로
오세요."

은서는 자리에 앉자마자 컴퓨터를 켜고 업무 관련 자료들을 찾아
보고, 파일들도 살펴보면서 집중하느라 활기를 띄는 모습이다.
세 남자는 메신저로 대화가 오간다.
• 이대리 : 이은서 씨.. 이상하죠? 이 불길한 기운.. 나만 그렇게
느끼는 거 아니죠?
• 박소장 : 그냥 좀.. 특이한 거겠지. 그렇게까지..   요즘은 5 차
원, 저세상 텐션? 뭐 그런 표현들 한다며
• 이대리 : 그런건 건너 건너 듣기만 한 거죠. 눈앞에서 마주하
니 쎄한 느낌이..   저는 이미 버거워요.
• 최과장 : 이은서 씨는.. 반전 캐릭터! 그겁니다. 묘하잖아요. 우
리가 아직 잘 몰라서 당황한 거뿐이야. 적응하면 괜찮아.
• 이대리 : 아니, 사장님은 한 달 내 면접만 보시더니 어제 이은
서 씨는 보자마자 오늘 바로 출근까지? 뭐에 꽂히신 건지 혹시
들으신 거 없어요?
• 박소장 : 사장님은.. 나보고 나도 모르는 안목이 있다시던데..
이제 이런 말 하는 게 무슨 의미야. 일하자.

점심시간이 되고 박 소장이 정 사장의 전화를 받는다.
▷박소장 : 오늘 점심은 우리끼리 먹어야겠네. 사장님이 거래처
에서 식사하고 오신다고, 그래서 이은서 씨 입사 축하는 저녁에
하자고 하시는데.
▷이대리 : 금요일이겠다. 자~연스럽게 회식 되겠는데요?

▷이은서 : 회식.. 의무 참여인가요?

▷박소장 : 아.. 저희 회식은 간단히 하는 편이에요. 사장님은 보통 식사만 하고 일어나시고, 저희만 2차 가고 그랬어요. 이은서 씨도 식사만 해도 돼요.

▷이은서 : 그럼, 점심은요? 전 혼밥이 편한데 세 분도 하던 대로가 편하시죠?

소란한 식당에서 세 남자가 식사하는데 도무지 어제 같은 분위기일 수가 없다.

▷최과장 : 여직원 생기면 같이 식사하는 거.. 불편할 수도 있겠다. 생각은 했잖아요. 그런데 자기가 되려 혼밥 해야 한다고. 결과만 보면 다행이고, 아이고 감사합니다. 해야 하는데 역시.. 쎄한 반전녀!

▷이대리 : 제가 숫자 바뀌는 시작 딱 90년생이잖아요. 근데 전 외동에 아부지랑만 살아서 그런지 사람이면 다 좋아해서 감성만은 진짜 7,8 이거든요. 그래서 이은서 씨. 너무 개인적? 이기적? 아닌가.. 그런 생각 들어요.

▷박소장 : ....피해준 건 없잖아?

▷최과장 : 진수야, 그러니까 싸가지가 없는 거 같은 거지? 근데 소장님 말씀처럼 피해를 주는 건 아니야.. 심지어 표정은 명랑해서.. 시각적으로만 보면 귀여운 여동생 느낌인데.... 흘러 나오는 사운드가 영 싸늘하지. 위험해. 접근하지 마.

▷이대리 : 왜 접근을 해요? 그리고 제가 더 위험한 거 아녜요? 무덤일지도 모를 입구 코앞에 서 있는데.

▷최과장 : 맞아. 너 아까 그 말에 왜 하나 씨는 없어? 사람이면 다 좋아한다며?

▷이대리 : 그건, 시작은 거부감이 없다는 얘기죠. 다들 처음 보는 사람은 일단 좋게 보고, 잘 맞춰가며 지내보잖아요. 그러다 아니다 싶을 때 마침표를 찍는 거고. 하나는..   보통 남자가 먼저 헤어지자는 말 웬만해서는 직접 못하잖아요. 그래서 행동으로 돌려 하고 있다 보면 여자가 이럴 거면 헤어져. 그러는데.. 그럼 그때, 미안하다. 내가 너한테 부족한 사람이라. 나보다 좋은 남자 만나길 바랄게. 이렇게 이별. 모양도 안 빠지고, 얼마나 좋아?   하나는 눈치가 없는 건지, 없는 척을 하는 건지.. 그냥 마냥 기다려요. 내가 바쁘다, 피곤하다. 하면 집 앞에 음식만 갖다 놓고 가고, 내 걱정만 하고 있고.. 후.... 숨이 막혀요. 다른 길은 생각할 수도, 갈 수도 없도록 사방이 꽉 막힌 느낌.

▷최과장 : 이 시키가 또 배부른 소리. 하나 씨 첫사랑이 너라며? 게다 일편단심까지. 자기 친구랑 연애하다 군대 간 놈. 그 여자는 다른 남자 만나고 다니면서 너 면회 갈 땐 하나 씨를 데려가고, 제대하고 다시 둘이 만나는 걸 지켜만 보고, 그러다 결국은 헤어졌는데 넌 바로 다른 여자들 소개받느라 바빴다며? 그걸 다 알면서 말없이 친구 자리에서 좋아하는 마음 그대로 지키는 여자가 요즘 세상에 어..떻게 있냐... 너 아니었으면 진짜 못 믿었다 난.

▷이대리 : 그게 무섭다고요. 아세요? 애인이 군대 가자마자 고무신 거꾸로 신는 여자보다 더 무서운 여자는 제대할 때까지 기다리는 여자인 거. 이거 제 의견 아니고 리서치해서 나온 결과래요. 통계적으로 그렇다는데 전 정상인 거죠.   그리고, 걔가 절 좋아하는 건 걔 마음이죠. 지도 마음이 마음대로 안 되니까 계속 날 좋아하는 거고, 나도 내 마음이 마음대로 안 되니까 자꾸 이러는 거고...

▷최과장 : 소장님, 이 새끼가 나쁜 남자인 거 동의하시죠? 하나

씨는 하필이면 나쁜 남잘 좋아해서 사서 고생인 착하디 착한 순정녀.

▷이대리 : 아니, 나쁘다의 기준이 대체 뭐예요? 제가 헤어지고 싶어 하는 걸 알든 모르든, 안 해주는 거. 그게 나쁜 거죠. 착한 건 상대한테 잘 하는 게 아니라 상대가 원하는 게 뭔지 알아서 그렇게 해주는 거 아녜요?

▷최과장 : 넌. 고마움을 모르는 종자다. 그리고 너야말로 더 나쁜 놈 되긴 싫어서 먼저 헤어지자고는 못 한 거 아냐.

▷이대리 : 전.. 살려고 못 한 겁니다. 살려고...

박 소장은 대화를 들을수록 어쩐지 이은서 씨가 생각이 나서 읊조린다.

"쉽네. 쉬운 거였네.."

최 과장과 이 대리가 박 소장의 말에 멈칫할 때 홀가분한 표정으로 박 소장이 말한다.

"진수 네 말대로.. 이은서 씨, 잘해주려고 하지 말고 원하는 대로 해주면 우리 다 착한 거잖아."

(03) 커피

♦ 금요일 오후

정 사장이 4시경 들어오고 박 소장이 사장실로 따라 들어간다.
정 사장은 외투를 벗고 슬리퍼로 갈아 신고 편한 자세로 박 소
장 맞은편에 마주 앉는다.
"난, 여자가 말이 많아도 지루하고 말이 없어도 지루하다. 적당
한 대화를 나누면서 잘 지내잖아? 그러다 보면 결국 그 공통점들
이 뻔한 걸 알게 되니 지루하고.   그럼 모르는 여자, 처음
보는 여자면 좋냐? 그랬으면 내 가슴에 지금도 바람이 부는 중이
었겠지."

박 소장의 표정이 (무슨 의미지..) 라는 걸 듣기라도 한 듯 정 사
장은 잠시 멈춘다.
▷정사장 : 바람둥이였을 거라고. 아무튼 어떨지가 안 봐도 비디
오인 여자들은 지루한 걸로 결론낸 지 오래야. 이번에 면접도 볼
수록 역시나, 어떻게든 우리끼리 안될까? 그 생각만 커지는데 박
소장 얘기 듣길 잘했지. 고마워. 두 번 말하는 거 박 소장에게
흔치 않은 일인데.
▷박소장 : 사장님, 내 여자 뽑는 것도 아니고 여직원 뽑으시는
건데 개인적인 취향을 그렇게까지 반영하십니까?
▷정사장 : 내 여자는 20년 전에 결정됐고, 건재하실 거다. 결혼

23

후 직장 생활할 때는 이런저런 이유로 여직원들과 와이프의 얼굴이 교차로 오버랩 되는데.. 하루의 1/3 만큼은 아예, 여자가 없는 곳에서 지내고 싶다는 간절함이 결국 이 회사 차리게 한 거 아닐까도 싶어.

▷박소장 : 저희도.. 오늘 점심에 남자들끼리만 식사했습니다.

▷정사장 : 응? 은서 씨는?

▷박소장 : 혼밥이요. 앞으로도 그렇게 한다고..

오전에 있었던 일들을 들으면서 정 사장의 웃음을 참는 저 표정을 보며 박 소장은 추측과 불안이 커져간다.

▷정사장 : 빠르네. 간결한 거 지향하는 거 확실하네.   부모님은 어딘가 살아는 계신다. 사이 안 좋다는 정도가 아니네? 그리고 돌싱이라..   보자. 여기 4 년 공백. 이때는 많이 어린데, 아님 최근 7 년이 결혼 기간이었나? 뭔 사연인지 궁금하네.

심란해 보이는 박 소장의 표정을 보고 정 사장이 속으로 '장난 좀 쳐볼까?' 생각하며 진중한 태도를 한다.

▷정사장 : 뭐 묻고 싶은 건지 다 들린다. 말해. 돌리지 말고.

▷박소장 : 사장님, 혹시라도..   선 넘는.. 그런 거 아니시죠?

▷정사장 : 역시네. 선 넘어가면.. 은서 씨가 어떻게 나올까? 많이 궁금한데?

▷박소장 : 그럼 정말, 호감이 있다는 의미십니까?

▷정사장 : 있어. 호감.

박 소장의 심각한 표정을 보니 정 사장은 재밌다.

▷정사장 : 표정으로는 내 여자한테 신고라도 하겠다?

▷박소장 : (한숨) 제가 어떻게 그렇게 합니까.. 사모님이 아신다고 뭐가 나아지는 것도 아니고, 마음 갈무리하실 거죠?   티 내실

건 아니죠?

▷정사장 : 호감은 좋아하는 감정인데? 그게 어떻게 티가 안 나나?

▷박소장 : 사장님. 이건 정말 아니

▷정사장 : 으이구, 온갖 추측하며 머릿속이 바글바글한 놈. 남일에 답은 정해 놓지 말아야지. 이건 내가 정하는 거니까. 내 답은 여자로서 아니야. 여자로서의 호감, 아니라고.

▷박소장 : 사장님이 남자고, 상대가 여자인데 이성적인 호감은 아니라는걸.. 어떻게 믿습니까..

▷정사장 : 믿지 마. 난 괜찮아. 네 문제지 그건.   여자인데, 그냥 친구인 경우는 박 소장에게는 없었겠네? 없지?

▷박소장 : .....있긴 한데요. 걔들은 어렸을 적 동네에서부터 다 알고 지낸

▷정사장 : 있어? 너도 내로남불이 있네. 넌 자신 있고 남은 못 미덥다. 이거냐? 너야말로 여기서 그 선을 넘어갈 최적의 조건인 건 아냐?

▷박소장 : 전 비혼 할 겁니다. 그리고 사장님과 반대로 이은서 씨 성격 저흰 많이 불편합니다.

▷정사장 : 민영아, 난 너 진짜 좋아하거든. 내 동생 놈이랑 저울에 올려봐도 어느 순간 별 차이가 없더라. 그런데.. 두 가지는 늘 아쉽다. 일단 장담하는 거, 말로 선언을 해서 그거 지키겠다고 거기에 널 가두는 거. 세상 제일 어리석은 짓이야. 남들은 너한테 비혼이라는 그 말 몇 번을 듣든 별생각 하지 않아. 누구도 그 말 지키나, 지켜보지 않는다고. 네가 너 들으라고 하는 소리야. 스스로한테 그렇게 살자고 자꾸 얘기하는 거라고.

정 사장은 박 소장이 알아듣기를 바라기도 하고, 모른 체 할 거

라는 예상을 하기도 하며 기다렸다.

▷박소장 : .....다른 건요?

▷정사장 : 안 알려준다. 하나 알려줘도 모르는 놈한테 뭐 하러.

▷박소장 : 사장님은.. 쉬워서 좋으시겠습니다.

▷정사장 : 뭐가?

▷박소장 : 뭐든 쉽게 아시고, 결정도 쉽고.. 부러워요.

▷정사장 : 좋아는 하냐? 넌 나 좋아하냐고? 부럽다 와 좋다는 같이 안 다니는 경우가 많다. 난 너 좋아하는데 안 부러우니까.

▷박소장 : 좋아도 합니다.

▷정사장 : 그치? 짝사랑 느낌이면 내가 진작 접었지. 고백 고맙다. 좀 하고 살아라.   쉽게 아는 나 말고 모르는 사람한테.

씁쓸하게 웃는 박 소장을 보며 정 사장은 '날 한번 잡아야겠구만.' 툭 던진다.

▷정사장 : 저녁 먹자.

▷박소장 : 네. 오늘 이은서 씨 입사 기념 식사하는 거 다들 알고 있습니다. 그런데 어디로 가야 할까요? 당사자에게 물어봐야 하나.. 사장님이 정하실 건지..

▷정사장 : 그 생각은 또 얼마나 했어? 네가 정할 거 아닌 건 생각 좀 안 하면 안 되냐?

▷박소장 : 잠깐 했어요. 점심에 이은서 씨가 뭐 먹었는지 모르고, 사장님도 밖에서 뭐 드셨는지 고려

▷정사장 : 너.. 여기 소장이야. 진짜 일은 다 네가 하잖아. 난 물러 다니고 짖고 그런 거 하는데 사장인 거고, 넌 그 힘든 일만으로도 머릿속이 꽉 안 차냐? 뇌 용량이 얼마인 거야 대체.

▷박소장 : 설계는.. 저한테 쉬는 거 같아서 힘들지 않아요. 이만 나가보겠습니다.

박 소장이 나가고 정 사장은 생각한다.

'일이 힘든 게 나은 거야, 사람이 힘든 게 나은 거야? 둘 다 쉽고 둘 다 힘든 사람도 있겠지. 민영이도 나도 반대로 반반이니까 평타겠네.'

박 소장이 자리에 앉자 메신저가 깜빡인다.

- 최과장 : 뭡니까.. 1 시간은 됐어요.
- 박소장 : 안됐어. 34 분
- 이대리 : 시계남. 쟀네 쟀어. 궁금하니까 시간이 안가나? 저도 진짜 1 시간도 넘은거 같았어요.
- 박소장 : 일 얘기였어.
- 최과장 : 이 시점에, 이 타이밍에 그런 대화였다고요?
- 박소장 : 그래.
- 이대리 : 소장님이랑 사장님 둘은 뭔가 있죠?
- 박소장 : 뭐가?
- 이대리 : 두 분이 시작한 회사니까, 당연한데. 저 센티해서 서운해요.
- 최과장 : 저거 저거, 회사에서는 예민 좀 버려라. 아니 넣어 뒀다 퇴근하면 끄내 써.
- 박소장 : 두 사람, 알아야 하는 얘기면 안 물어봐도 해. 그러니까 첫날이라서 그렇긴 하겠지만 업무 분위기 잘 잡자. 나도 오늘은 일한 거 같지가 않다.
- 이대리 : 사실.. 제가 위치상 관찰이 좀 됐는데.. 이은서 씨 괜찮을 것도 같아요. 먼저는 하는 말이 없던데요. 여기저기 다 열어보고 하길래 뭐 필요한가, 뭐 찾나, 언제 물어보려나 했는데 혼자서 파악하나 봐요. 일 찾아서 하는 스타일?
- 최과장 : 일 만드는 스타일이면?

• 이대리 : 전 무조건 관전석 입니다. 출동은 요기*훈과 배달의 민* 두 분이 하셔야죠.
• 최과장 : 너.. 우리 이름 이용한다?
• 이대리 : 두 분의 경지는 알아서 하고 자동이잖아요. 전 아직 수동이라 출동해 봤자 늦는데 자리보전이 낫죠!

오후 5시가 되기 전 정 사장이 나와서 묻는다.
"지금 꼭 할 일 있는 사람 있어요?"
서로 쳐다만 보는 모양새고 은서는 뭔가 부산하다.
"그럼 커피숍 가서 인사 겸 얘기 좀 나누고 6시 칼 퇴근합시다. 내가 오늘은 집에서 저녁 먹어야 돼서.
(아쉬워하는 이 대리의 표정보고 웃으며) 평소처럼 나 가고, 식사든 2차든 편한 대로 자유롭게 해."

🌢 커피숍

남자 네 명은 익숙하게 바로 주문한다. 은서는 메뉴를 유심히 들여다보고 있다.
▷정사장 : 은서 씨는 혹시, 커피 안 마셔요?
▷이은서 : 마셔본 적이 없어서요.
▷이대리 : 커피 맛을 몰라요?
▷이은서 : 알아야 해요?
또 말하려는 이 대리를 최 과장이 툭 치며 눈짓한다. (니가 더 문제야.)
▷정사장 : 편하게 고르고 와요. 우린 저기 앉으면 되겠다.
은서는 캐모마일차를 주문하고 박 소장이 놓고 간 카드로 결제하고, 네 사람이 앉은 자리로 가서 한자리를 띄고 끝에 앉는다.

은서가 자리에 앉자 박 소장은 카드와 진동벨을 챙기며 일어나 카운터로 가서 얼마 지나지 않아 준비된 음료를 받아 가지고 돌아온다.

▷최과장 : 전 처음 보긴 해요. 커피를 마셔본 적 없는 경우는 요즘 없.. 희귀하지 않나..

▷이대리 : 커피만 안 사 먹어도 부~자 된다고 하죠.

▷최과장 : 왜.. 어렸을 때 맛보고 이걸 왜 먹지 했던 것도 크면서 살다 보면 먹게 되잖아요. 여자들은 커피숍에 모이는 일 자주 있던데 어떻게 안 먹어봤어요?

▷이은서 : 안 궁금했어요.

▷최과장 : 그럼 혹시.. 술도?

▷이은서 : 술은.. 좋든 나쁘든 안 하고 싶어요.

▷이대리 : 적당하면 좋은데? 왜요?

▷이은서 : 뭐든, 술김에 인 게 싫어서요.

▷박소장 : ....편하겠네요.

▷정사장 : 정답, 그리고 동감!

은서에게 (사람이야?) 라는 표정인 이 대리와 최 과장은 박 소장과 정 사장의 얘기가 뭔 소린지 못 알아듣고 있다.

▷정사장 : 우리 중 담배 끊은 사람? 나뿐이지? 아예 모르는 박소장 제외, 기훈이랑 진수 나중에 봐라. 나를 제일 욕한다.

순간 뜨끔한 둘의 표정을 보고 정 사장이 피식 웃는다.

▷정사장 : 내 욕은 해도 돼. 사장 욕 안 하는 직원이 어디 있.. 을 수도 있으니까, 역시 희귀한 거로? 담배 끊을 때 자기 자신을 제일 욕한다고. 미친놈, 철없는 놈! 그때 이걸 왜 손을 대서는.. 끊으면? 또 욕해. 담배 생각 간절할 때마다.. 나약해 빠진 놈.

▷이대리 : 끊을 생각을 안 하면 되잖아요. 전, 금연 금주, 와....

그런 걸 왜.. 할 생각조차 안 해요. 돈 버는 낙인데?

▷정사장 : 둘 다 와이프 때문에 끊지는 않겠고~

▷최과장 : 전 임신하자마자 금연 약속했습니다.

▷이대리 : 어차피 나가서 밖에서 피우는데 괜찮지 않아요?

▷정사장 : 자식 낳아봐. 딸 없는 나도 그 쪼끄만 게 아빠 싫어. 냄새나. 그러는데.. 마음의 저울이 확. 그리고 언제든 마음만 먹으면 끊지 왜 못해? 자신했었고..

▷최과장 : 성공하셨잖습니까. 존경합니다!

▷정사장 : 네가 아직 안 해봐서 존경 소리 나오는 거야. 10년 훌쩍 넘어가는데도 내가 아까 말한 그 욕 아직도 나한테 하고 있다 안 하디? 해봐라. 그땐 공감합니다. 그렇게 바뀔 거다.

▷이대리 : 전 모를래요. 아는 게 힘이다. 그거랑 모르는 게 약이다. 둘 중 하나는 내 맘대로 고르라는 거 아녜요? 전 병 들어서 약 먹어야 돼요.

▷정사장 : 얘. 결혼 앞두고 상태 마~이 안 좋지?

▷최과장 : 투정이죠. 진수 사연이야말로 모르는 게 약입니다.

▷정사장 : 내가 누구 걱정할 성격은 아니잖아. 희망 좀 얹어주려고 하지. 진수처럼 장가드는 놈이 얘 하나겠냐? 나도 여럿 봐왔지. 근데.. 막상 이혼은 안 하더라. 희한하지? 저거 얼마나 살까, 저렇게 내키지 않는데 왜 결혼까지 하나. 미련한 건지, 비겁한 건지. 그런 생각 들지 안 그래? 그런데 쉽게 얻은 건 쉽게 잃는다는 머 그 말이 반대로 적용되나.. 어렵게 결혼해서 그런지 오히려 잘 안 헤어지더라고?

▷최과장 : 야.. 저도 그 비슷한 얘기 했습니다만, 역시 사장님은 디테일이 다르시네요.

▷이대리 : 네. 확실히 와닿는 게.. 희망스럽네요...

▷이은서 : 운명이던데..

30

작게 중얼거리는 은서의 말을 들은 맞은편 자리의 정 사장과 박 소장. 박 소장은 무슨 의미인지 생각을 해보고 정 사장은 기회 다. 싶어서 말을 건넨다.

"은서 씨는.. 돌싱이라고 들은 거 같은데? 맞아요?"

박 소장이 움찔하며 민망해진다.

'아.. 사장님, 우리끼리 한 얘기를.. 내가 전한 거 다 알겠다..'

질문을 받은 은서는 조금의 주저함도 없이 오히려 여유가 느껴지는 대답을 한다.

▷이은서 : 네. 원래 이력서에 적을까 하다 면접 보는 곳에서 물어보면 말하면 되지 싶어서 안 적었어요.

▷이대리 : 그런 걸 이력서에 어떻게 적어요?

▷이은서 : 미혼, 기혼 두 가지로만 체크할 수 있는 게.. 전 어디 표시하기가 좀 어정쩡해서.. 어차피 이력에 긴 공백 기간은 보통 궁금해들 할 텐데, 적어 넣으면 서로 편하겠다. 싶어서요.

▷정사장 : (박 소장을 발로 툭 치며) 어차피 이건 면접 본 내가 제일 먼저 알 수 있는 거였네. 그럼 추가 질문도 허용?

▷이은서 : 2년 안 돼서 사별했어요.

(04) 회식

♦ 금요일 저녁

오늘은 셋 다 조용한 곳으로 마음이 맞아 일식집에서 자리를 잡고 식사와 술을 곁들인다.

메인 음식이 나오자 사진을 찍은 기훈이 아내에게 전송하는 모습을 옆에서 본 진수.

▷이진수 : 기훈이 형. 자진해서 하는 거예요? 요구해서 하는 거예요?

▷최기훈 : 넌, 회사에서 누가 시킨 일만 하냐? 이것도 하면 좋겠다 싶은 일도 하냐?

▷이진수 : 그렇게 갖다 붙이면..

▷최기훈 : 내가 어떻게 답해도 까려고 준비 중인 놈이, 허탈하지?

▷이진수 : 네.   모순인데요..

기훈이 '모순인 건 아나 보네.' 라는 말을 하려는데 진수의 표정이 다르다.

▷이진수 : 제가 외동에 중학생 때 엄마 돌아가시고.. 아부지랑 둘이. 친척들이 자주 오가거나 들여다보길 하나. 아부지도 당신 먹고살기 빠듯하니 누가 온다고 해도 부담이셨을 거야. 이제 와서 보니 아부지 40대 그 젊은 나이에 재혼도 안 하고, 아들 하나 대학 보내고 장가보내고 하시겠다고 일만 하며 사신 게.. 내

가 아부지를 남자로 이해하게 되니 진짜 너무 가슴이 아픈 거예요. 어떻게 저렇게 사실 수가 있지? 이해가 안 돼.   그동안은 내내 부모니까 당연하지. 왜 난 엄마가 없나. 그 불평만 했던 놈이.. 엄마가 없는 집에 가면 불편하니 집에 들어가기가 싫었어요. 그래서 친구들이랑 담배 피우고 술 먹고 아부지 몰래 시작해서 대학교 들어가며 서울 와 혼자 사니까 눈치 볼 것도 없이 신나게 했어요. 그러다 군대 다녀오고는.. 졸업해서 직장 잡는 것만 무사히 잘하자. 이젠 빚 갚아야지. 그 생각이 들어서, 그래서 월급 받으면 꼬박꼬박 아부지한테 보냈어요. 그 돈으로 뭘 하실까는 생각하지도 않았어요. 기껏 30만 원. 일 좀 덜 하라고 아님 술 잡술 땐 안주라도 좋은 거 드시라고요.   하나 부모님이 음식점을 해요. 대학 때부터 친구들끼리 자주 갔죠. 우리 동기에서 하나는 계속 관계가 유지될 수밖에 없는 애였어요. 너무 평범해서요. 나서는 일도 없고 말수 적고 남 얘기 잘 들어주고 그런 성격이라. 내가 조금이라도 뭘 느끼거나 알았으면 대처했을 건데.. 눈치를 챘을 때는 이미 발을 뺄 수가 없는 거예요. 그 근처면 밥 먹으러 갔고 부모님은 아들처럼 대해주지. 하나도 외동이라 그러시구나. 우린 다 그렇게 생각했으니까.   제가 대학 들어가자마자 사귀었던 아영이랑은 서른에는 결혼하겠지 했는데 3년쯤 앞두고, 갑자기 헤어지재요. 그것도 이유가.. 이제 더 못 버틴다고, 결혼할 남자를 만나야 한대. 하.. 너무 어이가 없어서 진짜. 내가 보나 마나 자기 집에서는 불합격이라는 거지. 그런데 우리 집에서는 웬일로 명절에 온 고모가 넌지시 물어보는 거예요. 진수 너 결혼할 색시 있다며? 아부지 생각해서 너무 늦게 하지 말라고. 그러니 나도 결혼할 여자 찾는다고 부지런히 소개받고 만나보고 그러는 중에.. 안 거죠.   하나 걔가.. 대학 다닐 때 다 같이 놀러 가며 우리 집이 남양주라 가평 가는 길에 잠깐 들렸었거든요. 나도 모처럼 아부지 봐도 친구들이 있으니까 어색하지 않겠다 싶어서. 근데 그때 주소를 알아 두고 음식을 계속 보냈나 봐요. 그건, 이미.. 친구로서 할 선이 아니잖아요? 그리고 하나 부모님도 진수는 아부지 혼자 사신다니 딱하시다. 그냥 그런 마음만으로 할 수 있는 거겠어요 그게? 딸이 좋아하는 남자니까 뭐라도 해주고 싶어서 하신 거지.   난 정말 궁금한 게 내가 아영이랑 헤어지지 않고 결혼했어? 그럼 하나랑 부모님은 무슨 상황인 거예요? 그냥 인연이 아니었다. 최선은 다했다. 좋은 일 하긴 했다? 그런 심정일 수가 있나?   저는 그래요. 팩트만 놓고 보자면 내가 엄청 행운아야. 어떻게 날 이렇게 사랑하는 여자가 있어? 그런데 전.. 제가 못 하는 걸 하는 사람이 무서워요. 아부지는 하나가 아영인 줄 아시는 거지. 남자들끼리 결혼할 여자 있다고만 말하지. 이름 말하고 그러진 않잖아요. 이것도 보면 엄마가 없어서 그래. 친구 놈들은.. 어떻게 나만 모르게. 내가 알면 그때 어떤 그림 나올까? 그 카드 뒤집어지길 기다리고만 있냐. 그렇게 어영부영 사귀는 모양으로 여기까지 왔는데 막상 결혼은 도저히 못 하겠다고 하면요?   전 이 나라 떠야 하는 거예요. 남자 놈들은 부러워하며 추켜세우지. 여자애들은 하나에게 잘하나 못하나 도끼눈 뜨고 본다고요. 제 세계에서는 제 마음대로 하고 사는 줄 알았는데, 관람 당하다가 이제는 감시 당하는 기분이.. 후....

▷최기훈 : 공감한다고는 못 하겠다. 내 세계랑은 영 달라서.

▷이진수 : 충분해요. 제 감정 그대로를 말하고 표현할 수 있는 공간이, 들어주는 사람이 있다는 거. 우리 셋 공통점이 뭔지 아세요?

▷최기훈 : 엮을 걸 엮어라. 남자인 거?

▷이진수 : 남자 형제 없는 거요.

▷박민영 : 그래서..

▷이진수 : 그래서 우리 셋, 삼 형제 같지 않아요?

▷최기훈 : 둘째가 제일 힘든 거 알지? 알아주라.

▷박민영 : 그래서?

진수와 기훈이 주춤거릴 때 민영이 담담히 말을 잇는다.

▷박민영 : 뭔데? 시작에 모순이라며?

▷이진수 : 아.... 그거요. 형, 저 순간 쫄았잖아요.

▷최기훈 : 큰 형이라 어렵지? 난 만만하고?

▷이진수 : 진짜 전 두 형님이 제일 편한가 봐요. 제가 눈치가 좀 빨라서. 말을 하다가도 분위기 보며 조절 잘 하는데 방금 저, 제 인생 30 년 치 그걸 쭉 말한 거죠? 와. 신기하다.

▷최기훈 : 신기는? 허무 안 하냐? 30 년 말하는데 30 분도 안 걸리는 게?

▷박민영 : 그렇더라. 앞으로 10 년 후, 내가 50? 멀게만 느껴지고 긴 시간 같은데. 나 이미 40 년이나 살았는데.. 오래 살았나? 생각해 보면 찰나였어. 이것도 모순이지..

▷이진수 : 그렇네요.. 제 모순은요.. 혼자인 게 외롭고 무서워서 난 결혼하면 무조건 둘 이상은 낳아 자식은 혼자 안되게 해야지 했는데.. 그럴 수 있는 조건이 다 갖춰지고 때도 되니까 막상 겁나는 거요. 내 삶에 내가 없어지는 거 같고.. 누구집 사위, 하나의 남편, 나중엔 애들 아빠로.. 그렇게 사는 거 잘 할까? 잘 될까? 자신이 없어지고 무서운 거요.

▷박민영 : 바꿔봐.

▷이진수 : 전 못 바꿔요..   형은 어떻게 비혼을 결심했어요? 부모님이 그걸 이해해 주셨어요? 형이 장남에 여동생만 둘이라면서요?

▷박민영 : 난... 아니다. 오늘은 진수데이로 가자.

▷이진수 : 버스데이 보다 뭉클하네요.

▷박민영 : 바꿀 수 있어. 네가 무섭다고 표현하는 부분들마다 대단하다로 바꿔봐. 날 그렇게 사랑하는 하나는 대단하다. 이제 결혼을 하고 아빠가 될 내가 대단하다. 무서운데 할 거잖아? 그러니까 대단하지.

▷이진수 : 대단하다.... 제가요? 남들 다 하는 평범한 일을 쩔쩔매며 징징거리는데 그런 표현이 가당키나 해요?

▷최기훈 : 진수 너, 전공 분야 버리고 서른 넘어 여기로 왔잖아. 쩔쩔맬 거 알면서도 시작하는 거 남들 다 하는 일 아니야. 대단한 거 맞아 인마.

▷박민영 : 게다가 효자손이지. 지 손으로 아부지 집 지어주고 싶다고 뒤늦게 설계 배우며 현장도 나가고, 지금까지 한 일처럼.. 미래는 자신 같은 거 없어도 저절로 그 길 따라 흘러갈 거야.

세 사람의 시간도 편안하게 흘러가며 서로의 잔에 위로와 용기를 따라준다.

(05) 동생

● 월요일 오후

출입문이 열리고 정 사장의 동생인 정희성이 들어온다.

▷정희성 : 월요일에는 안 오려고 했는데 미안!
▷최과장 : 아닙니다. 어서 오십쇼.
셋은 일어나 인사를 한다.
▷박소장 : 사장님은 외근 중이신데요.
▷정희성 : 알지. 그러니까 왔지.
말을 하며 사장실로 들어간 정희성은 서류들이 있던 책장이 비어 있어서 의아하다.
희성은 어제 골프 치는 자리에서 우연히 형이 진행하다가 중간에 엎어져서 아직까지 흐지부지한 상태인 설계 건을 하나 알게 됐다.
'요거 성사시키면 형도 좋고 나도 좋고. 슬쩍 갖고 가서 훑어보려고 들른 건데, 어딨대?'

사장실 밖으로 나와서 박 소장에게 물어본다.
▷정희성 : 박 소장! 그동안 수임 받은 그 서류들 다 어디 갔어?
▷박소장 : 아, 저희 여직원이 정리한다고 옮겼어요. 저기.. 로
박 소장이 말을 다 마치기 전 희성이 곧바로 반응하며 움직였다.
▷정희성 : 여직원?? 이 인간이.. 여자 직원을 뽑았다고?

난처한 세 사람과 아무 반응도 없는 은서.
박 소장이 가리킨 자리로 간 희성은 태연히 인사를 건넨다.
▷정희성 : 안녕하세요?
▷이은서 : 별로..
▷정희성 : 인사는 얼굴 보고 하는 거 아닌가? 벽 보고 인사해요?
▷이은서 : 벽에 있어요. 찾으시는 거.
▷정희성 : (뒤돌아보고) 알겠고, 인사 좀 합시다. 앞으로 안 볼 사이도 아닌데?
은서는 의자에 앉은 채로 회전한다. 일어서지도 않고 말똥하게 쳐다만 보는 모습에 어이가 없어지는 정희성과 불안하게 지켜보는 세 사람.
▷정희성 : 안녕하세요? 저 누군지 안 궁금해요?
▷이은서 : 서로 그랬으면 좋겠는데.
▷정희성 : 뭘 서로 그래요?
▷이은서 : 전 안 궁금하니까 그쪽 분도 그랬으면 좋겠다고요.

그 말을 하고 다시 책상으로 회전한 은서는 하던 일을 바로 이어서 한다.
조마조마한 세 사람과 황당하고 기가 막혀서 자신의 얼굴색도 변한 것만 같이 느껴지는 희성은 얼마 전 여기서 형과 큰소리 내며 싸웠던 일을 생각하며 돌아선다. 표정 관리를 하면서 서류를 천천히 보고 있다.
숨소리도 들릴 거처럼 조용해진 사무실.
희성은 필요했던 서류를 찾고 빼자마자 곧장 밖으로 나간다.

세 사람의 메신저에 역시 이 대리가 첫 메시지를 적는다.

- 이대리 : 대박.... 저 진짜 심장소리가 귓가에서 들렸어요.
- 최과장 : 그 말 확실하다.
- 이대리 : 뭔 말이요?
- 최과장 : 오전에 이은서 씨가 한 말. 사람은 다 싫다잖냐.
- 이대리 : 그건 말이고 그걸 보여줄 줄은..;;
- 최과장 : 우리도 사실.. 사장님 동생 싫잖아.
- 이대리 : 처음부터 싫어했어요? 이유가 있잖아요.
- 최과장 : 부럽다.
- 이대리 : 누가? 뭐가요?
- 최과장 : 난 내가 싫어도 상대가 날 싫어해도 더 신경 쓰이던데. 티 날까 봐. 결국.. 미움받긴 싫어서.
- 이대리 : 그럼 이은서 씨 덕분에 저 동생님에게 우리가 더 미움 받을 수 있게 되는 거. 그건 신경 안 쓰이고요?
- 최과장 : 소장님, 우리한테도 영향.. 있을까요?
- 박소장 : 당사자는 아무렇지 않은데.. 우린 새우인가 보다. 내 등만 걱정되니..

🌢 아크릴 공장 사장실

정 사장은 오전에 한 곳에서 일이 잘 안됐다. 그래서 혼자 점심을 먹고 다시 다른 거래처에 들렀다.
▷정사장 : 서 사장님, 점심 한 번 같이 하기가 어려우시죠?
▷서사장 : 요새 바쁘니까. 대충 먹는데 어떻게 정 사장이랑 먹어.
▷정사장 : 바쁘시니까 그게 든든하죠. 사실 사업하면 밥 먹어 든든한가요.
▷서사장 : 자넨 요즘 어떤데?
▷정사장 : 부지런히 물러는 다닙니다.

▷서사장 : 근데?

▷정사장 : 제가 사업하던 놈이 아니라, 성격만 믿고 시작해서 모자란 게 많잖습니까.

▷서사장 : 사업에 하던 놈, 안 하던 놈이 어딨어. 먹고살고 내가 할 만하면 됐지.

▷정사장 : 할 만하다 싶다가도.. 잘 못 물어서 일거리 못 이으면 먹고사는 게 걱정돼서 발발거리고 다니네요.

▷서사장 : 우리 다 그렇지 머. 그래도 내 주변에 정 사장 아는 사람은 결국 좋게들 봐. 자네한테 확 물리는 거 같아서 발 뺀 사람 몇 있었어도, 자넨 행동으로 그 생각이 달라지게 만들어.

▷정사장 : 결국, 말이 앞서 나가는 성급한 놈 이란 거 압니다.

▷서사장 : 나도 그런 점이 좋아.   자네, 인정 빠른 거!

▷정사장 : 아이고, 인정이라도 해야지. 그나마 다음 기회에 라도 얻죠. 아니면 꽝. 아닙니까?

▷서사장 : 재밌는 사람이야. 일도 재밌게 해. 여유 좀 갖고.

거래처에서 나온 정 사장은 생각한다.

'하.. 일이 재미있으려면? 여유가 있으려면? 총알이 있어야지. 한 달 한 달 들어가는 돈이 얼만데.   후...'

시간을 보고 박 소장에게 전화한다.

▷정사장 : 월요일인데 사무실 못 들어가 미안하다.

▷박소장 : 아니에요.

▷정사장 : 저녁 먹자.

▷박소장 : 네. 전달하겠습니다.

▷정사장 : 둘이.

전화를 끊으며 박 소장은 마음이 무거워졌지만.. 밝게 얘기한다.

"사장님이 오늘 바빠서 못 들어오신다고, 시간 되면 알아서 퇴근하라고 하시네요."

● 주점에서 만나 식사와 술을 곁들이는 두 사람

▷박소장 : 사장님. 왜 갑자기 둘이서.. 혹시 안 좋은 일 있으십니까?
▷정사장 : 회사냐?
▷박소장 : 네?
▷정사장 : 시간과 장소 따라, 계급장은 좀 떼자. 그렇다고 네가 하극상할 놈도 못 되는데, 내가 편하고 싶어 그런다.
▷박민영 : 네..
▷정호성 : 오늘 저녁 갑자기 아냐. 내가 먹자고는 했잖아.
▷박민영 : 언제..
▷정호성 : 네가 저녁 메뉴 열심히 고민하던 날. 지난주라 잊었어?

민영은 이은서 씨가 첫 출근한 금요일. 사장실에서의 대화를 기억한다. 그리고 오늘 오후, 정희성과 이은서 씨의 첫 만남도.. 그러다 문득 그런 생각이 든다.
▷박민영 : 닮았네요.
▷정호성 : 어쭈? 궁금하게 하는 거 내 건데?
▷박민영 : 사.. 형.. 이은서 씨랑 왠지.. 닮았어요.
▷정호성 : 어라.. 생각보다 너무 빨리 나왔네? 그 말 언제쯤 듣긴 하려나 했는데!
▷박민영 : (한숨 그리고 웃음) 처음부터 안거예요? 어떻게 그렇게 빨리 알아요?
민영의 안도하는 모습을 보며 호성도 마음이 한결 편안해졌다.

▷정호성 : 글쎄.. 우리 아버지가 항상 딸을 아쉬워해서 그랬나. 나나 동생이 만약 여자로 태어났으면 어땠을까? 가끔 생각해 봤었거든. 은서 씨 봤을 때 뭔가 시각화된 느낌을 받아서. 그래서 금방 안거 같아.

▷박민영 : 저는.. 잘 모르겠어요. 사람.. 더구나 여자는.. 너무 어려워요.

▷정호성 : 알고는 싶고?

▷박민영 : 알면 뭐하나 싶죠..

▷정호성 : 너 여동생도 둘이라며? 근데 여자를 모르겠디? 난 형제인데도 아는데? 뭔 차인지는 알아?

▷박민영 : 경험..

▷정호성 : 영 바보는 아니라서 동생 한다 진짜. 아는데 노력은? 결혼을, 왜 안 한다고 정한 건데?

▷박민영 : 동생들이요.. 그리고 어머니도.. 어릴 땐 제가 성격이 이렇다 보니..

▷정호성 : 이렇다? 정확히.

▷박민영 : (한숨) 튀는 거 싫고.. 문제 만드는 거 싫고, 싸우는 거 싫고..

▷정호성 : 그래서 좋아하는 건? 다 그 반대야? 튀지 않고, 문제 안 만들고, 안 싸우면? 아쉬운 게 없디?

▷박민영 : ....

▷정호성 : 뭔 재미야, 이놈아. 안 심심해? 너 하고 싶은 거 하는 건 뭐 있냐? 시간 뭐 하며 보내?

▷박민영 : 주로.. 영화 봐요.

▷정호성 : 할 거 없어서 보냐? 좋아해서 보냐?

▷박민영 : 둘 다예요. 모든 영화가 좋지는 않지만 보다 보면 정말 마음에 드는 영화가 있어요.. 그럼 그 여운이 오래가서.. 한동

안은 다른 영화 못 보고요.

▷정호성 : 그런데.. 왜? 그런 여자는 안 찾아봐?

▷박민영 : 지금까지 못 찾았잖아요. (호성의 눈을 마주보다가) 아니.. 찾을까 봐 겁났어요.

▷정호성 : 사랑하는 여잘 만나는 게 왜 겁이 나?

▷박민영 : 저도.. 힘드니까요.

호성은 더 이상 묻지 않아도 될 걸 알고 가만히 기다린다.

▷박민영 : 어렸을 때는 제 성격대로 엄마나 여동생 둘 사이에서 잘? 무사히.. 지냈어요. 해달라는 거 해주고 기분 안 좋으면 조심하고, 내가 잘못했다고 화내면 모르겠어도 사과하고.. 고등학생 되고 대학 생각하면서 만약 경상도 내 대학을 가면? 그리고 직장도 이 근처면? 그 생각 하니까 평생 여길 못 벗어나겠다 싶더라고요.. 이 우물 밖으로 축하받으며 나갈 수 있는 명분은.. 서울권 대학에 합격하는 거 뿐인 거예요. 저 아시다시피 머리 좋은 놈은 아니잖아요. 학교 다닐 때 부모님에게 드린 기대도 없었고. 그저 엄마는 아빠처럼은 되지 말라고, 동생들한테는 엄마처럼은 살지 말라고. 그 소리 들은 기억이 제일 많아요. 공부는 겨우 4년제나 갈 수준이니 초조했어요. 서울에 있는 대학에 가겠다고 하면 왜 돈 들어가게 집에서 다닐 수 있는 곳 가지. 이 얘기 나올 건 뻔하고.. 농사짓는 부모님 형편도.. 빤하고요..   그래도 서울에 가자는 원동력으로 공부를 하니까 성적이 많이 올랐는데, 수능 점수가 아슬한 거예요. 이때 인생 거짓말한 게 경대에는 원서 안 넣고, 고대에만 원서를 넣고 입이 마르게 기다렸어요. 고대가 안 되면 둘 다 떨어졌다고 재수하려고요. 건축과를 고른 게 운명인 건지.. 추가 합격자 명단에서야 제 이름을 발견했는데..   정말 그 때 느낀 성취감과 해방감은 날개가 생긴 거 같은 자유였거든요.

43

▷정호성 : 그래 그 시골에서, 내노라하는 대학 가니까 대우가 달라지디?

▷박민영 : 다들 기대가 없었던 만큼.. 엄마도 넌 어떻게 착한 거 말고는 자랑할 게 하나 없냐. 늘 그러셨으니까.   제가 대학 합격하고서 그렇게 좋아하시는 모습은 처음 봤어요. 친척들 모이고, 동네분들 만나면 우리 아들 아들, 듣는 분들이 안 지겨우셨나 몰라.

▷정호성 : 너랑 어머님 둘 다 싫어하는 사람 아니면 안 지겹지. 너 싫어하는 사람도 있냐? 그리고 지겨워했으면 또 어때!   너처럼 남 걱정을 먼저 하면 정작 날 위해서는 뭘 못 하는 거야. 니 걱정만 좀 해라.

▷박민영 : 제 걱정도 하는데..

▷정호성 : 민영아, 연기랑 사기가 별 거냐? 남만 속이면 사기고, 나도 속이면 연기지. 네 연기에 속고 사는 건 아냐?

▷박민영 : 그래서 비혼

▷정호성 : 그놈에 비혼 소리. 너 자꾸 무한 루프 탈래? 이유, 마저 얘기해 봐.

▷박민영 : 대학 졸업하고 대기업도 들어가니 부모님에게는 세상 잘난 아들이 되어있고, 그러니 우리 며느리도 그에 걸맞은 여자일 거라고. 마치 그래야만 한다고 들리는 그 순간.. 알았어요. 난 우물을 벗어난 게 아니라... 높이만 쌓아 올렸다는걸요.

▷정호성 : 그래서 대기업에서 나온 거고?

▷박민영 : 제 성향이랑 안 맞기도 했어요.

▷정호성 : 너 우물에 가서는 비혼 소리. 하지도 못 하지?

▷박민영 : 못 하죠.. 부모님이랑 동생들은 서울 여자 탓하다가선 자리마다 자꾸 흐지부지하게 만드니까.. 제가 서울 물먹더니 눈만 높아졌다고 욕해요. 그래서 지금이 제일 편해요. 제탓인 게.

▷정호성 : 진짜 사랑하는 여자 만나면?

▷박민영 : (한숨) 안 만났잖아요. 전 이대로가 편해요.

▷정호성 : 둘이 행복한 거보다 혼자 편한 게 낫다?

▷박민영 : 둘이 행복한 거.. 얼마 안 가니까요. 결혼하자는 얘기 안 하면 어차피 끝나는데, 상대에게 주고 뺏기만 했어요. 상처 주고 시간은 뺏고..

▷정호성 : 넌 네 여자를 너무 사랑할 거다. 그래서 문제네. 진수만 봐도 알잖아. 지 아부지 생각해서 결혼하는 거. 넌 네 여자가 행여나 고생할까 네 부모 속 태우면서 자신도 속이며 사는 놈이고. 이래서 모두에게 다 좋기란 불가능인 거지.

▷박민영 : 행여.. 그건.. 가능성이잖아요. 확실하면요? 확실한 건 피하는 게 최선이잖아요.   저도 힘든데.. 더구나 내가 사랑하고 날 사랑한다는 이유로 내 가족이란 착고를 그 발에 채우자고 어떻게 그래요? 그 사람에게는 더 무거울 텐데..

▷정호성 : 부모님 모시고 살 거냐? 왜 그렇게까지 생각해?

▷박민영 : 처음에 서울 왔을 때는요.. 명절에 제사에 생신에 휴가에 내려가는 게 당연하지 했어요. 1년 내 같이 살다 이제 몇 번이나 본다고요. 그런데 갈수록 연휴가 제일 자유롭지 못한 시간이 되는 거예요. 언제 오나? 그 전화를 받으면 제 삶이 저당 잡힌 기분이에요. 저희 집은 갈 수도 있고 못 갈 수도 있는 그런 분위기가 아니에요. 근처에서 사는 동생들과 사촌들은 자주 보니까, 할 말이 더 많은 가봐요. 그러다 몇 개의 방송을 동시에 틀어 놓은 거처럼 남 얘기를 경쟁하듯 쏟아내는데.. 다들 신나 보이는 그 모습에.. 저는.. 신물이 나려고 해요.   저 일들이.. 자기 집에서 자기 자식에게 일어났어도 저렇게 얘기할 수 있을까? 가족들이 타인처럼 낯설어요. 전.. 아들, 오빠야, 삼촌. 이라고 불릴 때 왔다고 출석 체크되려고 가는 거 같아요.   나도

내 이름을 잊고.. 20 년 전으로 돌아가야 하는 그런 곳을.. 누구랑 가요..

호성은.. 결혼을 안 하는 두 동생의 다른 입장을 생각하면서 씁쓸한 웃음이 난다. 그래서 오늘 마시는 술은 달지가 않고 쓰다.

♦ 은서의 집

퇴근 후 허름한 원룸 건물로 들어간 은서는 계단을 내려간다. 잠시 후 불이 켜진 반 틈의 창문.
"설아. 언니 왔어."
아무도 없는 방 안, 현관 옆에 붙은 사진을 보고 인사하는 은서.
"사랑한다. 보고 싶어.."
그 말을 하니 목이 메는 은서는 곧장 욕실로 씻으러 들어가 눈물과 함께 세수를 한다.

작은방에는 누울 자리와 낮은 서랍장 그리고 책상 겸 식탁으로 사용하는 탁자 하나뿐이다.
세탁실이 있는 베란다 한편에는 짧은 행거를 다 채우지 못하는 옷 몇 벌이 걸려있다.
은서는 헐렁한 회색 츄리닝으로 갈아입으며 욕실에서 나와 오늘 입었던 옷을 세탁하고, 냉장고를 연다. 안에는 요거트와 방울토마토, 견과류가 전부다.
방울토마토를 씻으면서 싱크대에 서서 먹고는 물을 마시고, 곧장 양치를 하고 나와 핸드폰을 본다.
6 시 58 분. 무음으로 변경하고 방에 불을 끄고 벽에 기대앉아 이불로 무릎을 감싸고 가만히 창밖을 응시하고 있다.

세탁기의 알림음 소리가 나자 일어나서 베란다로 간다. 불을 켜지 않아도 익숙하게 옷을 건조대에 널고 다시 그 자리로 돌아온다. 그렇게 10시에 핸드폰의 알림음이 작게 울릴 때까지 그 자세 그대로 있던 은서는 주방으로 나가 서랍을 열었다가 물을 마신다. 그리고 커튼을 닫고 돌아와 자리에 누워 작은 흰색 담요가 올려진 베개 위에서 눈을 감는다.

(06) 자연

◆ 화요일 새벽

6 시가 되기 전 사무실에 불이 켜진다.

모자를 쓴 차림의 은서가 나와서 자기 자리의 집기들의 위치를 새롭게 잡고, 문구류를 정돈하며 서랍의 안팎을 깨끗이 닦는다.

탕비실을 치우고 시계를 보니 7 시 12 분. 망설이다가 다른 자리도 조심스럽게 닦아내고 청소한다.

7 시 반이 되자 집으로 돌아와 씻고 서둘러 출근을 한다. 다행히 가장 일찍 나와서 안도하며 자리에 앉는다.

컴퓨터를 켜고 무료 회계 프로그램에 접속해서 로그인을 하고 새로운 장부를 추가해서 자연건축이라고 이름을 지정한다. 그리고 그동안 세무사에서 신고한 재무제표와 통장 내역을 비교하면서 계정별로 금액을 입력해 나간다.

8 시 30 분이 되기 전 박 소장이 출근하며 인사를 한다.

▷박소장 : 일찍 나오셨네요.

▷이은서 : 가까우니까요.

▷박소장 : 아녜요. 부지런하신 거예요. 학교 다닐 때 지각하는 놈, 친구들은 거의 가까이 살았어요.

대답이 없는 은서. 박 소장은 머쓱하게 자리에 앉으며 어제와는 사무실의 느낌이 다르다는 생각이 들었다.

그리고 잠시 후 탕비실에 가서 텀블러에 물을 담으며 확신한다.
▷박소장 : 혹시 은서 씨가..
▷이은서 : 허락 필요한 일은 아닌 거 같아서요.
▷박소장 : 네.. 고마워요.   남자들끼리만 지내다 보니 더럽죠?
▷이은서 : 부탁받아 한 일 아닌데 그런 말도 안 받고 싶어요.
말뿐 아닌 건 아는데 전 안 들어도 되니까 생략 가능하시죠? 그
리고.. 더러워서 한 거 아니에요.
▷박소장 : 네...

박 소장은 일대일로 듣는 은서의 목소리가 더 서늘하다는 걸 느
낀다. 얼마 지나지 않아 이 대리와 최 과장이 사무실로 들어오고
박 소장이 두 사람에게 말한다.
"오늘 오전에는 바로 회의 좀 하자. 사장님께 보고할 거 있어서.
할 거 하고 사장실로 와."
먼저 사장실로 들어간 박 소장은 흰 종이를 꺼내 놓고 글을 적
는다.
「사무실 청소. 은서 씨가 (잠시 멈추고, 이를 앞에 적어 넣는다.)
이은서 씨가 한 건데 아는 티 내지 마. 그냥 그러려니 해.」

최 과장과 이 대리가 사장실 안으로 들어와 의자에 앉으며 탁자
에 놓인 종이를 가리키는 박 소장을 본다.
읽고 끄덕, 서로 끄덕. 그리고 진짜 회의가 시작된다.
▷박소장 : 지금 새 일이 아직 확정이 안 된 상태인 건 알지?
사장님이 추진하던 건 몇 개가 동시에 다 돼도 걱정이다. 했는데
지연되니까.. 더 걱정이다.
▷이대리 : 그 몇 개 다 가능성 높다고 여직원까지 뽑은 거잖아
요.

▷최과장 : 사장님께 별도로 들은 얘기는 없으시죠? 저 들어오고 일이 잠시라도 끊긴 건 처음이라. 예전에는 어떠셨어요?
▷박소장 : 최 과장, 나랑 겨우 1년 차다. 불안해하지 말자. 기운이 흐름이 되는 거 알지. 사장님은 이제 안팎으로 다섯 씩이야. 우리 셋은 좋은 기운 드리자. 일 잘하는 거보다 그게 더 필요할 때가 많더라.
▷이대리 : 전 공부 할 게 많아서.. 이런 시간도 잘 활용할 수 있으니 걱정 마세요. 좋은 기운도 충전 잘 해놓겠습니다.
▷박소장 : 좋아. 끝. 아니, 시작!

세 사람이 웃으면서 사장실에서 나온다. 그때 마침 들어오는 정 사장이 그 모습을 보고 말한다.
"사장실에서 나오니까 보기 좋다."
세 사람은 같이 인사를 하고 고개를 들며 저마다 얘기한다.
▷최과장 : 회의했습니다.
▷이대리 : 사장님 보고 싶었어요.
▷박소장 : 보고드릴 일이 있어서요.

세 사람이 서로를 쳐다보자 정 사장이 호탕하게 웃는다.
"이대리 당첨. 앵콜!"
이 대리가 배시시 웃으면서 가까이 다가가 정 사장의 어깨를 잡고 귓가에 말한다.
▷이대리 : 사장님~ 포고 싶었어용.
▷정사장 : 진수씨~ 곧, 결혼한다면서요? 흑.

이 대리와 정 사장의 장난에 최 과장과 박 소장이 웃는다. 네 사람이 다 같이 웃는다.

은서는 자리에서 조용히 미소 짓는다.

사장실로 들어가려다가 은서를 부르는 정 사장.

"이은서 씨는.. 오늘 사장실에 안 들어왔죠? 좋은 기운 받아 가요."

이름을 불렀을 때 일어서며 정 사장을 바라보고 있던 은서가 자리에서 움직이자 정 사장은 먼저 들어간다. 은서는 사장실로 바로 향하지 않고 탕비실로 가서 찻잔에 둥굴레차를 우려내어 쟁반에 담아 가지고 들어간다. 그 모습을 두 명은 의아하게 바라보는데 박 소장은 일어나 사장실 문을 열어준다.

은서는 테이블에 쟁반을 내려놓고 앉으며 자기 찻잔만 가지고 간다.

▷이은서 : 제가 마시고 싶어서요. 사장님은.. 혹시 몰라서요.

▷정사장 : 고마워할까 봐? 억지로 먹을까 봐? 둘 다겠지.

은서는 미소 띤 얼굴로 차를 마신다. 정 사장도 자기 앞으로 찻잔을 옮겨가고 편안히 마신다.

▷정사장 : 내가 설령 안 마셨어도, 은서 씨는 아무렇지 않았겠지?

▷이은서 : 확인차 물어보시는 이유, 말씀하세요.

▷정사장 : 비슷해서 신기한 게 이런 거구나 싶어서. 나도 그러니 타고난 것도 있을 거고, 후천적인 것도 있겠지? 힘들지는.. 않았나?

▷이은서 : 늘.. 누군가를 힘들게 했죠.

▷정사장 : 음.. 은서 씨는 일은 좋아한다고 했으니까. 그 일이 지금 당장은 많지 않아서 좀 그렇네.. 그래서 (짓궂은 표정으로) 우리 회사에서는 누군가를 힘들게 하는 거, 그것도 일이라고 생각했으면 좋겠는데?

▷이은서 : 저절로 그러한걸.. 자연이라고 부른대요.

51

▷정사장 : 자. 연.. 내가 회사 이름 잘 지었네.

♦ 점심시간

은서는 늘 가는 식당에서 식사를 마치고 이미 사무실로 들어와
있다. 아직 20분 정도 남은 시간. 핸드폰의 스케줄 메모를 확인
하고 잠시 후 전화를 하고 끊는다.

설렁탕 전문점에서 네 사람이 주문을 하고 앉아 있다.
▷이대리 : 가을이 지나가는 건 몸이 먼저 아나 봐요. 꼭 뜨끈한
국물이 땡기잖아요?
▷최과장 : 진짜 좋아하지 않고서야 계절 음식이란 게 확실히 영
향이 있긴 해요. 여름에 냉면을 너무 맛있게 먹으면서 이건 겨울
에도 먹고 싶겠다. 생각한 적이 있는데 막상 겨울에 그 냉면집
앞을 지나가면 그때 했던 생각은 기억이 나는데.. 들어가고 싶은
마음이 전혀 없어서 실행은 못해요. 그야말로 변심.
▷정사장 : 우리 회사 이름이 뭐냐?
▷이대리 : 아... 대답하기 싫어요. 이런 뜬금포 질문엔 사장님의
계략이 숨어 있어서 현타 온다구요. 그럼, 밥 안 들어가요.
▷정사장 : 너도 혼밥해 임마. 아깐 넷이라 너무 좋다더니?
▷이대리 : 사장님~ 보고 싶었어요.
▷정사장 : 에라이! 이별주를 멕여서 얼른 보내 버려야지. 얘 날
짜 대체 언제 잡는다디?
▷최과장 : 이번 주말에 상견례 한다고 안 그랬나?
▷이대리 : 커트!   회사 이름? 저요저요. 자연 건축사 사무소
입니다. 딩동댕!!
▷정사장 : 자연. 영어로 모르는 사람 없고, 한글로는?
▷최과장 : 자연이 한글로 자연.. 이 아니겠네요..

▷박소장 : 스스로 그러하다.

▷이대리 : 전 또, 드라이아이스만 쫙~ 깔아드리고, 주인공은 민영이 형이 하는 거. 기분 좋아요. 형인데 멋짐! (엄지 척)

▷정사장 : 자연스럽다. 저절로 그러한 거. 바꿀 수 있어? 자연은 받아들여야지. 같은 하늘인데 햇빛만 보다 비 오고, 눈 오는 거 처음 볼 땐 어땠겠어? 이상하다, 하거나 신기하다. 했겠지. 그리고 이젠 다 아니까 좋다. 싫다. 하는 거지. 지금 잠시 흐린 거, 걱정하지 말자. 만약 개이지 않고 비가 쏟아져도 다 같은 우산 아래서 기다리자.

어느새 진지한 표정이 된 세 사람에게 고마워 가볍게 장난을 친다.

"내가 분명! 니들 우산 되겠다고는 안 했다?"

정 사장이 익살스럽게 말하며 웃자 세 사람도 따라서 웃었고, 곧 김이 모락모락 나는 설렁탕 그릇이 놓이고 함께 식사를 시작한다.

(07) 수다

식사를 마친 네 사람이 커피숍으로 들어갈 때 정 사장에게 전화가 오자 손짓으로 먼저 들어가라고 하며 전화를 받는다.
"네.   그래요. 우리도 커피숍 왔는데 오늘 분위기가 영.. 수다가 길어질 것 같네요."
따라 들어간 정 사장이 카운터에 바로 "테이크아웃 아니에요. 마시고 갈게요." 라고 말하고 턱짓으로 가자고 한다.

정 사장이 앞장서 가고 세 사람은 시간을 본다. 구석 자리로 가는가 싶더니 2층으로 올라가는 정 사장을 따라 힐끔거리며 계단을 올라간다.
▷정사장 : 오늘은 모처럼 가성비 좋겠네. 앉아~
▷박소장 : 사장님, 시간이..
▷정사장 : 그럼, 지금부터 박 소장이 사장하자. 갈까?
정 사장이 일어나는데 엉거주춤 앉는 세 사람.
잠시 후 이 대리가 커피를 가지고 올라온다.
▷정사장 : 나갈 때까지 시간 보지 마. 여기서 일한다.
▷이대리 : (울상 지으며) 사장님.. 우리 진짜 일, 그렇게 없는 거예요?
▷정사장 : 아유, 요 가식적인 놈. 너 1년 전에 눈 돌아가게 일할 땐 뭔 소리 했어? 일 좀 없었으면 좋겠다 했지? 야. 증인 둘. 못 들었으면 변호해.

▷이대리 : 아녜요!　　　자수합니다. 제 주둥아리가 문젠데 양심
까지 문제 있으면 못 쓰죠 그건.

다 같이 웃다가 창가에 앉은 최 과장이 잠시 밖을 봤는데 마침
전철역을 향해 걸어가는 은서를 발견한다.
"어, 사장님. 이은서씬데요?"
세 사람이 창밖을 보니 은서가 역 안으로 들어가는 모습이다.
"알아. 전화 받았어."
박 소장은 '그래서..' 라고 생각하고 둘은 궁금한 것만 많다.
▷이대리 : 사장님, 이은서 씨 어디 간대요?
▷정사장 : 궁금한 사람이 직접 물어봐.
▷최과장 : 저흰 좀 어려워서.. 그치?
▷정사장 : 웃긴 놈들이네. 대답해야 할 사람이 어려워할 거 같
아도 물어보는 경우 다반사면서, 이건 반대인데 지들이 어렵다
네? 그래서 날 이용하시겠다? 거절.
▷이대리 : 그 말 진짜시죠? 저 물어봅니다.
▷정사장 : 용기 분야는 그나마 진수 얘가 제일 나. 물어봐. 나야
늘 준비돼있지.
▷이대리 : 어..?　어....
▷정사장 : 뭘 어버버거려. 나한테도 물어보시겠다. 그 말 아냐?
▷이대리 : 맞아요.. 사장님은 돗자리 펴야 돼.
▷정사장 : 얘 9 맞냐? 요즘 누가 돗자리 펴고 장사하냐? 표현이
우리 세대야. 그치?
▷최과장 : 그래서 좋잖아요.
▷이대리 : 저 아부지랑 둘이..
▷정사장 : 거, 배경 음악 깔지 말고! 그 아버님은 곧 식장에서
인사드릴게. 일하자 안 하디? 질문?

▷이대리 : 흠! 사장님, 이은서 씨 왜 뽑았어요?

▷최과장 : 저도 궁금해요. 소장님도 추천은 했는데 사장님이 뽑은 이유는 모른대요.

▷정사장 : 추천 이유는 나도 알았고, 뽑은 이유는 박 소장도 이제 알아.

자신을 쳐다보는 두 사람에게 박 소장은 담담히 대답한다.

▷박소장 : 닮아서. 그래서 뽑으신 거야.

▷이대리 : 아.. 사장님, 지나간 사랑에.. 이은서 씨 닮은 여자 있었어요?!

▷최과장 : 아련하다.. 혹시 첫사랑이?

둘이 마주 보며 상상과 감성의 나래를 펼치려는 찰나 정 사장은 옆의 박 소장을 보고 말한다.

"지랄한다. 내비 두면 발광까지 하겠지 저것들?"

갑자기 확 깬 두 사람이 둘을 번갈아 본다.

▷최과장 : 그럼 누굴 닮아..

▷이대리 : 이건 못 맞춰. 갑자기 궁금하지도 않아요.

▷정사장 : 궁금해하면 알려주기 싫고, 듣기 싫어하면 말해주고 싶고. 나.

▷이대리 : 사장님 그런 성격이신 거야 저희가 잘~ 알지

▷정사장 : 나, 나 닮아서 뽑았다고.

두 사람의 (네? 어디 가요?) 표정을 보며 정 사장이 반응한다.

"아직 날 잘~ 아는 건 아닌 게지. 그건 내가 사장 옷 입고 있어서 그런 거고.."

정 사장은 한숨을 쉬었다가 심호흡을 하고 속마음을 털어낸다.

"나 보면, 세상 누구나 정치하는 놈 욕 한 번은 하듯 사업하면 이랬다저랬다 어쩜 저럴 수 있을까 싶지 않디? 사업해서 그럴 수밖에 없고 그럴 수 있어서 사업을 할 수도 있는.. 맞물린 거지. 만약 장담대로만 하려고 든다? 그럼 사업은 아예 못하거나 해도 망하는 방향으로 기울어.   내 맘과 다르게 말이랑 태도 바꿔야 할 때마다.. 내가 짜짜 같아서 힘들더라. 그런데 어느 순간, 본질이 다르다는 걸 알고서 마음이 한결 편해지긴 했지. 사업은 너, 나, 우리 다 같이 살려고 조율하는 거고, 사기는 다 죽어도 지 혼자 살려고 조정하는 거니까."

▷최과장 : 사장님은 사업가이십니다. 저는 못합니다.

▷이대리 : 전 하고 싶기도 한데, 안 하는 게 속 편하지 싶어서.

▷정사장 : 내가 볼 땐 둘 다 할 수 있어. 박 소장은 빼자. 민영이는 하면 망해.

정 사장의 말에 다 같이 웃으며 박 소장이 말한다.

"할 생각도 없습니다."

▷정사장 : 일 없을 때 뭐해? 요즘 사무실에서, 뭐 했냐고?

▷이대리 : 전 아직 모르는 거 미리 공부해 두고 있어요.

▷최과장 : 저는 수임 받고 설계하다 멈춘 건들 좀 살펴봤어요.

▷박소장 : 저는.. 새로운 트렌드도 찾아보고, 건축 소재 안 써본 거 어떤가 알아봐요.

▷정사장 : 참... 쓸데없는 일 한다.

말을 못 하는 세 사람의 분위기가 굳자, 정 사장은 직원들을 생각하는 진심을 전한다.

"아니.. 내가 뭘 물어왔을 때 어떻게 요리할까, 무슨 재료 넣을까, 그때 구체적으로 팍팍 될 수 있는 일을 미리 뭐 하러? 뭉그적.. 시간 때우냐? 왜? 다른 거 하면 양심 문제 같아서? 물론 집에서 할 수 있는 일을 굳이 회사에서 하면 양심은 둘째 치고 멍청이고. 이 사업은 내가 하잖아. 난 너희 셋 없어도 계속할 수는 있잖아? 근데 너희 셋은? 이 회사 문 닫으면? 그럼 그때 또 다른 회사로 그렇게 몇 번 할래? 남이 차린 것만 골라보지 말고, 너희가 차린다면? 그 생각도 해봐. 지금 내 회사에서 일 없을 때, 일하면서도 틈틈이. 집에 가서 식구랑 있을 때 요즘 회사가 어려워서.. 옮기면 어딜 가지, 앞으로 내가 사업을 한다면 뭘 하지? 그 생각, 말까지 하고 있는 놈은.. 학교에서는 선생님 눈치 보며 딴짓하고, 시험이 닥쳐야 밤새우며 벼락치기해서 부모님도 걱정하게 만드는 미련한 놈이지. 장소와 때에 따라 뭘 하는 게 가장 효율적인지 아는 게 스마트야. 내 눈치 보지 말고, 가족들 걱정도 시키지 말고. 난 이거 망하면 너희 셋 걱정? 왜 해? 너희는 내 걱정. 할 거면, 진짜로 해. 너희가 언제든 잘 차린 회사에서 먹거리 좀 던져 주던가. 직원으로 써먹든가?"

그리고 경청하는 세 사람에게 마지막 말을 덧붙인다.
"달라질 게 없는 말이 수다야. 그래서 지금 내가 한 말은 수다가 아니었으면 좋겠다."

사무실로 돌아온 네 사람에게 방금 전 들어온 듯한 은서가 목례하고 자리에 앉는다.
▷이대리 : 은서 씨~ 어디 다녀왔어요? 제가 달라지기로 해서, 물어봅니다.
▷이은서 : 병원이요.
▷최과장 : 왜.. 어디 아프세요? 조퇴하셔야 하는 거 아녜요?
▷이은서 : 아뇨.. 병이 있어서 약만 필요한 거라.
▷이대리 : 무슨 병이요? 건강해 보이시는데..?

▷이은서 : (고개를 돌려 네 사람을 바라보며 담담히) 지랄병이 요.

어깨를 으쓱하며 웃는 얼굴로 사장실로 들어가는 정 사장과 결국 더 말을 못 잇고 주춤거리며 자리에 앉는 두 사람. 박 소장은 정 사장이 커피숍에서 한 얘기들과 겹쳐지는 은서의 모습 때문에 당황하지 않고 편안한 마음으로 만들어지는 미소가 생겨난다.

◆ 플라스틱 제조업 공장

사장실 안으로 들어서는 정희성이 넉살 좋게 인사를 한다.
▷정희성 : 사장 형님~ 저 왔어요.
▷김사장 : 뭐래? 사장 왜 붙여?
▷정희성 : 제가 오늘은 놀러 온 거 아니고, 일하러 와서?
▷김사장 : 니가 일도 하냐? 그리고 난 너 절대 안 뽑는다. 넌 같이 놀 때 좋은 놈. 같이 일하면.. 죽일 놈?
▷정희성 : 알아요 알아. 제가 왜 형님이랑 일해서 수명 단축해요? 저 장수할 건데~
▷김사장 : 그럼 뭔 일하러 왔어? 이 음흉한 놈아. 아휴,, 여자한 테 음흉해야 내가 그 덕도 보지. 저건 우리만 들었다 났다.
▷정희성 : 여자는 음흉하게 덤비면, 끝이 흉흉해요. 장수하려면 피해야죠~
▷김사장 : 저, 저.. 너무 얄미운 놈. 결혼도 안 해본 놈이 어쩜 저리 잘 알아? 누구한테 수업받았냐?
▷정희성 : 네. 제가 그 선생님한테 수강료 내야 해서, 형님한테 찬조 좀 받으러 왔어요~

오후 5 시경 정희성이 사무실로 들어오며 박 소장 자리에 서류만 휙 던지면서 사장실로 직행한다. 노크도 없이 문이 열리고 냅다 자리에 앉는 동생을 바라보며 정 사장이 일어나 소파에 마주 앉는다.

▷정호성 : 자세는 돈 받으러 온 놈인데, 표정은 반대다?

▷정희성 : 어휴,, 귀신 귀신. 형은 너~무 오래 살다 못해 귀신 됐어.

▷정호성 : (시계 보며) 속전속결

▷정희성 : 플라스틱 김 사장. 공장 이전 건, 다시 진행!

▷정호성 : (표정을 주시하며) 그리고?

▷정희성 : 견적에서 20% 할인. 단골.. 은 아직 아니고 지인 할인?

▷정호성 : 너.. 수익 받으며 노는 거. 난 부러워도 안 하고, 싫어도 안 한다.

▷정희성 : 대리만족? 그러기엔 식구들에게 미안하고?

▷정호성 : 나도 얻은 게 있고, 너도 못 얻은 게 있으니까.

▷정희성 : 곧 영주 수능이잖아? 원하는데 가라고, 이 건은 내 수익 다 영주에게 투자해 줘.

▷정호성 : 집에는 오지도 않는 놈이. 이럴 땐 삼촌 티 확 내냐?

▷정희성 : 내가 나만 생각해서 안 가우? 형수님 휴가 보내. 그 때 내가 가서 엄마랑 영주영 봐줄게. 대신 가만히 보기만 한다? 주영이는 학원에 날라줘야 하나? 에이, 그렇게 키우진 않았지?

▷정호성 : (피식) 명절에는? 우리 생각해서 오는 게 그렇게 안 되냐?

▷정희성 : 명절이라, 나 생각해서 안 가야지!! 아니 그 황금 찬스에 왜 집안에 들어앉아있어? 얼굴들 누렇게 안 떠? 밖에서 만나줄게. 다 나와.

▷정호성 : 엄마가.. 하신 다잖냐.

▷정희성 : 진짜 끔찍, 엄마 웃겨.

▷정호성 : 너 말, 그렇게 할래?

▷정희성 : 응. 내가 언제 엄마 듣게 말해야지. 이건 엄마가 들어야 할 소리인데, 억울하다.   우리 쫌. 살아있을 때 하자고. 엄마, 아버지 살아계실 땐 자식 편든다고, 우리 편하게 해준다고 싸우더니. 막상 돌아가시니까 뭐야? 미안해? 자기 마음 편하자고 제사상 차려? 아버지만 돌아가시면 제사 그만할 거라고 그렇게 궁시렁거리더니. 아버지 제사를 챙긴다고? 그럼 혼자 하라고 해. 왜 형 집에 살면서 다 끌어들여?

▷정호성 : 엄마가 살아계신 건, 그렇게 해야 마음 편하신 건? 그건?

▷정희성 : 그러니까 엄마 마음도 편하고 우리 마음도 편하고, 서로 자유를 주자고. 나 그래서 엄마 하는 거 말리진 않잖아? 잘 참잖아. 근데 자꾸 희성이 이번에는 오나, 형한테 물어보는 거 결국 설득 좀 해봐라. 그거 아냐? 직접 전화하라고 해. 나도 직접 말하게.

▷정호성 : 희성아. 나도 싫어. 내가 영주한테 내 제사 챙기라고 하겠냐? 마음대로 하라고도 안 해. 절대 하지 말라고 하지. 나 죽고 자식들이 상 차려 놓으면 내가 때맞춰 찾아와 보고 먹고 간다고? 아이고, 기가 막히다. 살아있는 지금도 누가 하루 종일. 온갖 음식 종류대로 만들어서 나 먹인다고 차려 놓으면 생각만 해도 부담스러운데?

▷정희성 : 그러니까, 왜 비겁한 건데? 형수님 생각해서라도 나서야지. 이제 애들 다 키워 놓으니까 갑자기 시아버지 돌아가시면서 시어머니 모셔와서 그 집에서 제사까지? 완전 이혼각 아냐?

▷정호성 : 후... 니 형수가 말린다.   도련님 안 오시는 걸로도 저렇게 서운하신데, 나까지 하지 말자고 하면 허탈하실 거라고.. 그리고 결국 아들이 지 처 위해서 그러겠지.   그런 생각 들고 그

61

럼 그 서운함이 다 누구에게 가겠냐고..

▷정희성 : 이래서 여자들이 무서운 거야.   엄마도 아버지가
제사 그만하자. 그 말 한 번이라도 삼촌들에게 해줬으면 그렇게
바라더니, 자식이 며느리 위해 그러는 건 또 비기 싫지. 그래서
나도 엄마 싫어졌어. 엄마가 이중적이라. 나도, 좋으면서 싫어.

동생의 얘기를 듣는 호성은 '우리 둘의 이 대화는 수다인 건가'
생각하면서 더 말을 잇지 못하고, 마음이 복잡하다.

(08) 상담

● 수요일 새벽

은서는 잠에서 깨자마자 시간을 보고.. '아직 3시간이나..' 눈을 감고 있으면서 어제 병원에서의 대화를 생각한다.

▷김유진 : 직장에 다닌다고요? 큰 용기 내셨네요.
▷이은서 : 집 앞이라 편해서요.
▷김유진 : 마음이 편하지 않으면 거리가 무슨 의미예요.
▷이은서 : 그동안 걸어서 다닐 수 있는 곳 나오면 이력서는 넣어보며 지냈어요. 면접은 두 번 봤었는데 합격해도 내가 안 가야지 했는데 연락도 오지 않아서 편했어요.
▷김유진 : 지금 회사는요?
▷이은서 : 서로.. 시도.. 할만했나 봐요. 삼 일째예요.
▷김유진 : 그럼 제가 화목 진료라 불편하겠어요. 일찍 들어가 보셔야죠?
▷이은서 : 1시간 정도 말씀드리고 나와서 아직 괜찮아요. 저도 거리는 있지만 편해서.. 원장님께만 오니까요.
▷김유진 : 은서 씨에게 그런 말을 듣다니, 제 마음이 더 편안하네요. 그동안의 시간.. 전 길게 안 느껴졌어요. 예약 일마다 와서 약만 수령해가도 그게 노력이고, 의지라는 걸 아니까요.
▷이은서 : ......무슨 노력이고.. 무슨 의지였을까요..

63

▷김유진 : 존재하려는 노력. 변하려는 의지. 아닐까요? 살아서 존재하면 모두 변하고, 변할 수 있으니까요.

▷이은서 : 제가 존재하려고 노력했던 이유가.. 누군가를 불행하게 할 의지였다면요..?

▷김유진 : 은서 씨가 하는 일이 무슨 목적이었든, 그 의도가 어떤 평가와 결과로 돌아오든지.. 존재해서 받아들이면 돼요. 어떻게 변하겠다는 의지가 없어도, 어떻게든 존재하겠다는 노력이 가장 좋은 변화일 수 있어요.

▷이은서 : 네. (미소) 존재하기 위해 노력할게요..

은서는 그간 자신이 계속 발걸음을 할 수 있게 만들어 준.. 마주한 환자의 현재를 살피며 미래를 함께 했던 원장님의 진심을 생각한다.
'자기가 선택한 일에 충실하며.. 사람을 돈벌이로만 생각하지 않는.. 김유진 원장님이 입은 옷은 그분과 참 잘 어울린다.'
그리고 면접 본 두 곳에서의 일도 떠올린다.

● 인터넷 의류 쇼핑몰 회사

▷면접관 : 이은서 씨? 면접 차림이.. 어떻게 그래요?

▷이은서 : 어떻게.. 입고 오라고 미리 말하지 그러셨어요? 그럼 한 번도 안 볼 수 있었을 텐데.

● 명함 제작 회사

▷면접관 : 고졸.. 대학은 왜 안 갔어요?

▷이은서 : 달라져요? (고개를 들고 자신을 보는 면접관에게) 그 이유 알면 뭐가 달라지는지 그거부터 알고 싶네요.

은서는 면접 보기도 어려운 이력이지만 어디에서든 저런 태도였던 자신을.. 유쾌하게 받아들이고 편안하게 대해 준 정호성 사장을 생각한다.
'그래서 계속 발걸음을 할 수 있는 걸까..'

♠ 자연건축사사무소

박 소장이 사무실에 8시경 도착했는데 은서가 이미 일하고 있다.
"원래는.."
은서가 망설이다 바라본다.
▷박소장 : 제가 항상 1등이었는데 은서 씨가 많이 일찍 나오시네요.
▷이은서 : (시계를 보고) 어제 못한 시간이요. 채우고 싶어서요. 그리고.. 일 익숙해지면 제시간에 나올 거니까. 다시 1등 하실 거예요.
▷박소장 : 네.. 새롭게 정리하는 건 어렵지는 않으세요?
▷이은서 : 새로 하는 거, 정리하는 거. 좋아해요.
▷박소장 : 다행이네요. 회사는 일이 잘 맞아야 하는데.

더는 말이 없는 은서. 박 소장은 자리에 앉아 업무를 준비한다. 어제 정희성이 놓고 간 서류를 보면서 견적의 20%를 삭감하면서도 양쪽 다 더 효율적인 결과가 없을지 설계의 구조를 면밀히 살펴본다.
최 과장과 이 대리가 출근하고 박 소장에게 일을 받아 제 역할들을 하며 오전 시간이 금방 지나간다.
정 사장은 플라스틱 거래처에서 김 사장을 만나고 사무실로 들어온다.

"일 없는 거 며칠 안됐는데도 한참이었던 거 같지? 나만 그랬나? 그래도 어제 한 얘기, 무색하지 않게 일하면서 자기 길도 생각하고 의논도 하고 그래. 함께 있으니까 해줄 수 있는 거 놓치면 서로 손해야. 그래서!   은서 씨~ 내가 오늘은 혼밥, 방해하고 싶은데? 손해 안 끼칠게요."

♦ 형제 기사 식당

몇 가지의 반찬만 약간씩 담고 밥은 한 공기의 1/3 쯤만 담아온 은서의 식판.

▷정사장 : 항상 여기서, 고만큼만?

▷이은서 : 네.

▷정사장 : 아침, 저녁은?

▷이은서 : 먹던 대로 먹는 거 있어요.

▷정사장 : 뭔데?

▷이은서 : 요거트, 과일, 견과류..

▷정사장 : 그거 먹고, 살아? 살아져? 이게 말로만 듣던 연예인 식단이구나.

▷이은서 : ...배부른 게 불편해서 그래요. 매번 뭐 먹을까, 어느 식당 갈까. 그런 생각 하는 것도 싫고..

▷정사장 : 내가 생각 안 해도 누가 어디 가자. 하면 따라가는 건? 그건 괜찮지 않아요?

▷이은서 : 싫어요. 먹던 대로 먹는 게 좋아요.

▷정사장 : 머, 좋아. 내가 맞추면 되지.

의아한 눈으로 쳐다보는 은서에게 정 사장이 말한다.

▷정사장 : 일주일에 한 번만 밥 같이 먹어요. 내가 안 될 때는 직원들이랑.   은서 씨 할 수 있잖아. 어차피 무언가 변하고

싶어서 나온 거잖아요. 하다 못하겠으면 그때 손들면 되지. 시도
는 해보는 거, 해요. 화요일에 한번, 수요일에 한번.
▷이은서 : 병원은.. 한 달에 한 번만 가도 돼요.
▷정사장 : 매주 가도 되잖아요? 전철 타는 거 봤어요. 어젠 2
층으로 올라가서, 창가 앉은 놈이. 집 근처 회사라 지원했다는
은서 씨가 전철 타고 가는 곳이면 편한 거 아닌가 싶어서.
▷이은서 : (미소 지으며) 2주에 한번 갈게요. 밥은.. 수요일에
여기서.

식당에서 나온 정 사장이 시간을 보고 커피숍을 들르려고 하다
멈추고 말한다.
▷정사장 : 편한 장소 또 있어요?
▷이은서 : 네.. 공원이요.
은서는 공원으로 가다가 편의점으로 들어간다. 잠시 후 따뜻한
캔 커피와 음료를 사서 양손에 들고 정 사장이 앉은 벤치로 온
다.
▷정사장 : 난 따뜻한 건데, 그 음료는 차가운 거 아닌가? 날이
찬데 따뜻한 거 사 오지.
▷이은서 : 이 음료수 좋아해요. 잠깐이라도 숲속에 있는 거 같
은.. 그런 기분이 들게 해줘서.
▷정사장 : 좋네. 나한테는 말 잘해줘서. 사람은 다 싫다는 은서
씨 선언에 쟤네 셋은 얼음이던데?
▷이은서 : 사장님은.. 옷을 많이 입고 있잖아요.
▷정사장 : 나, 알아듣겠는데.. 그래도 은서 씨 관점에서 듣고 싶
네.
▷이은서 : 사람들이.. 벌거벗으면 어떨까요? 이 공원에 있는 사
람이 다 벗고 있어.. 결혼식에 모인 사람이 다 아무 옷도 입지

않았고.. 학교에서, 회사에서도.. 누구나 다 벗은 모습으로 서로를 보면.. 얼마나 끔찍해요.   아무것도 가리지 않아서 낱낱이 보이는.. 그런 사람이 싫은 거예요.
▷정사장 : 부모님.. 그래서 안 보고 지내는 건가? 그럼 오빠는?
▷이은서 : 오빠.. 는, 엄마의 부속품이라 세트예요.
▷정사장 : 아버님은?
▷이은서 : 아빠는 딸 같은 여자랑 사는 거, 내가 봐주지 않아야 편하잖아요.
▷정사장 : 어려운 얘기인데 난 편하게 들린다. 은서 씨가 편하게 얘기하니까.
▷이은서 : 저도 싫어요. 듣는 사람이 감정 갖는 거, 불편해요.
▷정사장 : 그럼.. 공감이 필요할 때는 없나?
▷이은서 : 좋은 것만요. 좋아하는 거 공감일 땐 괜찮아요.

사무실로 두 사람이 돌아오니 세 명도 이미 앉아있다.
▷정사장 : 나 오늘 좋은 일 따냈다.
▷이대리 : 이욜~ 이제 우리 풀가동 되나 봐요? 흐름 탔어.
▷최과장 : 새로운 건이예요? 이번에도 일시정지된 건이면 바로 착수할 준비
▷정사장 : 너희 셋 오늘 식사하고 커피 마셨냐?
▷최과장 : 아뇨. 사장실로 커피 타서 들어갈까요?
▷정사장 : 잘 됐네. 니들 방금 국물 마셨으니까.
▷이대리 : 에이, 전 사장님이 커피 얘기하실 때부터 왠지 이거 또 뭔가 있다. 마음의 준비
▷정사장 : 일만 일이냐?   수요일마다 은서 씨 혼밥, 양보하기로 했어. 대신 식당은 우리가 양보. 나 있을 때는 나만, 너희 셋은 대타.

정 사장은 사장실로 들어갔다 가방을 챙겨 들고나와서 나가며 말한다.
"뭐든~ 건더기 물어 올게."

박 소장은 생각한다.
'은서 씨랑 식사할 때.. 한 가지는 편하겠네. 뭐 먹을까 생각하지 않을 수 있어서..'

(09) 결정

● 금요일 퇴근 시간

▷이대리 : 내일이에요........
▷최과장 : 주말이다아아아!!
▷이대리 : 종말이에요오오..
▷최과장 : 내 일이 아니라~
▷이대리 : 혀어엉..!! 혀엉!!
기훈은 진수를 보고 웃고는 박 소장을 보며 말한다.
▷최과장 : 이런 이런, 대단한 일 하러 가는 사람이 이렇게 겁이 많으셔서야~
▷이대리 : 소장님.. 저 노력하고 있는데.. 아직 진정이 안 돼 가지고.. 마음의 안정이 안 찾아와요.
▷박소장 : 결정이 안 나서 그래. 결정은 하든, 되든. 그럼 진정되고 안정도 찾고 그래.
▷최과장 : 내일이면 결정은 날 거고! 월요일에는 진정한 모습으로 만나자. 진짜 재수랑은 안녕하고 와.
▷이대리 : 미리 인사해요. 저 아부지 모시고.... 이민 갈지도 몰라요. 내일 로또 되면, 인생역전!!
▷최과장 : 역전은.. 역적 되는 거지. 될 리도 없지만 잘도 아부지가 따라가시겠다.

▷이대리 : 우리.. 월요일에 만나겠죠? 가능성이란.. 없겠죠?

▷박소장 : 왜 없어. 네가 로또가 뭔지 몰라서 그렇지.

▷이대리 : 제가 얼마나 열심히 하는데. 소장님도 사요? 혹시 뭔 비결 안거예요? 공유

▷박소장 : 난, 맞힐 이유가 없다.

▷이대리 : (입이 댓 발 나와서) 다. 남일이지. 우리가 남이었어.

▷박소장 : 새로 생긴 제수씨가 그래 보이는데.

▷이대리 : 소장님한테야 남이죠! 전 남 같아 문제고..   근데.. 제수씨.. 저를 동생으로 생각한..? 이거, 이거... 퍼즐 대화죠? 빨리 맞춰줘요. 지금 제 뇌가 과부하라 직접 못한다구요.

▷박소장 : 로또가 돈인 거.. 그대로 갖고만 있을 사람 있어? 뭐랑 바꿀 거 아냐. 뭘 사든, 하든. 근데 그게 행복일까?   사람 없이 사랑 없이 진짜 행복할 수 없더라. 좋은 집, 좋은 차, 좋은 음식.. 혼자여 봐. 그게 좋은 거 얼마나 가나. 내가 돈 있을 때 만난 사람은 내가 아니라 내가 가진 돈을 사랑할 수도 있는데 왜 돈이 필수야? 지금의 나. 이 모습 그대로 사랑하는 사람이 먼저고 전부지.   보통 남자들이.. 자기가 사랑해서 시작하고, 여자가 끝내게 만들어. 넌 하나 씨가 먼저 시작한 거, 하나 씨가 끝내게 만들 때. 그땐 진.짜. 나쁜 놈이다. 주지 못하겠으면 받기라도 잘해. 고맙다고, 잘 받고 있다는 인사라도 해. 사랑한다는 빈말 할 생각하니 힘든 거잖아. 근데 상대의 사랑에 고맙다는 인사말은 할 만하잖아. 그거부터 해.

박 소장의 얘기를 듣는 최 과장과 이 대리는 왠지 쓸쓸한 느낌이다. 이 대리는 갑자기 활기차게 말한다.

"형. 오늘 우리부터 식사해요. 내일은 못 오시니까, 가요. 대단한 제가 삽니다!"

71

최 과장과 박 소장이 웃으며 가방을 챙겨 앞장서고 박 소장이 말한다.
"먼저 갈게요. 좋은 주말 보내세요."

이 대리도 아차! 싶어서 은서가 있는 자리를 향해 목례를 하고 밖으로 나와서야 편안히 말한다.
▷이진수 : 형, 저 순간 우리 셋만 있는 줄 알았어요. 처음에는 존재감이 어마하더니 어느새 있는 듯 없는 듯 그렇네요.
▷최기훈 : 일만 하죠? 근데.. 아직 무슨 일을 할 게.. 많은가..?
▷이진수 : 어차피 다음 주부터 일이 점점 많아져야죠! 암요!
▷최기훈 : 주둥아리 문제도 고칠 건가 봐?
▷이진수 : 저, 수다 떠는 남자 아녜요. 결정하는 남자예요!
▷박민영 : 발전하겠다. 네가 있는 곳은 어디든.
▷이진수 : 큰 형이 일찌감치 비행기에 태우시지만, 지금은 뜰 수 없죠. 밥 먹어야죠. 그럼, 보자. 제가 가서 흥할 곳을 골라볼까요?

민영과 기훈은 진수와 보내는 시간이 유쾌하다. 좋은 인연에 서로 고마운 마음이다. 그리고 곧 새 가정을 만들고 가장이 될 동생을 진심으로 응원하고 있다.

은서는 세 사람이 퇴근 후 사무실 안을 약간씩 정돈한 뒤 나왔다. 은서의 자리는 모든 것이 제 위치에 있다. 자신이 머무는 공간에 가장 먼저 자리하고 가장 늦게 나오며 모든 것을 제 자리에 정리하려는 습관은 은서의 불안을 인함이다.
모두가 바라고 기다리는 주말.. 할 일이 없다면 시간 또한 없는 것과 다름이 없는 은서는 그저 지나가길 기다리며 보내야 한다.

집으로 들어오면 가장 먼저 만나는 설이에게 인사를 하고 늘 같은 패턴으로 움직인다. 씻고 나와서 싱크대에서 저녁 식사를 하고 청소와 빨래를 한다. 탁자 위 무음으로 해 둔 핸드폰에 Led 불빛이 잠깐 반짝였다. 은서는 할 일을 마친 후 불을 끄고 자리에 기대앉아 절반의 창밖을 바라본다.

무슨 생각을 하고 있는 걸까. 아무 생각을 안 하는 걸까. 그렇게 가만히 10시에 알림음이 울릴 때까지만 허용된 듯 미동도 없던 은서는 주방으로 가서 약을 먹고 커튼을 가리고 누워 눈을 감는다.

눈을 뜨니 탁자 위 시계 숫자가 4:12 출근이 없는 오늘.. 할 일이 없다. 은서는 '아침에도 약을 먹어야 하나..' 고민하며 일어나서 핸드폰을 보는데 어제저녁 수신된 문자가 있다.

• 조연희 : 은서 언니, 주말에 만날 수 있어요? 변동 사항이 있어서 알려드릴 겸. 보고 싶기도 했어요!

연희의 연락이 온 것은 은서에게 기대감과 망설임을 동시에 갖고 온다. 그러나 빠르게 결정되는 마음. 7시반에 발송되도록 예약 답장을 작성해 놓고 생각에 잠긴다.

은서가 공무원 시험을 합격하고 사직동 주민센터에서 2년쯤 근무했을 때, 새로 입사한 연희는 동료들 중 가장 어린 나이였고 아이처럼 참 예뻤다. 은서는 연희에게 부모님께 사랑받은 가정에서의 따뜻함이 묻어 나온다고 생각했다. 그래서 오히려 더 거리를 뒀던 것 같다. 다른 사람들은 자연스럽게 거리를 뒀다면 연희에게는 일부러..

민원인을 응대하며 미소와 친절함을 다 사용한 동료들은 서로에게는 관대했고 그래서 주민센터의 근무가 은서에게는 잘 맞았다. 번호표 숫자를 줄여가며 일을 하다 보면 시간도 금세 줄어들었다. 그런 그곳에서 퇴사하게 된 계기가 지금의 은서와 연희의 연을 만들어주었다.

▷50 대민원인 : 이봐, 이 번호 몇 번 불렀어? 여기 세 번 부른다고 적어 놓고 안 불렀지?

▷조연희 : 죄송합니다. 제가 세 번 불렀던 거 같은데 지금 이 일 처리 후 바로 응대해 드릴게요.

▷50 대민원인 : 아니, 원칙을 안 지킬 거면 여기 뭐 하러 적어 놨냐고!

은서가 기억하기로는 연희가 입사하기 한 달 전쯤 복지과 담당 직원에게 큰소리를 쳤던 그 민원인이다.
'그때도 분위기가 험악했었는데 지금 또..'

▷50 대민원인 : 국민들이 낸 세금으로 월급 따박따박 받아 가면서 일은 대충대충. 시험 보고 앉는 자리가 맞긴 한지. 뭐 하나 제대로 아는 것도 없고 하는 것도 없어.

▷조연희 : 저.. 선생님, 어떤 업무가 필요하신가요?

▷50 대민원인 : 그래 학생, 나 같은 선생님한테 배우면서 돈을 내야지? 왜 돈을 받아 가? 나 아니었으면, 어떤 복지정책이 생겼는지도 모르고! 국민들에게 손해만 끼치고!

조용한 주민센터.. 은서가 연희를 보니 어찌할 바 모르는 모습이었고, 그래서 태연자약하게 이런 상황을 만들고 있는 대상자에게 그 시선이 옮겨갔다.

▷이은서 : 제 자리에서 처리해 드리겠습니다. 필요하신 민원 말씀하세요.

▷50 대민원인 : 뭐야, 내 번호 지나쳐서 내 시간 까먹은 건?

▷이은서 : 민원 처리하실 일 말씀하세요. 두 번 말씀드렸습니다.

▷50 대민원인 : 하. 세 번 말하면 또 그냥 지나가겠다?

▷이은서 : 또..? 아까도 번호 세 번 부른 거, 다행히 양심은 알고 있나 보네요. 필요하신 민원 말씀하세요.

▷50 대민원인 : 내가 필요한 민원? 내 순서 지나친 거. 그거부터 보상해.

▷이은서 : 보상이 돈인가요?

▷50 대민원인 : 그럼. 시간이 금이다. 몰라?

▷이은서 : 네.. 그렇게 돈이 필요하시면.... 일을 하세요. 공공기관 와서 되지도 않는 일이나 만들 시간에.

▷50 대민원인 : 뭐어? 내가 일을 왜 못하는데? 어? 니들이

▷이은서 : 저, 안 궁금해요. 궁금한 사람에게 얘길 하셔야죠. 아, 그건 궁금하네. 언제 다음 분께 자리 비켜주실 거예요? 저분들 시간은요? 돈으로 보상하실 건가요?

▷50 대민원인 : 너어!! 다, 다 가만있어. 여기 동장 나오라고 해!!

▷이은서 : 다 가만있어야 하는데, 동장님 나오시라고는 어떻게 해요?

▷50 대민원인 : 니들이 날. 대놓고 무시해? 내가 니들 때문에 피해 본 게 얼만데??

▷이은서 : 잘못 찾아오셨네. 그런 건 변호사랑 상의하셔야지. 아! 그 돈이 없어서 여기 와서 대놓고 돈 달라고 하는 건가? 이왕이면 돈 많은 은행에 가서 그러시지 그랬어요?

▷50 대민원인 : 너. 너.. 너!!   나 지금 혈압 올라서. 아이고 나 죽는다. 구급차 불러. 아이고..

▷이은서 : 날강도 같아서 112 누르고 싶지만, 오늘은 9 로 눌러드릴 테니까 치료 잘 받고, 정신 좀 차리세요.

은서는 119에 전화를 하고 먼저 동장실로 들어갔다. 상황을 설명하고 해당 민원인이 문제를 삼으면 자신이 책임지고 사직하겠다고 양해를 구하면서 생각했다.

'사직동.. 이름이 마음에 들었는데..'

동장실에서 나온 은서는 소란한 분위기와 대비되는 고요한 얼굴로 자리에 앉는다. 잠시 후 연희가 다가와 조심스럽게 말을 건넨다.

"저.. 은서 언니.. 저 때문에.."

은서는 연희의 말을 다 듣지 않고 그 상황을 정리했다.

"말은 바로잡자. 나 때문이지. 내가 못.. 아니, 안 참은 거야. 그냥 그러고 싶었어."

(10) 진행

● 토요일 아침

은서는 눈을 감고 지난 시간을 돌아다니다가 핸드폰 알림음이 들리자 현실로 돌아온다.
• 조연희 : 저 일어났어요. 늦잠이 안돼요^^; 전 오늘 종일 시간 있으니까 언니 편한 시간 & 장소에서 만나요!
답장을 보내고 자리에서 일어나며 은서는 생각을 한다.
'멀리했는데 가까워지는 사람도.. 다가올수록 멀어지는 사이도.. 인연은 예측도 조정도 안 되기에 운명인 건가..'
그리고 오늘 만날 수 있는 인연이, 연희가 있어서 고맙다.

● 사직동 공원

▷조연희 : 은서 언니! 먼저 나와 있을 줄 알았지만 역시나. 오래 기다렸어요?
▷이은서 : 집 가까운 사람이 늦는 거라며.
▷조연희 : 그럼 제가 멀리 좀 가게해 주시지.
▷이은서 : 나 위해서야.
▷조연희 : 언니는.. 매번 자기 위해서라고
▷이은서 : 이기적이야, 거짓말쟁이야?
▷조연희 : 둘 다 아녜요.
▷이은서 : 둘 다야.

▷조연희 : 은서 언니는.. 왜 자신을 안 좋게 평가해요..

▷이은서 : (웃음) 사실이니까. 나는 내가 제일 잘 아니까.

▷조연희 : 다들 자기편이잖아요. 상대방이 잘못한 거 같은데 얘기를 듣다 보면 내가 잘못 한 건가 생각이 바뀔 만큼..

▷이은서 : 거봐. 넌 바뀌잖아. 난 그럴 때도 전혀 생각이 안 바뀌니까. 안 좋은 편인 거 맞지?

▷조연희 : 이상해. 그런 의미가 아니었는데! 은서 언니랑은 대화가 미궁에 빠져요.

▷이은서 : 일어나자. 날이 쌀쌀해서 오늘은 어디 들어가자.

♦ 공원 맞은편 커피숍

▷조연희 : 언니.. 공무원 시험 합격한 거 정말 아깝지 않아요?

▷이은서 : 그게 왜 아까워.

▷조연희 : 어렵다면 어렵게들 붙잖아요..

▷이은서 : 쉽게 붙었어. 안 아깝지? 그리고 목적도 이뤄서 안 할 수 있는 거니까. 좋아. 지금이.

▷조연희 : 저랑은... 다 다른데.. 전 언니가 좋아요. 제 얘기.. 친구들에게도 잘 못하겠는데. 하고 나면 왠지 들은 사람은 그대로여도 말한 내가 달라진 거 같아서.. 어색해져요.

▷이은서 : 반대인 건 확실하지. 난 내가 달라지질 않아서 말하기가 싫은데. 서로 부러워할까, 말까?

▷조연희 : 언니는! 뭔가 되게 어려운 문제를 풀어서 다 쉬워진 사람 같아. 그런 느낌이에요.

은서는 가볍게 웃으며 생각한다.

'아직.. 못 풀었어. 정답을 맞힐 생각도 없는데 그럼 안 풀면 그만인데.. 그리고 그게 제일 좋은 답 일 텐데..'

연희와 헤어지고 은서는 공원에 혼자 앉아서 연희를 생각한다.

7년 전. 주민센터를 그만둔 은서에게 연희가 꼭 같이 차 한 잔만 마시고 싶다고 연락이 와서 갔었던 커피숍에서.. 연희는 진심을 글썽이면서 자기가 그만뒀어야 하는데 은서에게 너무 미안하다고 했다.

▷조연희 : 저는.. 제 꿈은 아니었지만.. 부모님이 원하셔서 하고 있는 일이라 제 마음대로만 그만두기가 어려워서 망설이다가..

▷이은서 : 네가 그만둬도 내가 그만두는 건 달라지지 않았어. 그런 마음은 서로 부담이다. 털어내고 가.

▷조연희 : 그래도 그 민원인 일이 아니었으면..

▷이은서 : 그렇게 가정, 가정하면.. 아무 일도 안 일어나. 아무것도 바뀌지 않고. 그냥 흐름이 달라지는.. 그런 순간이 있는 거야.   부모님이 네 삶을 정하신 건 아니지. 방향을 제시해 주신 걸 네가 따라온 거면 지금은 네 길이야.   난.. 부모의 행방을 알려고 간 길이였어. 알았으니까 다른 일 해보려고 생각하고 있었던 차에 그렇게 된 거야. 맞물린 거지.

'그 다른 일을 두 번 하고 나니.. 한동안은 할 일이 없을 거 같아서, 그래서 기다리며 지금 회사에도 다니게 됐는데....   내일 가봐야지.'

♦ 대전 고속버스터미널

새벽부터 첫 차를 한참 기다릴 만큼 움직였다.

도착하니 오전 8시. 은서는 자신에게 할 일이 생겨서 안도하는지, 할 일이 없기를 바라며 불안한지 모를 마음이다.

연희가 적어준 주소는 핸드폰에 지도 앱으로 위치를 저장해뒀다.

시내버스를 타고 40분 정도 더 이동하며 생각한다..

'두 사람의 주소가 저번부터 다르지 않아서 몸은 편해졌는데, 마음이 그렇지 않다.. 내가 원하는 결말은 뭘까. 있긴 할까.. 이렇게 진행 중으로 누군가 죽어야 끝나는 걸까..'

은서가 도착한 곳은 낡은 연립 빌라. 출입구가 보이는 대각선 건물 입구 옆에 대충 앉았다. 그리고 주머니에서 담배를 꺼내 손가락에 끼우고, 라이터를 든 채로 기다리면서 나오는 사람이 보일 때마다 먼저 담배에 불을 붙였다. 은서가 제일 잘 해야 하는 일도, 가장 하기 싫은 일도.. 이런 막연한 기다림이다..
오후 1시가 되어 갈 즈음.. 엄마가 보인다. 술병들을 가득 담은 봉지를 들고나온 모습에 따라가지 않고 기다리니 장을 봐서 돌아온다.
'아직 이사한 지 며칠 안됐으니까. 다시 와 봐야지.'

♦ 월요일 아침

민영은 7시 반에 집을 나서며 왠지 사무실이 따듯할 거 같다는 생각이 든다. 혼자와 다름없어도 누군가 존재한다는 것이 다르다는 걸 느끼며 자기만의 공간을 한번 둘러본다.
역시 불빛이 켜져 있는 사무실.. 민영은 근처에 길거리 음식이 있는지 살펴본다. 멀지 않은 곳에 보이는 주황색 포차.
망설이다 '아직은..' 이라는 마음으로 기울어 그냥 사무실로 들어간다.
"좋은 주말 보내셨어요? 아직 일찍 나오시네요."
목례만 하고 답이 없는 은서. 막상 마주하니 피부로 와닿는 은서의 차가움에 민영은 '이은서 씨와 가장 먼 내 자리가 제일 좋은 위치인 거 같다..' 는 생각을 하며 자리에 앉았고 서둘러 업무를 시작한다.

그런데 얼마 지나지 않아 이 대리가 출근을 한다.

▷박소장 : 이 대리, 오늘 웬일로 일찍 나왔어?

▷이대리 : 저 제가 1등이겠지. 했는데 다신 도전 안 할 거예요. 경쟁자가 한 둘이 아니네요.

그리고 최 과장이 바로 따라 들어오며 말한다.

▷최과장 : 간발의 차로 저를 이기면 좋아할까 싶어서 뒤를 밟았는데 사무실이 이미 환하더라고요. 얘는 어두워지고..

▷박소장 : 오늘 모처럼 다들 일찍 나왔네. 간식거리라도 사 올 걸 그랬나?

▷이대리 : 저는 그제 어제 이것저것 너무 먹어서 소화불량이에요. 마음이 허해서 뭐가 자꾸 땡기더라구요.

▷최과장 : 날은? 잡았어?

▷이대리 : 토요일에 날 잡고, 일요일엔 친구들이 날 잡더라구요. 제가 절 잡은 거겠네요. 할 말이 없으니까 자꾸 뭘 입에 넣어.

▷박소장 : 언젠데? 달력에 표시해야지.

▷이대리 : 하... 한 달 채 안 남았어요. 11월 마지막 주 일요일이요.

▷최과장 : 남자야 그다지 할 일 없지만, 여자는 빠듯할 텐데.. 괜찮으시대?

▷이대리 : 하나네는 이미 준비가 다 되어 있어서. 제가 준비가 안됐죠. 저만..

▷최과장 : 식장이 요즘은 널널하지? 그래도 토요일로 안 잡았네? 신행 기간 하루라도 더 쉬겠는데?

▷이대리 : 하나네. 주말 중 하루만 문 닫고 다음날은 쉬시라고.. 그렇게 정했어요.

▷최과장 : 티켓팅은? 비행기도 자리 많지?

▷이대리 : 안 타기로 했어요. 비행기는 패스..

▷최과장 : 왜에?? 난 결혼식은 두 번 못 하겠어도 그 바람에 해외 한번 나가보는 건 두세 번 하겠던데.

▷이대리 : 상견례 분위기가.. 화기애애해서.. 내년 여름휴가 때 다 같이 가자고.. 그래서 우린 국내로 2박 3일만 다니기로 했어요. 제가 입맛이 완전 k-푸드여서 잘 됐어요. 장소라도 편해야지. 덜 불편하겠다 싶고요.

▷박소장 : 점점 나아질 거야. 네가 방향을 그렇게 잡고 있으니까 속도가 느려도, 결국 편해질 거야.

오전 시간 정 사장은 세 사람과 회의를 하며 설계 구조와 재료 및 시공사 선정을 검토했다. 그리고 점심을 먹고 들어와 자료를 들고 플라스틱 공장으로 출발한다.

은서는 지난 공사들의 순수익을 회계 프로그램을 통해서 산출한 것과 기존 엑셀 자료와 비교를 해봤다.

'제법 차이가 있는데.. 작은 지출들이 모여서 무시할 수 없는 영향력을 가진다. 알고 있는 것이 낫겠지.. 경영자의 입장은 흐릿하게 긍정적인 것보다 뚜렷하게 대처하는 편이 나으니까.'

◆ 플라스틱 공장 사장실

▷김사장 : 정말 놀랐네. 둘이 어떻게 형제야? 이름은 비슷해도 생각도 못 했어 난.   그놈. 아, 동생은 어제도 봐서 얘기했지만 오늘 정 사장 보면서 또 이 소리가 나오네.

▷정사장 : 그놈은 뭐라고 합니까? 저도 그놈이 더 친근해요.

▷김사장 : 자기가 형이랑 달라야 생태계의 균형이 맞는다나. 놀고먹는 거 아주 당당하잖아 원래. 부모님께 받은 유산이 많은가 물어봐도 있는 집 자식 아니라지. 주식하냐고 물어보면 아예 안 하는 게 제일 돈 버는 거라지. 그러더니 정 사장이랑 형제였어.

▷정사장 : 제가 몇 해 전에 부모님 집 한 채 있던 거 담보로 사업 시작했어요. 아버지가 갑자기 돌아가시면서 원래 유산으로 받으면 반반인데 자긴 혼자고, 일 안 할 거니까 수익의 일부만 상, 하한가 정해서 받기로 한 건데.. 정말 그놈이 일 안 다닐 줄은 예상 못 했네요.

▷김사장 : 그 학벌은, 믿어지지도 않잖아. 나도 누가 아는 체해서 알았어.

▷정사장 : 네. 전공으로는 이 자리 그놈이 앉아야고, 성격으로는 제가 그놈처럼 살아야 하는데.. 이래서 인생이 예측 못하나 봅니다.

호성은 목적 없이 사람들과 어울리는 희성이가 오히려 자신보다 쉽게 성과를 내는 이런 상황이 허탈하면서도 맞겠다는 생각이 든다. 사업 초기에는 호성도 그동안 만들어진 자신의 인맥을 기반으로 영업하며 일을 받아왔지만 이제 한 다리 건너서 소개를 받아야 하는 단계다. 목적이 있는데 새로운 사람을 사귐에 있어서 정말 편안하다고 할 수가 없다. 조율하는 일이 진행될 때는 내 편의 유리함을 생각하지 않을 수 없고, 상대방은 마치 내가 사기라도 치는 거처럼 호들갑을 떨며 소개한 사람의 얼굴 값을 내밀어서 거의 봉사를 요구한다. 그 줄다리기를 하는 사업이 호성에게는 갈수록 어렵다.

(11) 보고

● 화요일 오후

은서는 점심 식사를 일찍 마치고 들어와서 사장실 책상에 메모를 붙여 놓았다.

3시경 들어온 정 사장은 자리에 앉아 메모를 봤다.

• 사장님, 회계 일로 보고드릴 일이 있어서요. 급하지는 않지만 알아 두시는 게 도움 되실 거 같아요.

정 사장은 시계를 보고 '한 시간 후가 괜찮겠다.' 생각하고 은서에게 인터폰을 한다.

"전 4시 넘으면 괜찮아요."

그리고 서류를 살펴보며 스케줄을 체크하고 정리한다.

사장실을 노크하는 소리에 하던 일을 멈추고 탁자로 간다.

▷정사장 : 은서 씨에게 보고받을 일은 없을 줄 알았는데, 그동안 스스로 찾아서 한 일이겠네요?

▷이은서 : 할 수 있는 일이라서 한 거예요. 세무사 통해서 받는 재무제표는 실제와 차이가 있는 경우가 많아서 정리해 봤어요.

▷정사장 : 이력에는 적지 않은 능력이네요.

▷이은서 : 그냥 경험이 있었어요. 이윤을 추구하지 않아서 오히려 정확한 계산이 필요했었던..

▷정사장 : 그건.. 예고라고 생각해도 되죠? 내일 점심시간 함께 하면 들을 수 있길 기대할게요.

▷이은서 : 보고드릴 일은 제가 따로 설명드릴 건 없어요. 자료 보시면 사장님도 파악되실 거예요.

은서가 건넨 파일을 보던 정 사장은 적지 않게 놀랐다.
'이 정도로 정확한 산출을 하려면 건건이 다 입력했어야 할 텐데..'
▷정사장 : 일일이 다 입력했어요?
▷이은서 : 시간이 충분했어요. 손익 내역은 1년 치 정리하는데 처음에만 계정별로 구분하느라 더디지, 그 후에는 패턴이 비슷해서 금방 입력해요.
▷정사장 : 그리고 4년 치 미수금이랑 가지급금 내역들만 별도로 정리한 건.. 내 결정에 따라 손실로 처리하면 순수익에서 마이너스 되겠네.
▷이은서 : 네..
▷정사장 : 정확한 보고라서 고맙다는 말이라도 확실하게 하고 싶은데, 내 입장에서는 매우. 고마워요.

은서가 인사하며 나가고 정 사장은 '이런 보고라면 결정할 때 단호할 수는 있겠다. 그리고.. 그동안의 자신감은 실적이 아닌 느낌으로 만든 거였군..' 생각을 하며 자신을 가만히 들여다보게 된다. 현재 바꿀 수 있는 건 결국 팔이 굽어지는 안쪽에서의 지출이다. 수입이 늘어날 수도 있다.
'하지만 지금은.. 비슷하다는 가정도 긍정일 상황 아닌가.'

호성은 사장으로서의 사고와 가장으로서의 사고, 그 균형을 맞출 방법을 천천히 생각해 본다. 가족은 한 명 늘어나도 수입이 꼭 1/n로 나눠서 사용되지 않기도 하고, 실제 지출이 ×n이 되지도 않는다. 첫째가 생겼을 때는 2 명에서 3 명, 그것도 아가인데 조금 더 들겠지. 생각했는데 지출이 두 배가 됐다. 월급은 같으니까 무슨 지출이든 효율을 생각하고 가성비를 셈하다가 둘째까지 낳고 나서는 적게 사용해서 될 문제가 아니게 됐고, 부모님과 상의하에 사업을 시작했다. 처음에는 월급보다 2 배 이상 수익이 생기면서 월급만큼은 다 저축되겠다. 싶었는데 막상 버는 만큼 지출도 커지게 된다.

나는 그대로여도 괜찮지만.. 부모님 드시는 건 더 좋은 거 사드리게 되고, 애들은 배우는 시기 놓칠까 싶어서 잘 가르치게 되고, 아내에겐 이왕 살 거면 좋은 거 사라고 말하게 되니.. 덩달아 내 것도 예전과 같지 않게 된다. 나로 인해 만들어진 가정이니까 유지하는 것도 오롯이 내 몫이지만 호성은 자기가 보고를 받는 입장이 아니라 하는 입장이면 어떨까? 결정권이 상대에게 있다면 편하겠다는 생각이 든다.

'오늘은 퇴근하고 회의를 해야겠네. 가장스러운, 그래서 가장 좋은 결과를 얻을 수 있는 회의를'

5 시가 되어서 한 시간 일찍 나가며 정 사장이 말한다.
"나 오늘 특근 있어 먼저 간다.   집에서. 이게 진짜 일이지."
네 사람이 인사하고 앉으며 이 대리가 말한다.
▷이대리 : 회사 와서 쉬는 건 사장님도 그랬나 봐요. 사장이 되면 더 힘들다는 걸 알아 가는 건 좋은 거예요?
▷최과장 : 사장도 사장 나름이지. 우리 사장님은 자기만 생각하지 않아서 힘드실 거야. 덕분에 우린 편한 부분이 많고..
▷박소장 : 사장이자 가장이어서 그러시지. 양쪽 다 잠시도 내려놓을 수 없는 자리니까.
▷이대리 : 저는요? 결혼하면 가장인 건가?

▷박소장 : 아직 부모는 아니면.. 평등한 관계지 않을까?

▷최과장 : 둘 만 있다가 자식 있으면..? 생각만 해봐도 차이가 정말 크긴 할 거 같아요. 게다 부모는 되고 나면 그만둘 수도 없잖아요. 그런데도 되길 원하는 건 본능인 거죠?

▷이대리 : 요즘 여자들은 결혼은 해도 엄마 되는 건 원하지 않는 경우가 많아졌잖아요?

▷최과장 : 내 와이프는 그 반대. 결혼보다 육아를 더 하고 싶었대. 나도 그 생각만 같으면 나머진 내가 다 맞출 수 있다고 말했었는데, 천생연분이지?

▷이대리 : 연애할 때 으레 하는 말들이잖아요. 결혼하면 불가능할 거 알면서도 괜한 말을 해서, 변했느니 어쩌니 계속 잔소리를 듣는 거고, 그래서 전요. 결혼 전후가 비슷하려고 그런 말 아예 안 해요. 남아일언중천금 하려면? 말을 안 해야지!

▷최과장 : 그래~ 서, 난. 남아가 아니거나, 말뿐이거나. 일 거다?

▷이대리 : 에... 지켜요? 형이 다 맞춰주고 산다고요?

▷최과장 : 왜? 불가능이라며?

▷이대리 : 형.. 형은.. 그렇게 할 수도 있다 쳐요. 근데, 가족들은요? 부모님이랑 누나도 있으시잖아요? 사이가.. 괜찮아요?

▷최과장 : 괜찮지. 가깝지 않게, 친해지고 말고 그럴 일이 애초에 없게 조율했으니까. 근데 그게 가장 좋은 관계더라.

▷이대리 : 와, 엄청 다르다. 저희는 저만 아직 시늉이지. 이미 다 친한 거 같은데.. 형이랑 저랑, 이렇게 다를 줄 몰랐네요.

▷최과장 : 결혼할 때, 누구를 무엇을 우선하냐를 확실하게 했지. 모두에게 칭찬받을 생각부터 버렸어. 특히 내 가족에게는 무슨 욕을 먹어도 내가 잘 살면 결국 안심해. 가족에게 맞춰 주려다 이혼 당하면? 그땐 누가 내 편을 들어. 뒤늦게 아쉬워하는 소리

나올 때는 이미 소용없는걸.

▷이대리 : 그럼.. 명절에는요?

▷최과장 : 처음부터 안 갔어. 괜히 어물쩍 하다가 나중에 억지로 되면 그땐 다 힘들어져. 시골이랑 거리가 있으니까 그리고 정체도 반대니까. 나 결혼만 하면 두 분이 시간도 더 많으신데 올라오시라고 미리 선포했지. 그러니까 할 말도 없으시고, 한번 올라와야지. 벼르다가도 막상 엄두 안 나시지. 손주나 태어나야 오실 거야.

▷이대리 : 어? 형에게 그렇게 단호한 면이 있어요?

▷최과장 : 좋은 고집은 부려야 한대. 그런데 나도 속물이라.. 내가 그렇게 선포 해놓고도 와이프가 한 번은 가자고 말하지 않을까? 조금 기대는 했나 봐. 그런데 고민도 안 하고 당연하게 여기는 모습 보니까 가슴 한편이 서늘하긴 하더라. 이 길로 안 갔으면 나 혼자였겠구나..   결혼은 둘이 가는 길이니까 그동안과 다르고 남들과 다른 게 이상해도 둘에게 편한 길을 찾는 게 좋은 거야. 이제는 내 고집이야.

▷박소장 : 현명하고.. 용감했네. 요즘 결혼은 남녀 둘 다에게 힘들다더라. 남자는 사막에서 생수를 찾는 거라 힘들고, 여자는 자판기 앞에서 고르느라 힘들고..

▷이대리 : 저는요..? 사막에 안 있었나, 아님 하나는 자판기가 없었나..?

▷최과장 : 진수야. 넌 사막에서 오아시스 같은 신기루 보면서 생수 귀한 줄 모른 거야. 하나 씨는 고를 마음이 없었겠지. 자판기의 칸마다 너였거나..   부럽다. 형은..   너 같은 결혼도 있다는 걸 현실에서 다 보고.. 그저 고마워만 하며 살면 되는데 왜 어려워?

▷이대리 : 보통 남자는 자기가 좋아해야 좋지 않아요?   여자는

자길 좋아해 줘야 좋아하면서도 불안해하고 그렇던데.. 반대라서 그런가? 뭔가.. 내가 선택한 게 아니라 강요받은 느낌? 그게 마음에 걸려 있었는데, 이제 결정됐고 괜찮아..지고 있어요. 무엇보다.. 다 저보다 좋은 사람이더라고요. 그게 안심이 됐어요.

♦ 하나네 식당

토요일 오전에 들어서는 중년의 남자분이 손님인 줄 알았는데 가만히 자리에 앉더니 먼저 인사를 건네왔다.

▷이권석 : 안녕하세요. 저.. 진수 에비 되는 사람입니다.

▷김기철 : 네? 그럼 오늘 저녁에 상견례..

▷이권석 : 네. 놀라셨죠? 전화를 드리고 와야 하나 했는데 괜히 일하시는데 방해가 될까 싶어서. 주소는 매번 보내주시는 음식들 편히 받아먹기만 하면서 익숙했는지 외워졌더라고요.

▷이정순 : 아유, 사돈께서 여기까지. 하나를 오라고 할까요? 진수에게 연락해야 하나.

▷이권석 : 아닙니다. 상견례 전에 두 분만 뵙고 싶기도 하고 그래서 잠깐 들렀어요.

▷김기철 : 식사는? 아침은 드셨어요?

▷이권석 : 부러 거르고 왔습니다. 제가 여기서 꼭 한 번은 사먹고 싶었거든요.

▷이정순 : 오늘 첫 손님이시네요. 저희도 아침식사해야 하는데.. 합석해도 될까요?

▷이권석 : 그럼요. 저야 감사하죠.

하나 부모님이 부지런히 주방에서 움직이는 동안 진수 부친은 천천히 가게를 둘러본다.

진수의 대학교 시절부터 자신보다 많은 끼니를 챙겨줬을 이곳에서의 시간들이 그저 고맙고 감사하다.
'빈자리는 비어 있지 않고 누군가로 채워진다는 걸 믿고 살아왔으면서도 진수의 엄마 자리가 사돈으로 며느리로 채워지고 있다는 건 감히 먼저 바라기가 어려운 선물 같은 일이었는데..'

식사를 마치고 커피 한 잔씩을 놓고 마주 본다.
▷이권석 : 제가 혼자되고.. 진수도 삶의 절반을 엄마 없이 지내와서.. 분명 결핍이 있을 거예요. 그 녀석 생활 안에 들어가 보지 않고서야 모를 부족함을 에비가 알기도 전에.. 새 아가가 알게 되어서 미안합니다.
▷김기철 : 사돈, 하나라고 불러주세요. 저희도 진수라고 부르는 게 익숙하고, 사위보다는 다 키워 주신 아들이 거저 생겼다는 마음입니다.
▷이권석 : 진수 엄마가 황망히 떠나고서 저 살기 바빠서.. 어떻게 키우지 못했습니다. 알아서 자란다더니 어느새 보니 아들이 아니라 남자가 되어 있네요.
▷이정순 : 진수가요. 처음부터 그늘이 하나 없었어요. 오히려 더 밝았어요. 서울서 자라질 않아서 그런지 또래보다 되려 형 같은 느낌이고, 하나도 친구보다 오빠처럼 생각하더니 혼자 좋아하던 마음이 여기까지 왔네요.
▷이권석 : 혼..자요? 진수랑 오래 만나 왔던 사이가 아닌가요?
▷김기철 : 아.. 모르셨군요. 저흰 다 아실 줄 알고.. 결혼까지 얘기 오가며 민망한 마음을 언제 털어놓나 했었는데..
▷이권석 : 그런 말씀 마세요. 제가 먼저 묻지도 못하고.. 진수도 말을 안 해서.. 오히려 송구합니다. 혼자 생각한 걸 안다고 여겼네요. 정말 부끄럽습니다.

▷이정순 : 아녜요. 아닙니다. 하나가 저를 닮아서 그래요. 저도 제가 좋아해서 이 사람이랑 인연이 된 지라, 혼자 좋아하며 뭐라도 해주고 싶어 하는 마음을 빤히 아는데.. 엄마로서도 여자로서도 이해가 돼서는 먼저 말을 하게 되었어요. 음식 하다 보면 양이 많을 때가 더러 있는 걸 아니까 누구네, 어디 잘 드실 곳에 보내주면 참 좋겠다. 몇 번 말했더니 언젠가 진수 아버님네 주소라고 알려주길래 제가 부지런히 보낸 거예요. 하나도 외동인데 진수랑 달리 타고나길 유난히 소극적이에요. 그런 애가 자기 마음을 표현한다는 거, 그것만으로 고마웠지요. 다만.. 진수랑 아버님께 부담이거나 빚으로 생각되면 어쩌나.. 그 걱정을 하면서도 결국 내 자식을 먼저 생각했네요.

▷이권석 : 매번 미안하고 고마운 마음이 어찌 크지 않았겠습니까. 그래도 빚이나 부담으로 여기지는 않았습니다. 제가 혼자.. 염치가 없어져서 그런지 누가 뭐라도 건네면 그저 좋기만 했나 봅니다.

▷김기철 : 말씀드리기가.. 정말 혼자되신지가 한참인데.. 어떻게 계속.. 저희도 진수 대학 때 알고 그 후로 재혼 소식이 있으시겠지 했는데.. 내 혼자 지내서서 마음 한편이 무거웠습니다.

▷이권석 : 제 마음은 가볍습니다. 주변에서 뭐라고 해도 진수 엄마 자리 채우자고 누굴 만나는 게 저를 속이는 걸 알았지요. 정말 좋은 사람이 왜 없겠습니까만은.. 제가 그분에게 남편 몫, 진수에게 에비 몫 둘 다 제대로 못할 부족한 사람이라 생각도 안 했습니다.

▷이정순 : 남자는 아빠가 돼서도 남자인 게 큰데.. 진수 아버님은 아빠로만 사셨네요.. 이제 누군가와 함께 하셔도 안정적이실 거 같아요.. 좋은 분과 연이 되시면 언제든 알아보셨으면 좋겠습니다.

▷이권석 : 예. 이제는 갈수록 애들에게 짐이 될 텐데 싶어서.. 생각은 해보고 있습니다. 저도 제 자식을 먼저 생각하는 건 다르지 않습니다. 마음 편히 하세요.

상견례를 하는 날. 비공식적으로 이뤄진 세 사람의 만남은 공식적인 자리에서의 겉치레를 다 거둬 내었고, 마치 오랜 친우 같은 마음으로 서로를 대하게 했다.

(12) 원인

◆ 화요일 저녁

호성은 집 앞에서 전화를 한다.
"여보.   아니, 제시간에 들어가지.   잠깐 마트에 다녀올 시간 될까? 과일 뭐가 제철인가. 부담되지 않게 선물할 만한 거 부탁하려고."
아파트 입구에서 나오는 아내를 보자 호성이 다가간다. 놀라는 아내의 팔짱을 끼고 가까운 커피숍으로 들어가며 말한다.
"당신, 엄마 앞에서 연기 못할 거 같아 내가 대신했어. 부탁한 건 이미 사뒀으니까 우리 편히 얘기 좀 하자."

두 사람은 커피를 마주하고 앉았다.
▷정호성 : 단둘이서는 커피숍에 정말 오랜만이네. 당신도 남자랑은 몇 년 만인가?
▷강소영 : 왜, 오빠라고 불러줄까요?
▷정호성 : 영주영 아빠로 불린 지가 오래돼서 이제 오빠는 어색하지. 호성 씨는 괜찮겠다. 내 이름 듣기 어려워서. 소영 씨도 그런가?
▷강소영 : 난 당신이 애들 이름에 한 자씩 넣어줘서 부를 때마다 괜히 내 이름도 생각나고 그래요.

▷정호성 : 그땐 돌림자에 영자만 앞뒤로 붙이면서 편하다 했는데, 일석이조였네?
▷강소영 : 본론! 여기서만 편히 할 수 있는 얘기나 해봐요.
▷정호성 : 소영 씨가.. 나 닮아가나?

호성은 오늘 여직원이 생각지 않게 정리해서 보고해 준 회계 내역에 대한 얘기를 간략하게 전했다.
▷정호성 : 처음에 생활비로 7-8 백 맡기면서 내가 나한테 속았나 봐. 계속 그 정도 사용해도 되는구나. 생각했어. 우리가 저축이야 물론 하지만 그건 고정으로 유지하면서도 지출을 꽤 줄여야 할 거 같은데 우선순위는 당신이 정해야지. 난 보고만 하는 거야.
▷강소영 : 나 활용하는 거죠? 고맙게 생각해요. 내 역할 인정해 주는 건데. 당신이 직접 말하면.. 어머님이나 애들이 불안하거나 불만할 수도 있어요. 지금 상황 잘 이해했으니까 차츰 조율해 갈게요.
▷정호성 : 나.. 사업하면서 월급 이상은 벌어다 줘야지. 그런 목표만 세운 줄 알았는데, 사업하는 사람의 이미지라는 거 만드는 데도 일조했나 봐. 무의식중에 한 행동들이 그림자처럼 붙어 있었어.
▷강소영 : 그림자 없는 사람이 어딨어요.. 지인이나 하다못해 처음 만난 사람도 애들 아빠는 뭐해요? 물어와서 사업한다고 답하면 바로 잘 돼요? 로 이어지고 그럭저럭이요. 대답해도 내 차림새로 얼마나 잘 되나 가늠해 보려는 건지, 시선이 달라지는 게 느껴져서 불편한데.. 영주랑 주영이도 종종 이런 일 겪을 텐데 생각을 하면.. 애들이 평범하게 학교생활하는 것만으로 고맙고 힘이 되고 그랬어요.   어머님은.. 혼자되시고 나니 없어 보

일까 싶으신가.. 더 신경을 쓰시는 게 느껴져서요. 사실 그렇게나 알뜰살뜰 살아오셨는데 이제라도 좀 누리셔야지 평균이라는 생각이 들고요.

▷정호성 : 당신.. 옷을 많이 입어서 그런가 부쩍 커 보인다.

▷강소영 : 어머, 나 살쪘어요? 옷을 한 치수 크게 사다 버릇 하니 몰랐나? 얼마나 쪄 보이는데요?

▷정호성 : 순식간에 여자네. 지출 줄이는 것보다 체중 줄이는 게 큰일이지 소영 씨는?

▷강소영 : 놀리지 마요!   선물한다는 과일은 누구? 그 여직원 줄 거예요?

▷정호성 : 아니. 고생할 사람, 당신 줄 건데?

♦ 수요일 점심시간

정 사장이 사무실로 시간 맞춰 들어오며 말한다.
"오늘 은서 씨랑 점심 식사. 세이프!   대타들도 식사해."

정 사장은 가방만 사장실에 두고 바로 나와서 은서의 지정 식당에서 함께 식사를 하고 공원에 앉았다.

▷정사장 : 곧 춥겠다. 겨울 좋아하나?

▷이은서 : 좋고 싫고.. 없어요.   계절은 보상이자 예고 같아서요. 추웠던 겨울의 보상으로 따뜻한 봄이 오지만 뜨거울 여름의 예고 같잖아요. 그리고 다시 시원한 가을을 보상으로 주면서 차가울 겨울을 예고하고.. 사계절 한 바퀴를 30 번 넘게 겪었는데.. 춥다 덥다. 좋다 싫다. 그런 말은 의미가 없다고 느껴지나 봐요.

▷정사장 : 그럼.. 은서 씨가 겨울에 있는 이유는..?

▷이은서 : 전.. 그 이후를 원하지 않았어요.

▷정사장 : 어렵겠네... 이력에 적지 않았던 경험은..?

▷이은서 : 프랜차이즈 음식점.. 손익이 없도록 운영해 본 적 있는데.. 사업이라고 하기에는 목적이 맞지 않아서요.
▷정사장 : 그것도 어려웠겠다.. 원래 목적은..?
▷이은서 : 아직.. 결론 안 났어요.

식사를 일찍 마치고 사무실로 들어온 세 사람도 얘기를 나누고 있다.
▷이진수 : 사장님은 이은서 씨가 어떻게 편하시지? 오늘처럼 계속 대타였으면 좋겠다. 굳이 출전하고 싶지 않은데..
▷최기훈 : 왜. 우리가 추우면 추운 거 싫고 더우면 더운 거 싫은데도, 추우니까 맛있는 음식 있고 더우니까 좋은 거 있듯? 밥 먹으면서 그런 생각이 들어서. 어묵이랑 붕어빵도 겨울에 추운 바깥에서 먹어야 더 맛있잖아.
▷이진수 : 갑자기 그게 무슨 상관이에요? 요즘 우리 대화 왜 이렇게 고난이도 같지. 번역해서 쉽게 얘기해요.
▷박민영 : 아마.. 기훈이 말은, 내가 더울 때 차가운 걸 찾게 되는 거처럼. 사람마다의 온도도 그래서 그럴 수도 있다는 뜻일 거야.

기훈은 민영을 보며 엄지 척을 하고 진수는 혼자 맥이 빠진다.
▷이진수 : 사장님이랑 기훈이 형은 결혼생활이 정말 안정적인 거죠? 주변을 돌아볼 여력이 있다는 게 진짜 고난이도다.
▷최기훈 : 넌, 상견례 분위기도 좋았다며? 나는 상견례 때 혼자 진땀을 얼마나 흘렸는데.. 어차피 여름이었길 다행이야. 그래서 티 덜 났을 거라.
▷이진수 : 형. 진짜 어제 퇴근 때 한 얘기, 형수님이랑 어떻게 사시는 거예요?

▷최기훈 : 질문이 왜 그러냐? 어떻게 살긴? 잘 산다! 그동안은 전혀 안 궁금이더니 이제야 궁금하지?

▷이진수 : 저야 뭐.. 형이 먼저 얘길 안 하니까 평범하시려니..

▷최기훈 : 어라? 먼저 얘기할 분위기야 어디? 넌 연애는 하는데 언제 헤어질지 모른다며 어둡지. 민영이 형은 비혼 주의에 솔로지. 뭔 얘길 해. 그리고 계속 단어가 영 거슬린다. 평범치 않다 이거냐?

▷이진수 : 아니, 형네 고향이 부모님이나 가족들끼리 잘 챙기고 잘 뭉치는 분위기일 거 같은데 명절 때 아예 안 간다고 하시니까 너무 의외라서..

▷최기훈 : 명절 때는 합리적으로 부모님이 서울로 오시라고 된 거지. 누나도 서울에서 자리 잡았고, 모두가 편하잖아. 그런데 부모님도 명절이라고 굳이 우리 얼굴 보러 오는 거보다 고향에 있는 게 편하시니 안 오시는 거고. 나 혼자는 종종 다녀와. 그리고 내 부모에게 와이프가 잘하길 바라는 건 사실 이기적이지.. 와이프도 자기 부모에게 잘 하는 게 더 중요하지 않겠어? 물론, 양쪽에 다 잘하는 게 가장 좋겠지만은 결국 이도 저도 안 되는 게 통계적인 성적표더라. 난 평균을 선택한 거니까, 사실 이게 가장 평범 아닌가?

▷이진수 : 형은 진짜.... 세련됐네요. 저는 만약 하나네 부모님이 우리 아부지한테 데면데면한다? 하나가 아부지를 불편하게 한다? 그럼 바로 헤어질 거 같은데..

▷최기훈 : 넌.. 널 좋아해 주신 여자분과 거저 하는 결혼이고, 나는 내가 지성이 되어 감천을 만들어내서 이뤄낸 극적인 결혼이니까. 출발점부터 다른 거지.. 이제 얘기를 할 수 있어도 어째.. 외롭다.

얘기를 나누는 도중 출입문이 확 열리자 셋은 사장님과 이은서 씨라고 생각하고 돌아보는데 정희성이 들어온다.
"들리는 단어가 결혼? 여기 누가 결혼해서 얘기 중?"

셋이 일어나 인사하고 최 과장이 말을 한다.
▷최과장 : 오셨습니까. 식사는 하셨어요?
▷정희성 : 왜? 안 먹었다고 하면 나랑 또 먹게? 인사치레 좀 하지 말자. 물어본 거나 말해봐. 둘 중 누가 결혼해? 그럼 내가 갈지 말지 고민할 일이니까 궁굼스~
▷이진수 : 제가 합니다.
▷정희성 : 이 대리가? 몇 년 사귄 사이? 아, 아냐. 됐고, 이혼 가능성 그거 얼마나 돼?

세 사람 다 말을 못 하고 어색해 한다.
▷정희성 : 보자.. 절대, 죽어도 안 헤어진다. 그런 말이 바로 안 나오는 거 보니까.. 괜찮은데? 아니, 그렇잖아. 결혼식이 평소 연락 안 하던 사람까지 죄다 찾아서 떠들썩하게 광고하고, 그 비용을 협찬받아 가며 해놓고. 헤어질 때는 소리소문 안 나게 하냐. 이혼식도 법으로든, 문화로든 있어야 해. 그래야 이혼율이 확 떨어지지 않겠어? 결혼식 왔던 사람들에게 다 연락해서 저희가 헤어지게 됐습니다. 얘기하고 축의금 반납하는 걸로 해봐. 그럼 결혼식 하기 매우 신중해지겠지? 가는 사람은 얼마나 흔쾌히 가겠냐고. 식은 공식적으로 하는 거니까 헤어질 때도 그렇게 해야지. 그럼 뒤에서 숙덕숙덕 말 안 나와 좋고. 책임감을 높이자 이거야. 장례식은 한 번이라 공평한데, 결혼식은 한 놈이 또 하질 않나. 이러니까 부모님들이 그 뿌린 돈을 거둬야 한다고 자식들에게 결혼 안 하냐는 소리를 끝없이 하지.

어느새 들어온 정 사장과 은서가 뒤에서 듣고 있다.
▷정사장 : 정치해. 놀지 말고, 네가 좀 바꿔. 우리에게 연설해봐야 헛 일 아니냐?
▷정희성 : 내가 왜? 그 고생을? 남 바꾸려는 게 가장 불확실한 거 몰라? 나라도, 내 생각대로 말하고 사는 거나 잘 해야지. 이 대리 결혼식을 가야 하나 말아야 하나, 고민하며 나온 말이. 내 생각은 그렇다는 거지.
▷정사장 : 니가 오길 바라기는 할지, 그 생각은?
▷정희성 : 그걸 왜 내가 생각해? 그건 남 일이지. 내가 오길 바란다고 가고, 싫어한다고 안 가고 그래야 해? 내 인생 내 맘이지.
▷정사장 : 그래.. 오늘은 무슨 마음으로 오셨는데?
▷정희성 : 내 지금 마음이, 대답하기 싫대. 질문 사양.

사장실 안으로 쏙 들어가는 정희성을 보며, 정사장은 직원들에게 피곤하다는 표정을 보이고 따라 들어간다.
▷정희성 : 나야말로 질문. 형, 저 여직원이랑 둘이 밥 먹었어?
▷정사장 : 왜 궁금한데? 말이 뻔하다만. 왜?
▷정희성 : 내가 저 분과 강렬한 첫 만남이 있었어서 궁금한 거 반. 형이 여직원을 뽑고 상대도 한다는 거 반. 아니다.. 그 반대겠네? 저 분이 형은 상대한다는 게 더 궁금하네. 사장이라 그럴 성격 아닐 거 같던데?
▷정사장 : 우리 회사 이름 같은 거.   그냥 자연스러운 거라고, 굳이 궁금해 하지 않아도 될 텐데?
▷정희성 : 둘 다. 궁금해 하지 말라네? 궁금해 하는 사람이 손해인 걸 너무 잘 아니까. 난 이만 커트! 남이사. 썸이든, 바람이 되든, 낫싱이든. 내가 뭔 상관.

▷정사장 : 공부 잘하는 놈이, 셋 다 아니야.

▷정희성 : 장담 안 하는 형이?

▷정사장 : 장담은 안 해도.. 약속은 하니까?

▷정희성 : 그건, 아직은 믿어줄 수 있는 걸 걸어서. 알겠으~

▷정사장 : 왜 왔어? 목적 없어?

▷정희성 : 응. 근처에서 밥 먹고 들러 봤어. 나 여기 있다고 위치 보고. 독거하는 놈이 알아서 얼굴 보여야지. 살아있나 어쩌나 걱정 안 하지.   형 말고, 엄마.

(13) 원망

● 수요일 저녁

귀가한 호성은 소영에게 손짓하고 조용히 엄마 방으로 들어간다.
▷정호성 : 엄마.
▷손순미 : 너 왜 그러냐. 옷도 안 갈아입고 여기부터 들어왔대?
▷정호성 : 엄마 보고 싶어 하고, 엄마가 보고 싶어 하는 아들. 생각해서요.
▷손순미 : 응? 무슨 소리야?
▷정호성 : 희성이요. 좀 전에 사무실 다녀갔어요. 엄마가 자기 걱정할 건 다 알면서.. 녀석도 생각이 많잖아요.
▷손순미 : 희성이.. 니 아버지가 못 주는 만큼 내가 채워주려고 했어도.. 남자인데 아버지가 인정해 주는 거랑 엄마가 위해주는 게 어디 같을 수 있어. 기어이.. 그 마음 치유해 줄 기회도 못 가져보고 갑자기 가버리니 한스러워. 내가 무슨 말을 해..
▷정호성 : 희성이. 아버지 원망하지 않아요.
▷손순미 : 그렇대? 너한테 아버지 얘길 하디?
▷정호성 : 아뇨.. 그냥 알 수 있는 거지만.. 확실해요.
▷손순미 : 근데 왜 집에 한 번을 안 와? 명절에도.. 제사라도 지내면 올까 싶었는데 안 오잖아.
▷정호성 : 아이고 엄마. 아버지 제사, 희성이 때문에 하셨어요?
▷손순미 : 꼭.. 그 이유만은 아니다만.. 장례식 이후로는 연락도

없고, 제사라도 하면 와서 지 아버지를 조금씩 용서하지 않을까 싶은 생각을 하긴 했지..

▷정호성 : 엄마가 아니, 우리가 잘못 생각했어요. 그 반대였어요. 마음 정하시면.. 마지막 제 지내시고, 얘기해 주세요. 그리고 기다려봐요.

● 금요일 아침

은서는 현관에서 "설아, 언니 다녀올게" 인사를 하고 집을 나선다. 입김이 나오는 온도에 머지않아 눈이 내리겠다는 생각을 하며 걷다가 회사 앞 골목에서 고양이 울음소리가 들리자 걸음을 멈춘다. 망설이다 돌아보니 노란 헌 옷 수거함에 기대있는 어린 고양이를 발견하고 한동안 바라보다가 근처 편의점으로 향한다. 그러나 다시 걸음을 멈추고 돌아서며 회사로 빠르게 걷는다.
"미안해.." 라고 작게 말하며 지나가는 은서.

사무실에 도착해서 자리에 엎드려 마음을 추스른다. 시간이 얼마나 지났을까 출입문이 열리는 소리가 들리자 고개를 들고 무표정하게 움직이는 은서에게 박 소장이 인사를 한다.
"은서 씨.. 조금만 천천히 나오세요. 날씨가 추운데, 먼저 나와서 좀 따뜻하게 해두고 싶어서요."
대답이 없는 은서에게 익숙해진 박 소장은 자리에 가방만 두고 먼저 히터와 난로를 켠다. 은서는 탕비실에서 차를 우리면서 망설이다 한 잔을 더 만들어서 박 소장의 책상에 내려놓고 자리에 앉는다.
"어..? 언제.."
의자에 앉으면서 찻잔을 발견한 박 소장에게 은서가 나지막이 말한다.

▷이은서 : 지금도 충분히 따뜻해요.

▷박소장 : 네.. 고맙습니다.

박 소장은 '그렇게 생각해 주셔서..' 라는 말을 삼키면서 업무를 시작한다.

◆ 점심시간

세 사람이 나와서 어디를 갈까, 무엇을 먹을까. 고민하며 돌아다닌다.

▷최과장 : 이게 참.. 좋으면서 귀찮기도 해요. 뭐 먹을까? 기대하면서, 자주 반복되면 이거다. 싶은 게 없잖아요.

▷이대리 : 덜 배고파서 그런 거예요. 뭐라도 먹었으면 싶을 때 먹어봐요! 전 아침을 안 먹어서 다 맛있어요.

▷최과장 : 저는 아침, 저녁은 와이프가 선택해서 차라리 편해요. 소장님은 매끼 어떻게 결정하세요?

▷이대리 : 선택? 기훈이 형도 밥을 사 먹어요?

▷최과장 : 그럼. 와이프도 일하고 게다 나보다 늦게 나가서 늦게 들어오는데 거의 그렇지. 집밥도 종종 먹긴 해. 내가 만들 수 있는 거 먹고 싶다고 할 땐.

▷이대리 : 헐...... 사기꾼.

▷박소장 : 왜 사기꾼이야? 사랑꾼이고만. 그만 걷고 여기 들어가자.

◆ 분식집

▷이대리 : 점심에 분식이라니.. 색다르네요.

▷최과장 : 여러 가지 골고루 시켜 놓고 먹어요.

▷박소장 : 학생 때는 밥보다 분식을 더 좋아했는데.. 이 메뉴가

밖에서 혼자 먹긴 그렇더라. 사서 집에 가서 먹으면 그 느낌이
안 나고..
▷최과장 : 소장님.... 이제 마음을 바꿔 드세요! 여기 주문이요.

종업원이 오자 기훈은 숨도 안 쉬고 말한다.
▷최기훈 : 떡볶이 2, 모둠 튀김, 어묵탕, 쫄면, 김밥 2 이렇게 주
세요.
▷이진수 : 분식으로 뷔페네요. 자, 그럼. 기훈이 형 조사 좀 할
게요. 사랑꾼이 된 스토리 말해봐요.
▷최기훈 : 사기꾼이라며?
▷이진수 : 생각해 보니 형이 사기를 친 적은 없는데 제가 혼자
서 추측한 방향이 그랬네요. 하.하.하.
▷최기훈 : 확실히 보고 배우는 거야.
▷이진수 : 뭐지.. 이거 비수 꼽는 말??
▷최기훈 : 어휴, 그새 또 추측했어? 하지 마 그런 거. 우리끼리
라도 하지 말자.   내 와이프 말이야. 장모님한테 배우길
그렇게 배웠다고. 두 분이 화훼농장을 하시는데 그게 꽃밭에서
사실 거 같지만 농사 못지않은 노동이거든. 그러니 장모님이 두
딸에게는 집안일을.. 아예 안 가르치셨다. 희한하지? 힘드니까 도
와 달라고 그럴 거 같은데. 본인이 잘하고 익숙하니까 같은
시간을 해도 장인어른보다 더 많이 하게 되더래. 힘으로는 남자
가 월등한데도 결국 하던 사람이 하게 된다는 거지. 그래서 딸내
미들이 미리 배워서 할 줄 알아봐야 결혼하면 당신처럼 더 많이
하고 살겠다 싶어서. 전혀 못하게 하셨대.
▷이진수 : 와... 보통 남자들은 엄마가 해주는 밥, 빨래, 청소가
당연해서 결혼해서도 그대로이길 바라고, 맞벌이면 가사분담은
해도 아무래도 건성건성이고, 잔소리라도 들으면 엄마 생각나고

그런다는데.. 물론 전 그 케이스도 아니지만. 결혼해도 지금처럼만 할 건데, 그럼 보통 깔끔한 여자 쪽이 더 치우게 되지 않아요?

▷최기훈 : 내가 서울서 누나랑 자취했었고, 누나가 결벽증 수준이라 그거 보며.. 참 사서 고생한다. 했는데.. 집에 놀러 왔었던 현아가 집 깨끗한 거 보고, 호텔 같다고 너무 좋아해서.. 그래서.. 누나 결혼하고도 그대로 유지하며 살았지.. 사기는 그때 내가 친 건가? 암튼 책임도 지고 있다..

▷이진수 : 형.... 목메서 못 먹어요. 여기서 편집. 식사시간은 즐거워야죠.

▷박민영 : 인터넷에서 본 글인데 결혼하면, 여자는 부모님이 여행 간 사이 남동생 맡은 기분이 되고, 남자는 여자친구가 집에 놀러 온 기분이 된다나. 그래서 시간이 지날수록 여자는 엄마가 집에 언제 오나? 기다리게 되고, 남자는 여자친구가 언제 집에 가서 자유롭게 될까? 기다린다더라.

▷이진수 : 민영이 형은 그런 글들을 어떻게 기억해요? 난 피식. 하고 잊어버릴 텐데..

▷박민영 : 나도.. 사기꾼이라. 비혼 주의인데 결혼하면 어떨까, 어떻게 해야 잘 살까. 그게 관심이 있으니 잊히지 않겠지..

▷이진수 : 에이! 오늘 밥 어떻게 먹자는 거예요? 분식은 신나게 먹어야 하는데!! 빨리 마인드 컨트롤해요. 일단 웃어봐요. 얼굴로 웃으면 뇌를 속일 수 있대요. 다 사기 쳐.

정 사장은 거래처에서 나오며 시간을 본다. 그리고 박 소장에게 전화해서 일 마치면 퇴근들 하고 주말 잘 보내라는 얘기를 하고, 동생에게 전화를 한다.

▷정희성 : 왜?

▷정호성 : 오늘 저녁 약속 있어?

▷정희성 : 밥을 먹자는 거야, 얘기를 하자는 거야?

▷정호성 : 너 하고 싶은 거.

▷정희성 : 나야 둘 다 아니지. 그러니까 형 목적.

▷정호성 : 밥 먹고, 술 한잔하며 얘기 좀?

▷정희성 : 뭐가 많아. 결국은 얘긴데 그것만 못해?

💧 커피숍

▷정호성 : 동생이랑 밥 한번 먹기 어렵네.

▷정희성 : 얘기하려고 밥에 술도 필요한 거면 그게 먹는 거야? 그리고 맨 정신에 해. 잘하면서 왜 그래?

▷정호성 : 잘했지. 그런데 사업한 후로 사람이 변했나.. 술자리에서 얘기하기가 편해진다.

▷정희성 : 이래서 내가 목적이 있는 활동이 싫은 거야. 안 할수야 없지만 최대한 피하고 싶고, 최소한 줄이고 싶고.

▷정호성 : 그런 건 내가 너. 부러워하는 거 알지?

▷정희성 : 알지. 그리고 쓸데없이 미안해하는 것도.

▷정호성 : 너한테 잘못한 사람이 미안해하지 않으셨으니까. 그리고 나에게는 잘하셨으니까. 내가 어떻게 마음이 편했겠냐.

▷정희성 : 내가 형이었으면.. 가정을 해본 적 있어. 안 그래도 엄마가 동생 때문에 아버지랑 싸우는데 나까지 아버지가 잘못한다는 말 할 수 있었을까?   답을 내리기 어렵더라. 그리고 가정해 보니, 나인 게 낫다는 건 확실히 알았지. 아버지의 기대가 없었던 게 관심이 없는 거라도 대신 의무가 적었으니까.

▷정호성 : 장례식 이후로.. 엄마 안 보는 건..?

▷정희성 : 엄마가 아버지 돌아가시고 나니 괜히 미안해한다는 느낌. 직접 보는 거 싫어서.   엄마도 아직 마음이 편하지 않을

텐데 내가 편할 수도 없고.

▷정호성 : 보다 보면 편해질 수도 있잖아.

▷정희성 : 아버지가 안 그랬어서, 엄마한테도 그러긴 싫었네.

▷정호성 : 엄마가.. 아버지 제사 그만두시면?

▷정희성 : 그건 나랑 상관없이 그만둬야 하는 거 아닌가?

▷정호성 : 너 때문에, 너 올까 싶어서.. 하셨던 거면..

▷정희성 : 세대차인가? 당사자에게 물어보지도 않고 짐작해서 기대하는 건?

▷정호성 : 어떤 건.. 오해할까 싶어서 말을 안 하고, 어떤 건 말을 안 해서 오해하고.. 그렇잖아.

▷정희성 : 엄마가 아버지 바람대로 둘째를 딸로 못 낳은 거, 엄마 잘못이야? 내가 아버지 바람대로 형한테 한참 못 미치는 동생이지 못했던 건, 내 잘못이야? 잘못을 찾자면, 있는 그대로 받아들이지 못하고 계속 미련을 갖고 살던 아버지 때문이지만. 원망해서, 달라질 게 있어? 내 마음은 내가 알아서 할게. 그거라도 경영해야지. 형도 중간에서 조율하는 건 일만 해. 엄마랑 나 사이까지 줄다리기하지 마.

▷정호성 : 얘기를 해도 역시 편치는 않다만.. 안 한 것보단 낫네.

▷정희성 : 그럼 공수는 아니네. 집에 가서 밥 먹어. 난 자릿값 좀 받아내고 들어갈 테니까.

호성이 입가에만 웃음을 만들며 일어난다. 희성도 거울 보듯 비슷한 표정을 비춘다.
호성의 뒷모습도 시야에서 사라지자 눈을 감는 희성..

♦ 고3 수능이 마친 후

▷정희성 : 엄마. 나 담임이랑 상의해서 서울대 원서 넣었어.

▷손순미 : 정말? 학원도 안 다닌 애가. 어떻게 공부를 그리 잘했냐. 아이구, 정말 대단하다.

▷정희성 : 누구한테 안 배워도 그림 잘 그리고, 노래 잘 부르는 애들 같은 거지 머 대단해. 공부 잘하는 게 뭐 대수라고.

▷손순미 : 아니야. 넌 공부보다, 말은 더 잘해.

▷정희성 : 말 잘하는 건, 이쁨 받기 보다 미움받던데?

▷손순미 : 으이구, 엄마는 이뻐. 합격 확률은 높고?

▷정희성 : 모르지. 다른 데는 원서 안 넣었어.

▷손순미 : 아니 왜? 떨어지면 재수하려고?

▷정희성 : 그게 다른 대학 가는 거보다 싸게 치던데? 재수할지 일할지는 결과 나오면 그때 고민해 보고.

▷손순미 : 일을 해? 대학 가야지. 너 공부 잘한 거 고졸로 마치면 누가 알아줘.

▷정희성 : 누가 알아줘서 뭐해. 학교 공부 잘한 건 선생님 될 거 아니면 사실 무슨 의미야. 다른 거 잘하면 평생 취미라도 있지. 선택할 수 없었으니 됐어.

▷손순미 : 엄마 마음이 아파서 안돼. 재수

▷정희성 : 엄마, 아직 결과 안 나왔다. 나 친구들 좀 만나고 올게. 욕먹고 와야 해.

▷손순미 : 그, 그래.

지갑을 찾아 돈을 꺼내는 엄마를 보면서 희성이 웃는다.

▷정희성 : 엄마, 밥 사는 거 아니고 욕먹을 거라니까. 돈 안 갖고 갈 거야.

▷손순미 : 그게 무슨 소리야? 그런 델 왜 가?

▷정희성 : 밥은 지들이 사겠지. 난 밥도 얻어먹고 욕도 얻어먹고, 그렇게 치를 값이 있어.

순미는 희성이 웃으며 나가는걸 보며 웃다가도 애들 아빠를 생각하니 마음이 무겁다. 귀가한 남편과 저녁식사 후 설거지부터 해놓고, TV를 보고 있는 남편 옆에 앉는다.

▷손순미 : 얘기 좀 해요.

▷정범석 : 해.

▷손순미 : 좀 끄고, 얼굴 보고요.

▷정범석 : 다 들려.

▷손순미 : 오늘은 내가 당신 표정을 제대로 봐야겠어서 그래요.

순미는 직접 TV를 끄고서 남편을 본다.

▷손순미 : 희성이, 대학원서 넣었어요. 서울대요.

말도 표정도 없는 남편의 모습을 예상이라도 한 듯 곧이어 단호한 말을 덧붙인다.

▷손순미 : 혹시라도 떨어지면 재수해서 다시 서울대 들어가게 할 거예요.

▷정범석 : 뭐 하러? 걔가 그러겠대?

▷손순미 : 그럼 안돼요?

▷정범석 : 기어이 지 형보다 잘났다는 거 증명하고 싶지.

▷손순미 : 여보! 당신, 정말 언제까지 그럴 거예요? 당신 경험을 애들한테까지 적용시키는 거 대체 누굴 위한 거예요?

▷정범석 : 나도 티 안 내며 컸어. 그게 얼마나 힘들었는지 알아? 호성이도 장남이라서 티를 안 내는 거야.

▷손순미 : 희성이가 힘든 건요? 아버지가 형만 바라보고 형만 응원하는 거 다 알아도 서운한 티 안 내고 사는 희성이는요?

▷정범석 : 걔는 다 알아서 잘하잖아. 그리고 당신이 더 신경 써주면서 뭘 그래.

▷손순미 : 그게 같아요? 그럼 내가 호성이 대하는 마음이랑 당신이 희성이 대하는 마음이 같아요?

109

▷정범석 : 여태 그렇게 살아온걸. 당장 어떻게 하란 말이야? 둘째는 딸이었어야 하는데, 처음부터 잘못된걸.

▷손순미 : 하.. 결국 또 그 소리. 네. 내가 딸을 못 낳아서 당신이 이 지경이죠. 나, 마음만으로는 당신이랑 살고 싶지 않아요. 그런데 애들에게 좋을 게 없어서 같이 살 거니까. 희성이 듣는데 마음 아프게 하는 말, 말이라도 하지 마요. 표정과 태도로 말하는 걸로도 충분하고 아주 지겨우니까.

엄마는 방으로 들어가 울고, 그 소리가 듣기 싫은 아빠는 이내 TV를 켰다. 현관 밖에 서서 부모님의 대화를 들은 희성은 돌아서 밖으로 나가 공원을 한 바퀴 돌며 벤치에 앉았다. 쌀쌀한 날씨.. 싸늘해지는 마음..

♠ 희성은 커피숍에서 나와 공원으로 간다. 그리고 벤치에 앉아서 생각한다.

'아버지의 감정.. 원인이 나에게 있었던가? 찾을 수 없다. 나에게서 찾을 수 있었어도.. 절망스러웠겠지.. 아버지는 평생 남을, 상황을 원망하며 살았던 분이다. 나도 한때는 그게 편했는데.. 원망할 대상이 사라지니 나만 남았다. 허공에 대고, 기억을 붙잡고 원망하는 건 점점 희미해진다. 이제는.. 화해를 해야겠지.. 상대가 구하지 않는 용서를 나 혼자 해야 한다.'

(14) 다짐

◆ 토요일 오전

새벽 일찍부터 움직인 은서는 강원도 정선에 있는 요양원에 와있다.

▷이은서 : 안녕하세요. 저..
▷요양원직원 : 알아요. 면회자님을 누가 몰라요. 바로 모시고 올게요.

엘리베이터를 타고 올라간 직원은 김옥수 라는 명찰을 단 80 대가 훌쩍 넘어 보이는 할머니를 휠체어에 태우고 내려와서 접견실로 온다.
▷요양원직원 : 우리 옥수 할머니는 참 좋으시겠어요. 사실 자식들이 있으나 없으나 요양원에 오시면 차이가 별로 없어지는데.. 이렇게 자주 찾아오는 손녀딸 같은 분이 다 있으시고, 그럼 좋은 시간 보내세요.

은서가 김옥수 할머니와 마주하고 있다.
"할머니.."
할머니는 휠체어에 앉아서 은서가 테이블 위에 차려 놓은 여러 가지 간식들을 만지고 먹으며 즐거운 표정이다. 그 모습을 내내 슬픈 눈으로 미소 지으며 바라만 보던 은서.

"좋겠다. 할머니를 보고 있으면 부러워. 살아있어도.. 다 잊을 수 있다는 게. 나를 몰라본다는 게.. 편안해.   내가... 10 여년 전 즈음.. 다짐한 게 있는데 그걸 잃어버릴까 봐.. 그건 잊지 않으려고, 할머니한테 오는 거야."

♦ 13 년 전 강원도 영월의 장례식장

젊은 미남자의 영정사진이 걸려있고 차려진 게 없이 초라한 빈소에 검은 상복을 입은 단 한 명의 여자가 앉아있다.
조문객이 거의 없이 발인만 기다리던 마지막 날. 오후 5 시경 젊은 남녀가 8 명 들어온다. 차례로 조문의 예를 하지만 상주는 아무것도 못 보고 못 듣는 듯 바라보질 않는다. 한 명이 상주에게 다가간다.
"연주야..   연주야, 나야 윤미. 너.. 아휴.. 우리가 소식을 안 게 기적이다. 네가 넋 놓고 있어서 그러셨는지.. 경찰분이 승우 핸드폰에서 보시고 다행히 나에게 연락을 해주셨어. 넌 어쩜.. 승우랑 결혼한 소식도 안 전하고, 나도 얘들도 너무 놀랐어.."

말도 미동도 없는 연주에게 할 말을 더 못하고 삼킨 윤미는 친구들에게 돌아와 식사 자리에 앉는다.
▷이윤미 : 연주는.. 지금 정신이 있는 건지 모르겠어. 내일이 발인일 건데 누구, 남아 있을 수 있는 사람 있니?
▷방태성 : 내가 회사에 연락은 해 볼게.

태성이 전화를 하러 나가자 이내 술렁술렁인다.
▷신영지 : 윤미야. 정말 너도 몰랐어? 네가 연주랑 연락돼서 승우가 찾는다는 소식은 전해줬다면서.

▷이윤미 : 진짜 내가 제일 놀랐을걸. 작년 여름에 연주가 해외 이민 준비하면서 가입된 사이트마다 탈퇴하다가 내가 남긴 글을 본 거라던데.. 한번 잠깐 만났을 때 승우 소식이랑 연락처만 전해주고, 둘이 만나기는 했는지. 그냥 이민을 갔는지.. 소식이 없으니까. 승우도 그 해 동창회는 안 오고, 전달사항 문자 보내도 답장이 없는데 먼저 전화해서 물어보기도 그래서..

태성이 들어오며 난처한 얼굴이다.
▷방태성 : 곧 명절 연휴라 역시 어렵네. 난 안되겠다.. 너희도 다들 어려워?
▷김소정 : 여자들은 남아봐야 도움이 되겠어. 난 여기까지 온 것도 쉬운 일이 아니어서.. 자정 전에는 귀가해야 출근도 겨우 할 거 같아.
▷문경아 : 그리고 누가 혼자 연주를 감당해.. 둘은 남아야지 않아?
▷이윤미 : 일단 식사하면서 얘기하자. 갈 때 운전할 사람 두 명부터 정해야지. 나랑 누가 할래?
▷박예진 : 난 마실래. 한 명은 남자애들 중 해라.
▷김영민 : 갈 때도 내가 할게. 어차피 술 먹으면 내일 더 힘들 거라 운전하는 게 낫다.
▷이현수 : 고맙다. 네 덕에 나는 좀 마실란다. 마음이 그렇다..

식사를 하고 술이 돌고 난 후 친구들끼리만 있으니 동창회 같기도 한데 분위기가 무겁다.
▷이현수 : 우리 초등학교 때는 정말 승우가 짱 아니었냐. 남자애들은 부러워하고 여자애들은 멋있어하고, 진짜 인생 모른다는 걸 내가 이렇게 빨리 경험한 줄은 몰랐다.

▷방태성 : 그러니까.. 인생 평균 내면 다 거기서 거기라는 소리가 괜한 말이 아니다 싶네.

▷박예진 : 근데, 결국.. 승우였던 거지? 5학년 때 연주가 학교 와서 사물함 열었다가 포장된 상자, 선물 있었던 거.

▷문경아 : 진짜 그 사건 전설이었지. 연주가 사물함을 열고 그 선물을 들고는 바로 와.. 어떻게 휴지통으로 가? 그냥 툭 버리고 책을 꺼내 와서 자리에 앉아 읽는데, 그때 여자애들이 느낀 감정은 공포였을걸. 나도 연주가 좀 어려웠지만.. 그 후로는 무서웠어.

▷신영지 : 연주, 지금 대학은 어디 다닌대? 꼭 필요한 말만 하고 도서관에 있는 책이란 책은 다 읽었잖아. 성적도 항상 1등.

▷이윤미 : 대학은 모르지. 그 선물은 승우가 넣어둔 거 맞아.. 우리 다 엄청 궁금해 했잖아. 처음 동창회 와서는 술도 안 마시고 있다가 나한테 와서 조심스럽게 말하더라고.. 연주가 1년 남겨두고 전학 가서 졸업생은 아니지만, 어떻게 연락이 될 수 없는지.. 꼭 한 번은 보고 싶다는데..   우린 승우 부모님이 그렇게 잘못되실 건 상상도 못했잖아. 파출소장 외동이었던 승우가 이제 고아같이 혼자라는데.. 그게 너무 마음 아파서 연주 찾아보려고 내가 복,붙을 수백 번은 했다니까. 그리고 2년쯤 지나서야 연락이 온 거였고..

▷김소정 : 그럼 연주는 너한테 승우 연락처 받고 만났던 거네?

▷박예진 : 야. 대화 속도 좀 따라가라. 만나기만 했냐? 같이 살았다잖아. 동거야? 헤어지기 전에 한 명이 죽었으니까 사실혼인가?

▷이윤미 : 경찰분께는.. 혼인신고가 되어 있다고 들었어.

▷신영지 : 하. 세상에.. 그런데 너한테도 소식을 안 전해? 서운했겠다 너.. 연주야 그렇다 쳐도 승우는 왜?

▷이윤미 : 승우가 살아 있다면 어쩜 그랬냐고 얄미운 소리가 나오긴 했겠지. 그런데 승우가 이렇게 가버렸는데.. 상황이 너무 잔인하잖아. 승우도 사정이 있었겠지.

다들 말없이 술을 마시다가 취기가 오르면서 다시 대화가 이어진다.

▷박예진 : 나 말고도 승우가 첫사랑인 여자애들. 여럿 있지. 안 좋아하는 게 이상한 조건 아녔냐? 우리가 그땐 시골서 잘 사니 어쩌니 그런 걸 잘은 몰라도 승우는 옷 입는 태부터 달랐잖아. 운동은 유전인지 겁나 잘하지. 웃는 모습은 아기 같은데 성격은 어른 같아서 뭔가 우리 또래 같지가 않았으니까.   진짜.. 그 선물을 한 사람이 승우였을 줄이야. 그때 몰랐길 다행이다. 알았으면 연주 쟤, 미움도 많이 받았을걸. 나도 더 미워했을 거야.

▷김영민 : 오늘 너무 솔직하게 간다 너.

▷박예진 : 승우를 보내는 마지막 자리니까. 뒤늦은 내 고백은 듣고 가라고, 너 좋아한 여자들 많았다. 그 마음이라도 갖고 외롭지 않게 가.

▷김소정 : 근데.. 둘 사이 어땠을까? 사망 원인이 승우가 취한 상태에서 사고 난 거라며?

▷신영지 : 그건 둘만 알지. 아니지, 이제 연주만 알겠네.

▷김소정 : 그럼 사망보상금은? 연주에게 다 상속되는 거야?

▷신영지 : 그건 왜?

▷김소정 : 아니, 내가 은행에서 보험 관련 일을 해봤잖아. 이럴 때 시댁 식구들 있으면 진짜 개싸움 나더라고. 고아여서 다행인 거야. 사람 죽은 슬픔은 생각할 겨를도 없이 돈 때문에 법정까지 가고 난리도 아냐.

▷박예진 : 차, 이연주. 졸지에 횡재한 년이네. 초등학교 때부터 짝사랑한 승우가 그 순정 지켜. 갈 땐 돈까지 남겨주고 가. 부럽다. 장례식 와서 부러운 게 웬 말이야.

▷이윤미 : 예진아. 너 좀.. 과하다.. 승우 좋아한 네 마음은 알지만..

▷박예진 : 지는? 너도 나 못지않게 승우 좋아했잖아. 그래서 철저하게 친구인 척한 거 아냐? 동창회 나오게 공 쌓아서 여자애들한테는 인기 얻고, 그 덕에 동창회장 하고. 근데 승우가 나온 이유 듣고는 어땠을까? 그동안 우리한테는 말 안 했던 거, 니가 피해볼까 싶어 그런 거 아니니?

▷이윤미 : 그렇게 생각됐다면 미안한데.. 나 동창회장 하는 거 좋아하지 않아. 내려놓고 싶었어.

▷박예진 : 이제 와서? 승우가 안 나오니까 그랬겠지. 그래도 그 감투 빌미로 연락은 할 수 있었으면서. 결국 니가 소극적이어서 이 지경 돼서야 안거 아냐?

▷문경아 : 예진아... 우리 다 갑작스러웠잖아. 여기서 감정 폭발은 하지 말자. 진짜 하고 싶은 말은 나중에라도 할 수 있어.

▷이현수 : 야. 우린 원래 들러리인 거 아는데 그래도, 이제 있지도 않은 승우 가지고 기집애들 싸우는 꼴은 보기 많이 안 좋다. 그만해라.

▷김영민 : 현수야..

▷방태성 : 니들. 이 자리 마지막으로, 안 볼 거냐? 술이나 마셔. 필름이라도 끊기게.

조용해진 분위기.. 작은 인기척 소리에 연주가 보이는 자리에 앉았던 윤미가 시선을 옮기자 연주가 걸어서 이쪽으로 오고 있다. 식탁 자리까지 와서 가만히 술병을 잡는 연주. 그걸 들어 예진의 머리 위에 따른다.

"너.. 세례 아니? 죄를 씻어 준다는 예식인데, 내가 널 용서는 해 줄 건데. 나도 너처럼 제정신에는 못할 거 같아서 술로 해준다. 넌, 나 용서? 하지 마. 나 그런 거 안 받고 싶어."

서늘한 연주의 말과 행동에 모두 사색이 되어 굳어 버렸다.

"여기. 내가 초대한 사람 없고, 너희한테도 내가 없다는 거 잘 알겠으니. 이제 그만 가라. 그리고 진심인데, 고마워. 너네 덕분에 오래 살아야 할 이유가 생기네. 죽어서 보고 들을 거 생각하니까.. 나중 순서이고 싶어서."

은서는 할머니를 보며 자기 생의 한 번이었던 장례식을 떠올렸다.

"할머니..   난 할머니 살아 있을 때만 볼 거야. 장례식에는 뭐 하러 가. 나 슬퍼하고 있어요. 그걸 누구한테 보여주러..   죽고 나니 할 말하고, 못한 말은 후회하고, 그제야 미안하다며 우는 사람들 다..   다 싫어 난.."

(15) 진심

● 월요일 오전

사무실에 출근해서 다들 한창 근무에 집중하고 있는 오전 11시 쯤 박 소장에게 정 사장의 전화가 온다.
▷정사장 : 박 소장, 월요일이라 일 많은가? 서둘러서 끝내고 오늘 저녁 먹자. 진짜 맛있는 집 갈 거니까 생각 있으면 점심 간단히 먹으라고.
▷박소장 : 네. 몇 시까지 마칠까요? 5시 안으로 정리할 수는 있을 거 같아요.
▷정사장 : 끝나는 대로 연락해. 난 바로 식당으로 갈 거니까. 주소 보내줄게.

박 소장은 전화를 끊고 일하고 있는 세 명에게 얘기한다.
▷박소장 : 사장님이 오늘 일 열심히! 하고, 점심밥은.. 대충 먹으래요.   저녁 식사하자고 하시네요.
▷이대리 : 월요일에 회식? 신선하다아아.
▷최과장 : 너 때문일, 네 덕분일 거 같아. 너 월요일에 가장 지쳐 있는 거 여기 누가 모르겠냐. 사장님은 뭔가, 삼촌 같지? 아빠 형 그 중간. 삼촌!
▷이대리 : 전, 우리 회사 진짜 만족해요. 친구 놈들이 지네 회사 주식이 어쩌고, 승진에 연봉 얘기할 때도 안 부러워요. 나도 다

녀봤으니까. 그런 가치가 저랑도 맞았으면 거기 있었겠죠. 여기 오고 일이 배우려니 어려웠지. 마음은 어려운 게 없었어요.
▷최과장 : 나도! 너보다 조금 먼저 터 잡은 이 둥지에 한 명 더 들어와서 좁아지나 했는데, 더 따뜻해지더라.
▷박소장 : 어미 새가 들으면.. 감동하시겠다.
▷이대리 : 오늘 저녁 반찬이 뭐길래. 점심을 대충 먹으라시지? 아, 기대돼요.
▷최과장 : 반찬이 시장이면? 배고프면 다 맛있다며?

웃으면서 다시 일을 하는 세 사람과 은서의 표정에도 어느새 온기가 서려 있다.
오후 3시경 관공서에 다녀올 일이 생기자 이 대리가 가려고 하는데 은서가 일어선다.
▷이은서 : 제가 다녀올게요.
▷이대리 : 아.. 아녜요. 익숙한 제가 얼른
▷이은서 : 그럼 저는, 언제 배워요? 알려주세요.
▷박소장 : 제가 알려드릴게요.

박 소장이 은서에게 방문할 부서와 처리할 내용을 설명해 준다.
▷박소장 : 그리고 저녁식사 시간이랑 맞을 거 같은데, 바로 가는 게 편하시면 그렇게 하세요. 제가 사장님께 주소 받는 대로 톡으로 공유해드릴게요.
▷이은서 : 문자 주세요. 카톡 없어요.
▷박소장 : 아.. 네. 그럴게요.

은서가 나가고 이 대리가 뭐라고 말을 하려는데 박 소장이 먼저 말한다.

▷박소장 : 빨리 일 마칠수록! 저녁 식사 시간은 당겨진다. 얘기는 나중에.

그렇게 세 사람이 일에 몰두하는데 4시쯤 정 사장에게 회식할 주소가 카톡으로 온다.

• 정사장 : 잠실 비치나로 일 끝나는 대로 와. 난 30분 안에 도착.

• 박소장 : 네. 이은서 씨는 3시쯤 외근 나가서 바로 갈 수도 있어요.

• 정사장 : 오케이. 셋 출발하며 연락 줘.

박 소장은 은서가 있는 곳에서 잠실까지 길 찾기를 해보고, 회사를 기준으로도 해본다.

▷박소장 : 사장님 4시 반이면 식당 도착하신다는데, 우린 언제 출발할까? 여기서 전철로 20분 거리.

▷최과장 : 저는 30분 안에 마쳐요. 진수 넌?

▷이대리 : 저도요.

부랴부랴 일에 열중하는 두 사람을 보며 박 소장이 웃고, 은서에게 문자를 보낸다.

• 박소장 : 은서 씨 계신 곳에서 전철로 10분 정도네요. 사장님은 4시 반에 도착하시고, 저흰 5시 안에 갈 거 같아요.

• 이은서 : 네.

정 사장이 식당으로 이동하는 중 동생에게 전화가 온다.

▷정호성 : 웬일이냐. 니가 전화를 다 하고?

▷정희성 : 밥.

▷정호성 : 응?

▷정희성 : 오늘 밥 먹자고.

▷정호성 : 오늘?

▷정희성 : 형도 금요일에 갑자기 들이밀었잖아.

▷정호성 : 그랬다가 까였잖아?

▷정희성 : 뭐래. 그날 세 개 중 하나는 해줬는데?

▷정호성 : 그랬네. 오늘이면 둘이는 못 먹는데.

▷정희성 : 회식이야?

▷정호성 : 응.

▷정희성 : 식당 이름. 고민스러울 땐 메뉴가 결정타지!

▷정호성 : 올 거야?

▷정희성 : 내가 보이면 온 거지. 물어 뭐해?

♦ 잠실 비치나

예약한 자리로 안내받아 들어가는 정호성은 문을 열자마자 동생의 목소리부터 듣는다.

▷정희성 : 어서 와.

▷정호성 : 근처였어?

▷정희성 : 서울에서 전철 타면 차 보다야 빠르지.

▷정호성 : 밥만 먹고 일어날 거야?

▷정희성 : 내가 알아서 해.

▷정호성 : 오늘 편하게 못 먹는 사람 속출하겠네.

▷정희성 : 그것도 알아서들 할 일이고. 형, 큰 건 잡았지?

▷정호성 : 그래. 시원하게 김칫국을 마셔야 도장까지 찍지 싶어서 바로 날 잡았다.

▷정희성 : 감탄한다. 나한테. 타이밍이 기가 차잖아. 하는 일이 없으니 본능이 발달하나?

▷정호성 : 좋냐?

▷정희성 : 좋지. 나 좋은 것만 하는데 안 좋을 수 있어?

두 사람이 얘기를 나눌 때 문밖에 은서가 안내받아 와 서 있었다. 잠시 고민하다 문을 두드리고 열고 들어간다.
▷정호성 : 은서 씨가 먼저 왔네. 편한 자리 앉아요.

목례를 한 은서는 가장 끝 자리에 앉는다.
▷정희성 : 저, 안 궁금 지킬게요.
▷정호성 : 불편하게 하
▷정희성 : 그러니까. 그렇게 안 한다고 말씀드리잖아.

잠시 후 노크 소리가 들리고 세 사람도 들어온다.
▷정희성 : 안녕. 난 이 식당이 맘에 들어 온 거야.

세 사람이 인사하며 각자 자리에 앉는다.
▷정호성 : 의도한 건 아닌데 이렇게 됐네.
▷정희성 : 내가 누구 의도대로 할 사람도 아니잖아?
▷최과장 : 이사님과 같이 식사도 하고 좋습니다.
▷정희성 : 머. 이름 부르긴 그래서 직함 붙이는 건 알겠는데, 이사는 진짜 어이없다. 그리고 식사 같이 해서 좋다는 말이 먹기 전에 가능한가? 소화 안되고 그럼?
▷정호성 : 얘한테 맨 정신에 말 걸지 마. 메뉴는 정해져 있고, 마실 것만 골라. 술 마셔야 편해질 사람은 얼른들 마셔.

음식이 순서대로 나오고, 최 과장과 이 대리가 부지런히 먹고 마신다.
▷이대리 : 사장님. 저 오늘 예고 듣고, 점심 약소하게 먹었는데. 그 보상 정말 제대로네요.
▷정사장 : 횟수가 적은 대신 질은 높여야겠지?

▷최과장 : 아닙니다. 우리 회사 분위기가 좋아서 좋은 거예요.

▷정희성 : 최 과장은 술이 들어가도 비슷하네. 찐인 건가? 인이 박인 건가?

▷정사장 : 최 과장. 고마워.　　　 동생, 먹기만 해. 너 오늘은 먹으러 왔다며?

▷정희성 : 숨 쉴 때 계속 마실 수만 있어? 내뱉기도 해야 정상 이지. 혼잣말하는 거야.

▷이대리 : 사장님. 두 분은 형제여서 좋으세요? 여기 저만 외동 이라 궁금해요.

▷정사장 : 나도 그렇다. 혼자여 봤어야 좋은지 알지? 그리고 원 래부터 누가 있었는데 없다고 생각하라 그럼 없는 게 좋다고 하 긴 어렵잖아?

▷최과장 : 전 누나 하나, 박 소장님은 여동생 둘이라 저희 셋 다 형제는 없어요.

▷이대리 : 맞다. 그래서 저희 삼 형제 하려고요.

▷정사장 : 건축사무소에 삼 형제라.. 어째 그 동화가 생각난다?

▷박소장 : 저흰 셋 다 튼튼한 집 지을게요. 아무도 안 무너져요.

▷정사장 : 집이 안 무너지기만 하면? 행복해? 같이 사는 사람이 있어야 행복하지. 설령 무너져도 같이 일으킬 사람이 있는 게 낫 다.

▷정희성 : 삼 형제. 부모도 있네. 하필 자식 혼자 사는 꼴은 못 보는 부모.

▷정사장 : 진짜는 안 해보고 얻을 수 없는 건데. 결혼은 더구나 지.

▷이대리 : 저야, 곧 하지만 걱정이.. 얻는 게 후회면요?

▷정사장 : 그걸 무서워도 무시도 하지 말라는 거야. 리스크 없 고 단점 없는 일이 어딨어? 사람은 경험으로 성장하니까.　 게다

아플수록 효과도 크지.

▷이대리 : 너무 아파서 만약.. 죽을 거 같으면요?

▷정사장 : 운전은 왜 해? 교통사고가 매일 매시간 얼마나 많이 나는데?

▷정희성 : 아니, 왜 저래? 사업하더니 아주 경영자 나셨네. 자기 삶이나 경영해.

▷정사장 : 내가 해보니까 후회되지 않아서. 얻은 게 더 많아서 추천하게 되는 거지.

▷정희성 : 나보고는 부럽다매? 사기야? 동지 만들려는 음모야?

▷최과장 : 전 동지 되고 싶습니다. 아이가 신혼에 생길까 봐 걱정했더니.. 이제는 안 생겨서 걱정입니다.

▷이대리 : 형이야말로 병원 가봐요. 제 걱정하지 말고.

▷최과장 : 병원 갔는데 내 문제면? 아님 와이프 문제면? 둘 다 감당 못 하겠어서 못 가.

▷정사장 : 남편 돼서 힘들고, 부모 돼서 힘든 거 사실이야. 혼자 였으면 생각들 때 있어. 근데 그건 돈 때문이지. 사랑하는 아내 랑 자식이 있어서 뭔가 해줘야 하고, 뭐든 더 좋은 걸 해주고 싶어 그런 거니까.

▷정희성 : 아까 형이 한 얘기, 그거네. 그래 봤어야 알지. 처음 부터 혼자 살겠다. 작정하는 사람 몇이나 돼? 더구나 남자가? 그 간 결혼까지 할 정도의 인연이 없었고, 언제 나타날지도 모르는 데 매일 매 순간 목 빼고 기다려? 그런 놈들이 대게 결혼하고 나서는 혼자일 때 그리워하더라. 카르페디엠 하던가, 케세라세라 하던가. 그게 낫지.

▷최과장 : 이사님, 그 두 가지 다.. 현자 아닙니까? 바라는 게 없어야 하는데.. 그러기가 쉽습니까.

▷정희성 : 난 쉽던데? 쉬워서 하는 거야. 어려우면 못하지.

124

▷이대리 : 이사님은 어려운 게 뭡니까?

▷정희성 : 어라? 이제 맨 정신 아닌가 보네? 대답하면 기억할 정도긴 한 거지? 나한테 어려운 건, 상대에게 맞춰주는 거. 그래서 그거 안 하잖아.

▷최과장 : 상대에게만 맞추는 거랑 나에게만 맞추는 거. 전 그 중간이 제일 좋은데.. 그게 너무 어려워요.

▷정희성 : 나한테 가르쳐 달라는 건 아니지? 난 정확히 정해 놓고 하겠어? 닥치는 대로 하는 건데, 내가 나한테 마저 그런 제재 걸면 감옥 아냐? 그것도 독방.

▷이대리 : 저, 사장님이 왜 이사님 부럽다고 하는지 알겠어요.

▷정희성 : 그래.. 굳이 나한테 알려주진 마. 난 나 부러워하는 거에 감흥 없어. 이만 채널도 좀 돌려주고.

▷최과장 : 은서 씨, 저랑 동갑입니다. 은서 씨는 뭐가 어려워요? 사람 싫어한다고 했으니까 사회생활?

▷이은서 : 사회생활은.. 사람을 싫어하니까. 오히려 편하던데요.

▷최과장 : 왜요? 저 사람 보기 싫고, 말하기 싫고 그러면 힘들잖아요.

▷이은서 : 그걸 제가 아닌 척하면 힘든데, 그러지 않으니까. 상대방이 힘들겠죠.

▷이대리 : 아..! 그러면.. 좋아하는 건 있어요? 지금까지의 데이터로는 커피, 술 안 먹고, 카톡도 안 하고, 너무 신기 방기해서요. 옷도 우리처럼 몇 벌로 돌아가며 입고 다니고, 뭐 원하는 게 있긴 있어요?

▷이은서 : 원하는 거....   단명?

▷정희성 : 와우.. 메멘토 모리를 즈려 밟는 경지인데?

▷최과장 : 단명이.. 일찍 죽는 거 맞아요?

▷이은서 : 네. 자살이나 위험한 행동 안 하고, 건강한 습관으로

125

생활하고.. 원하지만, 가장 이루기 어려운 일이기도 하겠네요.

▷이대리 : 그러게.. 무병장수가 꿈이어야 맞지 않아요?

▷정희성 : 그건 내 꿈인데.

▷이은서 : 장수할까 봐.. 대비하긴 해요.

▷최과장 : 무슨 대비를 해요?

▷이은서 : 요양원에 종종 가봐요.

▷이대리 : 벌써요?

▷이은서 : 할머니가 계셔서 문안할 겸 가요. 거기 가면 마음이 편해져서 오래 살면.. 여기가 좋겠다 싶었어요.

▷이대리 : 제가 지금 할머니랑 대화하고 있는 건가.. 갑자기 확 늙는 기분도 들고..

▷정희성 : 결혼식 앞두고 늙으면, 과정 생략 황혼인가?

▷최과장 : 은서 씨는 이 대리 결혼식에 오실 거예요?

▷이은서 : 네. 대신 결혼식 가면.. 두 가지는 안 해요.

▷이대리 : 아아, 축의금 안 해도 괜찮아요.

▷이은서 : 식사랑 사진만 안 해요. 축의금은 기꺼이 내요. 결혼은 두 번 세 번 하는 거 봐도 좋던데.

▷최과장 : 에.. 왜요? 은서 씨는 돌싱인데 다시는 안 갈 거라고 했잖아요?

▷이은서 : 제가 못하니까. 누군가 사랑을 하고 살아보려고 하는 용기가 보기 좋아서요.

▷최과장 : 은서 씨도.. 다시 용기 내면 되잖아요?

▷이은서 : 용기 낸 적 없어요. 치기로 했었으니까..

▷정사장 : 비겁해서 안 하는 것보단 낫네.

▷정희성 : 난 그 케이스 아닌데? 그럼 박 소장 저격인가?

▷박소장 : 네. 접니다. 제가 맞습니다.

▷정희성 : 형. 철학 전공할 때 대체 뭐 배웠어? 세상에 수많은

도 중 최고가 뭐야? 종교 있으면 후보에 올려봐들.

▷이대리 : 종교전쟁이 제일 무섭대요. 전 무교!

▷최과장 : 저는 불교인거 같은데, 뭐 아는게 없어서 못 싸워요.

▷정희성 : 그니까 그 전쟁이 왜 나? 최고의 도는 내비도. 좀 내비둬라. 그걸 못하니 괴롭고 괴롭히고 전쟁이지.   그래서 난 이만. 기권!   내비도 해줘요.

희성이 일어나서 뒤도 안 돌아보고 손을 흔들며 나가자 최 과장이 말한다.

▷최과장 : 진짜 바로 가시네.. 이사님이랑 처음 식사하려니 어색했는데 막상 먼저 가시니까 더 어색하네요.

▷이대리 : 형은, 아까는 좋다면서요?

▷정사장 : 어색해도 좋은 일이라고 생각하는 거지 임마. 보면 기훈이가 제일 어른이야. 다 챙겨.

▷최과장 : 제 마음을 사장님이 챙겨주시니까. 저 다른 데서는 눈치 보며 척한다고 욕 많이 먹었는데..

정 사장의 얼굴에 어떤 의미로 미소 짓는 건지 모를 표정이 살짝 스쳐 지나간다.

▷정사장 : 진수는? 무슨 욕먹었어?

▷이대리 : 전.. 눈치 빠르다고?

▷정사장 : 생각하기 나름이고, 표현하기 나름이고만. 기훈이는 배려 많고! 진수는 센스 있고! 그래서 난 좋은데?

▷이대리 : 와..

▷최과장 : 역시 둥지.

▷박소장 : 저는.... 답답하다는 소리 어디 가나 들어요.

▷정사장 : 넌, 답답해.

다 같이 웃는 소리가 잦아들 때 즈음 정 사장이 자신을 바라보는 세 사람의 눈을 두루 보며 말한다.

▷정사장 : 그런데 이유가, 너무 진심이어서 그래. 민영이 마음은 무게가 다르지. 무거우면 답답하기도 한데, 든든하지. 자연의 중심이잖아.

▷박소장 : 네. 꿈적도 안 하겠습니다.

▷정사장 : 아냐. 꿈적은 좀 하자. 너 굴려 보려고 내가 머리를 얼마나 굴리는데?

함께 웃는 소리가 만드는 그 따뜻한 시간이 잔에 채워진다. 미소만 지으며 소리 내어 웃지는 않던 은서도 네 사람의 웃음소리가 따듯하게 스미고 있다.

(16) 대리

♦ 화요일 오전

다들 가뿐한 모습으로 출근한다. 정 사장도 바로 사무실로 와서 오전에 세 사람과 회의를 한다.

▷정사장 : 도장은 안 찍었지만, 우리 어제 미리 파티도 했으니까. 이달 중에는 결론 날 거야.

▷이대리 : 와, 큰 건이네요. 지금까지 맡은 건 중 제일 규모가 커요.

▷박소장 : 시간 날 때 미리

▷정사장 : 미리 좀 하지 마. 일은.

▷박소장 : 퇴근하고 시간도 많은데 한번 가보려고요. 백화점은 안 가본 지 오래라서.

▷정사장 : 그럼, 내일 다 같이 가자. 일인데 낮에 해야지.

▷최과장 : 어디로요?

▷정사장 : 우르르 한곳으로 가면 가성비 떨어지지? 박 소장은 혼자 가도 되고, 최 과장도 혼자 되고, 나랑 이 대리랑 갈까? 세 군데 정해봐.

▷박소장 : 그럼 이은서 씨는..

▷정사장 : 물어보면 되지.

정 사장은 바로 일어서서 문을 열고 말한다.

▷정사장 : 은서 씨, 내일 백화점에 가볼 일 있는데 같이 갈래요?
▷이은서 : 필수 아니면, 아니요.
▷정사장 : 존중!

다시 들어와 앉는 정 사장은 박 소장을 툭 친다.
"대리 한번 해줬다. 다음부터는 셀프 해."

박 소장은 미소 짓고, 이 대리는 갸우뚱한다.
▷이대리 : 사장님, 이 일 생각해 보니 필수예요. 아니 백화점은 주로 여성 고객 편의를 위주로 운영되잖아요. 남자들 기준으로 둘러봐야 비슷하게 밖에 더해요?
▷정사장 : 오호, 역시 센스쟁.수! 그럼 찬스까지 쓰자. 내일 동원 가능한 여성 고객님 누구 있어? 최 과장이랑 이 대리 가능해? 난 가능!
▷최과장 : 전 점심시간 전후로 시간 잡으면 가능할 거예요.
▷이대리 : 저야... 가능하다 마다요.
▷정사장 : 박 소장은.. 필수니까, 대리.. 해준다.

정 사장은 또 바로 일어나 문을 열고 말한다.
▷정사장 : 은서 씨, 내일 필수네.
▷이은서 : 네.

정 사장은 사장실 문을 연 채로 고개를 까딱한다.
"나 두 번 일어날 동안 앉아만 계셨던 분들. 이제 일어나요. 내일 모시게 될 VIP들과 약속 잡고, 갈 곳 정하고 알려줘. 내가 피해서 갈 테니."

세 사람은 자리에 와서 이 대리는 바로 카톡을 한다.
- 이진수 : 나 내일은 회사일 때문에 백화점에 가봐야 하거든. 어디로 갈래?
- 김하나 : 나도 같이 가요?
- 이진수 : 응. 여자 관점이 필요해서. 지원 요청
- 김하나 : 진수 씨가 편한 곳으로 가요.
- 이진수 : 아침에 집으로 갈게. 출발하며 전화할게.
- 김하나 : 혹시, 일찍 올 수 있어요?
- 이진수 : 왜?
- 김하나 : 아침밥.. 같이 먹어요^^
- 이진수 : 알았어.

이 대리는 검색을 해서 가까운 거리로 두세 곳을 염두에 두고, 최 과장은 통화를 하러 밖에 나와있다.
▷최기훈 : 현아 씨, 내일 예약 있어요?
▷유현아 : 아니. 내일은 프리 한 날. 왜?
▷최기훈 : 내일 낮에 회사일로 백화점 탐방 가야 하는데, 동반으로 갈 수 있어서.
▷유현아 : 좋다. 휴일에 가면 사람에 치이는데. 난 오픈만 해놓고 갈 수 있지. 오빠는?
▷최기훈 : 그럼 내일은 같이 움직일까? 모처럼 아침도 같이 먹고!
▷유현아 : 응. 나 내일 아침은.. 오빠는 머 먹고 싶어?
▷최기훈 : 나? 나는 자기 먹고 싶은 거. 뭐 준비할까?

최 과장이 자리로 돌아오자 이 대리가 묻는다.
▷이대리 : 어디 가시기로 했어요?

▷최과장 : 그건 안 정했는데.. 아무래도 와이프한테 가까운 곳 가야겠지?
▷이대리 : 정하고 알려주세요. 제가 형수님께는 양보해야죠.
▷최과장 : 그래. 얼굴도 못 본 형수 위해줘서 내가 고맙다.

점심시간이 되자 정 사장이 사무실로 나오면서 말한다.
"우리 오늘은 좀 늦게 나갈까? 어제 과식해서 아직 허기 없지 않아? 은서 씨는 먼저 다녀와요."

은서는 인사하고 옷을 챙겨 입고 나온다. 전철역으로 걸어가면서 얼굴에 살짝 미소가 스친다.

◆ 마일드마인드 의원

▷김유진 : 은서 씨. 안 그래도 예약된 거 보고 반가웠는데, 어떻게 그대로 와요? 회사는..
▷이은서 : 다니고 있어요.
▷김유진 : 얼굴이.. 편안해졌어요.
▷이은서 : 직접 보니까.. 좋아요. 평범한 사람들.. 책이나 영상으로만 보다가요. 제가 그 생활 안에 있는 건.. 차이가 있으니까요.
▷김유진 : 은서 씨도 이제 평범해지고 싶고요?
▷이은서 : 가능하지 않은 건.. 바라지 않아요.
▷김유진 : 음.. 제가 도와줄 수 있는 건.. 뭘까요?
▷이은서 : ....많은 생각을 해봤는데.. 제가 정말 궁금한 건 있어요. 만약, 그 사람들이.. 선생님께 상담을 하러 오면.. 무슨 얘기를 해주실까..? 그게 계속 궁금은 해요.
▷김유진 : 아.. 와.... 어려운 일 이네요.
▷이은서 : 역시.. 그러시죠..

▷김유진 : 저보다.. 은서 씨에게요. 상대방의 입장에서 나오는 말, 그 사람을 위해서 하는 말.. 그걸 듣고 싶은 거잖아요.

▷이은서 : 원장님, 혹시.. 종교 있으세요? 신앙생활 해 보셨나요..?

▷김유진 : 네. 저희 일이 마음을 다루다 보니까.. 아무래도 맞닿아 있는 부분이 많죠.

▷이은서 : 저는 이것저것.. 제가 풀 수 없는 문제를 풀어보려고.. 이해되는 만큼만.. 책으로요..   전능한 신이라도 바꿀 수 없는 건 역사래요. 이미 일어난 일을 없게 할 수는 없다..   그래서 대안으로 주신 게 회개랑 용서라는데.. 가해자가 회개해도 피해자는 용서 못 할 수 있고, 또 그 반대일 수도 있잖아요. 용서라는 건 사실..   가해자를 위한 게 아니라 자신을 위한 거니까요..

▷김유진 : 하고 싶어요. 은서 씨가 하고 싶은 거라면, 저도요. 대리 상담인 건가요. 정말 어려울 거 같지만, 그래도 해보고 싶어요.   대신.. 우리 전화로 하는 건 어떨까요? 밤에!

▷이은서 : 일인데.. 퇴근하시고요?

▷김유진 : 공부예요. 은서 씨 덕분에 할 수 있는 특별수업.

● 콩나물국밥 전문점

네 사람이 점심 식사를 하고 있다.

▷정사장 : 사람이 얼마나 간사해? 어제 그 비싼 밥 먹어 놓고, 오늘 이 국밥이 더 맛있는 건 뭐냐?

▷최과장 : 저도 간신입니다. 헤헤. 둘 다 좋아서요.

▷이대리 : 무얼 먹느냐 플러스 누구랑 먹느냐.

▷정사장 : 내 나라는 어쩌.. 망하겠다. 간신만 득실대서.

▷박소장 : 충신이에요. 잘 될 겁니다.

▷정사장 : 중심 잡는거야? 위태롭지 말라고?

▷이대리 : 저, 이 대리는 완전. 대리만족이요! 저도 우리 회사 망한다는 건 아아아, 생각이라도 1초라도 하기 싫어요. 금기어 해야 해. 망자는 금기어.

▷정사장 : 좋아! 빨리 되감기. 아아.   우리나라는 필히 흥하겠다. 선민이 많아서.   덮어썼어. 이제 괜찮겠지?

웃으면서 점심 식사를 마친 세 사람이 사무실로 들어오자 은서도 자리에 있다.

▷정사장 : 은서 씨, 내일은 수요일 점심! 근데 박 소장이랑 먹게 될 거 같네. 아쉽다. 대타 보내서.   갈 곳들은 정했어?

▷박소장 : 저희만 상의하면 됩니다.

▷정사장 : 정하고 알려줘. 내일 보자구. 난 얼굴에 인주 바르고 돌아다녀 봐야지.

정 사장이 나가고 박 소장과 은서가 사장실 안에서 의논 중이다.

▷박소장 : 저는 백화점 별로 안 가봐서.. 어디가 괜찮을까요?

▷이은서 : 전.. 싫어해요.

▷박소장 : 네..

▷이은서 : 규모가 어떻게 되는데요?

▷박소장 : 발주처가 대기업은 아니라고 하니까. 크지는 않을 거 같은데.. 아직 정확하게는..

▷이은서 : 어차피, 가성비 좋은 게 좋은 거 아닌가요? 투자금액 대비 매출 높은 거. 오래된 백화점 중 작은 규모인데 운영되고 있는 곳 가보면 어떨까요?

▷박소장 : 아.. 제가 찾아볼게요. 서울 말고 수도권 전체로 봐야 겠네요.

은서가 나가고 박 소장도 자리로 와서 검색을 한다. 경기도 안양에서 발견한 소규모 백화점에 마음이 간다. 은서에게 직접 말하려다가 문자를 보낸다.

• 박소장 : 은서씨, 안양에 동안 백화점이라고 검색해 보실래요? 우린 여기 가볼까요? 오래된 곳 같아 보이네요.

문자를 보긴 한 건가 신경이 쓰일 때 즈음 답장이 온다.

• 이은서 : 네. 가는 건 도착시간 정해서 만나는 게 편한데요.
• 박소장 : 그럼 오픈 시간이 10시니까 맞춰서 만날까요?
• 이은서 : 네.

박 소장은 정 사장에게 카톡으로 세 사람의 행선지를 취합해서 보낸다. 정 사장은 그중 박 소장과 은서의 행선지를 보고 흠칫 놀란다.

'뭐야 이건? 여기 인수만 성사되면 리모델링 맡는 건데. 누구 감이지? 하긴, 둘의 감이.. 좋은 거야말로 진짜 성사인 건가?'

● 군자동 마트

퇴근 후 집 앞 마트에 들른 기훈은 아내가 좋아하는 샌드위치를 만들 재료들을 담고 결제한다.

집에 오자마자 빠르게 청소와 집안일을 해 두고, 샤워를 하고 나와서 재료들을 1차 손질해서 냉장고에 넣는다. 시간을 보니 곧 현아의 귀가 시간이라 서둘러 전화를 한다.

▷최기훈 : 오늘은 마중 못 갔다. 어디까지 왔어요?
▷유현아 : 이제 아파트 입구 보여. 오빠 나 반신욕부터 하고 싶은데.
▷최기훈 : 내가 지금 물 받아 놓을게.

현아가 귀가하자 기훈은 저녁으로 먹을 과일과 주먹밥을 차리다가 반긴다.

▷최기훈 : 고생했어요.

▷유현아 : 응. 씻고 나와서 같이 먹을래. 오빠 배고파?

▷최기훈 : 아니. 나 혼자 어제 너무 잘 먹어서 배고프긴!

▷유현아 : 진짜, 거기 언제 갈까?

▷최기훈 : 장모님이랑 장인

▷유현아 : 또 그런다. 우리 둘이 갈 거야. 그리고 좋으면 추천만 해드린다니까.

▷최기훈 : 여기는 같이 가보고 싶어서..

▷유현아 : 같이 가자.

현아가 기훈을 안으면서 말한다.

"두 분이 원할 때. 그때 같이 가요."

현아가 웃으며 욕실로 들어가고 기훈은 소파에 앉아 생각에 잠긴다.

♦ 현아 부모님께 인사드리던 날

기훈은 하우스 안의 탁자 위에 놓인 베지밀 병들을 보자 마음이 두근거리기도 하고 편안하기도 하다.

▷최명선 : 첫인사에 농장으로 혼자 오라고 해서 이상했어요?

▷최기훈 : 아닙니다. 편합니다.

▷최명선 : 내가 격식 차리는 걸 안 좋아해서.

▷유춘남 : 게다 이 사람 너무 직설적이라. 좀 이해해요.

▷최명선 : 서로 이해하는 거지. 일방적인 게 어딨어요?

▷최기훈 : 맞습니다. 저도 많은 이해 부탁드립니다.

▷최명선 : 우리한테 인사까지 하는 거 보면 현아가 결혼 생각이 있긴 한가 봐요. 그게 제일 중요하지.

▷최기훈 : 저는 꼭 하고 싶습니다.

▷최명선 : 그래도 하나는 내 말이 들렸나 보네. 내가 결혼은 나보다 상대가 훨씬 좋아하는 사람이랑 하라고 했어요. 그게 말처럼 되는 일은 아니지만.

▷최기훈 : 네. 제가 훨씬 좋아합니다.

▷최명선 : 최가라면서요? 나도 최가예요. 우리가 고집이 있다는 소리 좀 듣잖아요?

▷유춘남 : 조금은 아니지.. 당신은 조금 아니야.

▷최명선 : 그래서 손해 본 거? 없죠?   좋은 고집은 부려야 결과가 좋아요.

▷최기훈 : 네. 알려 주십쇼. 좋은 고집.

▷최명선 : 나는 결혼하면 독립이고 해방이라고 생각해요. 우리가 아들 없다고 사위를 대리 삼을 생각 전혀 없어요. 아들 노릇 하겠다는 생각일랑 하지도 말아요. 현아랑 살다 헤어져도 우리 챙길 거예요? 부부가 잘 사는데 부모가 보탬이 된다고 해도 나는 그런 좋은 영향 주려고 하는 거 힘들고, 되려 안 좋은 영향이 될 수도 있는데. 아예 안 하고 싶어요.   내 고집은 그래요. 우리까지 챙길 마음으로 서로에게 잘해요. 그래서 잘 살면 최고고, 그래도 헤어지면 최선인 거지. 두 딸에게 결혼하면 신랑과 관련된 흉은 나 알게는 말라고 누누이 엄포해 뒀고, 자랑은 들어준다고 했어요. 팔 안으로 굽어야 정상이니까. 둘은 화해했는데 나만 속으로 미워하는 거 싫어요. 난 내 딸을 더 사랑하니 사위가 미울 건데. 딸은 지 신랑을 더 사랑하니 막상 신랑 편든다고. 그런 거 수없이 보고 들었는데, 내가 겪고 싶지는 않아서. 세운 대책이고 지킬 고집이에요. 결혼식 때 보면 그 후로는 꼭 볼 일 있을

137

때. 되도록 좋은 일로만 보자는 거.
▷최기훈 : 오늘.. 귀한 기회였네요. 결혼하면 가까이 계시니까 자주 뵐 수 있을 줄 알았어요..
▷유춘남 : 우린 딸이랑 가까우니까. 자네는 고향 계신 부모님 찾아뵙는데 시간 쓰게. 그게 공평하지.
▷최명선 : 우리가 부모니까 왠지 노인네 같죠? 20년쯤 지나봐. 안 그래요. 내 딸이 최우선일 상대가 생겼는데, 우리 둘은 마음 놓고 물러나는 게 할 일이지 않겠어요?

기훈은 그날을 생각하며 미소 짓는다. 그리고 생각한다.
'처음에는 이상하고, 속으로 많이 당황했었는데.. 익숙해지면서 편안하긴 하다. 내 성격처럼 계속 주변을 먼저 생각하고 챙기며 살았다면.. 나 언제 쉴 수 있었을까? 그리고 현아를 위해 주는 건 정말.. 누구도 대리할 수 없지. 여긴 우리만의 세계니까.'

(17) 열림

♦ 수요일 오전

안양역에 도착한 은서는 익숙하게 걷는다. 아직 영업 전인 조용한 지하상가로 들어갔다가 계단으로 올라와서 골목으로 들어서자 시장이다. 활기찬 기운을 잠시 바라보던 은서는 걸음을 옮겨 천천히 골목마다 돌아다닌다. 그리고 호박이 쌓여 있는 점포로 들어간다. 할머니, 할아버지 두 분이 운영하시는 죽 집이다.

▷이은서 : 안녕하세요. 제가 시간이 많아서요. 천천히 호박죽이랑 팥죽 한 그릇씩 해주실래요.

▷할머니 : 아유, 오늘 첫 손님이. 조그마한데 죽을 두 그릇이나 먹게?

▷이은서 : 네. 저 죽은 많이 먹을 수 있어요.

밝고 싹싹하게 대답하는 은서의 모습에 할아버지도 말을 거든다.

▷할아버지 : 우리 손녀딸만 한데. 어찌 이런 델 다 알고 왔대. 요즘 애들은 죽 싫다던데.

▷이은서 : 저 여기.. 가끔 온 지 10년 정도 돼가요.

▷할머니 : 아이고, 그래요? 학생 같아 보이는데. 오랜 단골이네!

▷할아버지 : 우리가 늙긴 늙었나. 예전에는 손님들 다시 보면 거의 다 기억이 났는데 요샌 모르겠어.

▷이은서 : 제가 기억하잖아요. 제가 기억 못 하는 게 큰일 아녜요?

▷할머니 : 그렇네. 젊은 사람은 기억해야지. 호호.

▷할아버지 : 허허. 고마워요. 애들은 자꾸 우리 둘이 치매 걸렸냐고 놀리고 걱정하는데, 반대로 생각하니 정상이 맞네.

▷이은서 : 저도 감사합니다. 아직 그대로 계셔주셔서.

▷할머니 : 맛이 그대로인가 몰라요. 옛날 사람들은 정해진 게 없이 감으로 해서. 내 입맛이 변했는가. 간도 들쑥날쑥 하다대. 그래도 하던 일이라 계속하고 있는 걸 좋게 봐주고 찾아주는 분들 덕분에 심심하지 않게 사네요.

▷이은서 : 네. 또 올게요. 오늘 잊으셔도 돼요. 저는 그게 편하더라고요. 늘 새로운 것도 좋잖아요.

▷할아버지 : 참말 잊기 싫은 말을 해주네그려. 나도 그렇게 생각하면 마음 편컷소. 날마다 새로운 일. 새 손님들.

웃으시며 죽을 만드시는 모습을 바라보던 은서는 주전자의 따뜻한 차를 따라와서 마신다.

'그대로네. 둥굴레차. 두 분 같은 구수한 향 그대로..'

8시쯤 안양역에 내린 민영은 지도 앱을 본다.

'도보로는 15분 정도..'

주변을 둘러보면서 걸어간다.

'밖에 있기에는 쌀쌀한데 쇼핑몰 근처에 갈 만한 곳 찾아봐야겠다. 은서 씨는.. 오늘도 일찍 올까.. 추운데..'

동안 백화점에 도착하니 주변에 문을 연 가게 중 편의점과 죽 집이 보인다. 민영은 잠시 고민하다 죽 집으로 들어선다.

▷박민영 : 안녕하세요. 주문할 수 있나요?

▷점장 : 네. 그럼요. 포장이세요?

▷박민영 : 아, 아뇨. 여기서 먹어도 되죠?

▷점장 : 예. 주문하시면 만들어서 20분 정도 걸립니다.

▷박민영 : 네. 녹두죽으로 주세요.

민영이 창밖을 보다 핸드폰을 보다 문자를 보낼까 적으려다가 취소한다. 그리고 죽이 나오고 식사를 하는데 맞은편 백화점 앞으로 익숙한 차림이 보인다.

'은서 씨네.. 전화를 할까.. 아니다.'

민영은 마저 식사를 마치고, 화장실에 들러 손을 닦고 입을 헹구고 나온다. 그리고 가게 문을 힘 있게 열고 나오면서 자신의 마음도 열리고 있다는 건 알지 못한다.

▷박민영 : 은서 씨, 여기 두 바퀴 돌았죠?

▷이은서 : 안 세 봤어요.

▷박민영 : 저, 저기 죽집에서 식사하다 봤는데.

▷이은서 : 점심에 죽은 못 먹겠네요.

▷박민영 : 아녜요. 죽 좋아하시면 드셔도

▷이은서 : 되는 건 아는데, 저도 죽 먹은 건 모르시잖아요.

▷박민영 : 아, 아.. 어디서? 은서 씨도 혹시 저기서 드셨어요?

▷이은서 : 시장에서 먹었어요.

▷박민영 : 여기에 시장이..

▷이은서 : 거리는 좀 있는데, 몇 번 와봐서 잘 아는 거예요.

▷박민영 : 근처에 볼 일이 있으셨나 봐요.

▷이은서 : 시장에, 시장 오려고 와 봤어요.

▷박민영 : 혼자요?

▷이은서 : 주로 혼자요.

▷박민영 : 저.. 저도 가보고 싶은데.. 점심때 다시 가실래요?

▷이은서 : 네.
▷박민영 : 원래 오늘 점심은, 은서 씨가 정하는 날인데 제가..
▷이은서 : 제가 정했어도 시장 갔을 거예요.
▷박민영 : 다행이네요. 같아서.
▷이은서 : 안 같아도 다행이고요.

그 말을 마치고 시계로 시간을 보는 은서. 민영도 핸드폰으로 시간을 본다. 입구 앞에서 말없이 기다리며 민영은 은서의 말을 생각한다.
'같아도 다행.. 안 같아도 다행.. 그렇네.. 어떤 건 나랑 같아서 좋고, 어떤 건 그래서 싫으니까..'

▷이은서 : 들어가면.. 같이 다녀요? 보는 관점이 다를 텐데 각자 살펴보다가 만나는 거 어때요? 11시 반-12시쯤 다시 여기서 만나면..
▷박민영 : 아. 네. 그래요. 대신 기다리지 말고 문자 주세요. 저도 그럴게요.

고개를 끄덕인 은서가 동안 백화점의 열린 문 안으로 먼저 들어가고 민영도 따라 들어간다.
은서는 엘리베이터를 찾고 맨 위 층으로 올라간다. 7층에서 내리니 식당가라 한산하다. 한 바퀴 둘러보며 화장실에 들르고, 곳곳을 핸드폰으로 사진 찍으면서 메모를 적어 둔다. 에스컬레이터를 찾아 한 층씩 내려오며 반복한다.
민영은 1층부터 돌아보며 큰 구조부터 중요 시설의 위치와 배치를 그린다. 한 층씩 올라가며 반복한다.
은서가 1층을 다 둘러보고 엘리베이터 앞으로 와서 시계를 보니

11 시 45 분이 되어간다. 문자를 하려다 갤러리에 저장된 사진과 메모를 한 번 더 비교하며 검토해 본다.

민영이 엘리베이터에서 내리니 핸드폰을 보고 있는 은서가 바로 보인다.
▷박민영 : 은서 씨, 저 왔어요. 시간이 딱 맞았네요.
▷이은서 : 얼추 맞았어요. 충분히 보신 거예요?
▷박민영 : 네. 오늘은 이 정도면 제 용량은 다 찼어요.
▷이은서 : 그럼 다 비워질 때도 있어요?
▷박민영 : 네?
▷이은서 : 아네요. 밥 먹으러 가야죠.
▷박민영 : 네. 시장 가야죠. 시장하네요.
▷이은서 : 앞장설게요. 나란히 걷는 건 불편하게 만드는 경우가 많아서.

은서가 돌아서서 걸어간다. 민영도 뒤따라간다.
'은서 씨는 발걸음이.. 씩씩한 건가.. 가벼운 건가.. 뒷모습은 더 작아 보이는데.. 당차구나.. 내 뒷모습은 어떨까..'

문득 멈춰 선 은서가 돌아서서 민영을 본다.
▷이은서 : 떡볶이, 김밥, 녹두전. 세 가지가 점심 메뉴인데 순서는 소장님이 정하실래요?
▷박민영 : 음.. 김밥, 떡볶이, 녹두전 할까요?
고개를 끄덕인 은서는 골목으로 들어간다. 시장으로 들어선 후 한결 천천히 걷는 걸음에 민영은 은서를 포함해 주변을 둘러볼 여유가 생겼다.
'어. 은서 씨 멈춘 건가.. 아. 줄이구나..'

▷이은서 : 줄. 저만 서도 돼요. 음.. 10 분 이상 걸릴 거 같은데
소장님은 구경, 편하게 하고 계실래요?

민영이 고개를 끄덕이고 주변으로 비켜선다. 줄에서 멀어지니 사
람들 틈 사이로 세 명의 아주머니가 김밥을 만드는 모습이 보인
다.
'와.. 재료가 산더미처럼... 세 분이 움직이시는 모습이 마치.. 톱
니바퀴 같네. 다 다른데 서로 맞물리며 돌아가는 조화가.. 멋지
다.'

민영은 그 자리에서 김밥을 만드는 과정만 계속 바라보다가 문득
은서가 눈에 들어온다. 셈을 하고 봉지를 받아 들고는.. 엄지 척
을 하는 옆모습이.. 환하게 웃는다.
'아.. 정말 웃는 얼굴.. 보고 싶다..'

순간 자신에게 놀란 민영이 서둘러 핸드폰을 본다. 액정에 비춰
는 얼굴을 보며 입술을 깨문다. 고개를 들자 은서가 다가오고 있
다.
▷이은서 : 좀 많이 샀어요. 줄 선거 아깝잖아요. 사무실에 갖고
가도 되고..
▷박민영 : 여기 단골이에요?
▷이은서 : 제 기준에는.. 오면 꼭 가니까요.
▷박민영 : 아까.. (엄지 척) 하는 거 봐서.
▷이은서 : 아, 제 마음의 셈 같은 거예요. 돈 만으로 할 수 없
을 땐 손가락이라도 써야죠.
▷박민영 : 좋으시겠네요. 저분들은..
▷이은서 : 보다 제가 더 좋아요. 가요. 떡볶이는 김밥이랑 같이

먹을 수 있어요.
▷박민영 : 어, 그럼 김밥이 나중이었으면요?
▷이은서 : 공원에서 먹음 되죠?

다시 은서를 뒤따라 가며 민영은 웃으며 생각한다.
'오히려 내가 어린애 같고.. 은서 씨는 그 시절 엄마 같은 건
가..'
한 골목에 들어서자 떡볶이 냄새가 가득하다. 일렬로 자리한 테
이블마다 의자가 둘 셋씩 놓였다. 은서는 한 할머니 앞에 서서
인사한다.
"할머니, 저희 떡볶이 2인분 주세요. 김밥이랑 먹고 갈 건데 이
건 할머니 드세요."

한 줄씩 포장된 김밥을 두 개 건네니 할머니가 손사래를 치신다.
▷할머니 : 한 줄만 줘어.
▷이은서 : 오늘은 저 혼자도 아니라서 두 줄이 맞아요.
▷할머니 : 내 아가씨 기억한다우. 이 시장서 유명한 김밥을 우
린 정작 먹기 심든데. 덕분에 몇 번 먹었잖어.
▷이은서 : 저도요. 할머니만 만들 수 있는 떡볶이를 기억하고
왔잖아요. 저흰 시간 많으니까 따뜻할 때 김밥 드시면서 해주세
요.
▷할머니 : 여긴 다 비슷혀. 서로 팔아주고 하는디.

은서는 웃으며 할머니를 바라본다. 민영은 옆자리에 앉아서 은서
의 눈을 따라 할머니를 바라본다. 돌아서서 김밥을 몇 개 잡수시
고는 눈을 훔치시고 그릇에 비닐을 씌우고 떡볶이를 뜨려다가 어
묵탕에서 꼬지 3개를 빼서 섞으시고 떠주신다.

▷할머니 : 찬찬히 먹어. 바쁘다고들 허겁지겁 먹고 가는 거 보면 내가 체하는 거 같아 그려.
▷이은서 : 할머니도요. 천천히 드세요.

은서가 김밥 한 줄만 꺼내서 열어 두고 민영에게 권한다.
"먼저 드세요. 전 궁금해서."
민영이 김밥을 하나 집어 들고 놀랐다. 두툼한 김밥에 흰색이 별로 없다. 그 모습을 본 은서가 싱긋 웃는다. 민영은 김밥을 입에 넣고 우물거리면서 은서만 보이게 엄지 척을 한다. 그리고 떡볶이를 먹고 나서,
"할머니. 이거.."
할머니가 돌아서자 민영이 양손으로 엄지 척을 한다.
"최고예요. 제가 분식을 정말 좋아하는데 진짜 최고요."
할머니가 웃으시며 손을 내리라고 하신다.
"여기 우리 다 똑같다니께. 눈 가리고 먹으면 진짜 몰러."
민영이 웃으며 은서를 보니 옆으로 고개를 돌린 모습이 눈을 감고 있는 듯하다. 민영은 자연스럽게 김밥과 떡볶이를 먹으며 기다린다. 소매로 눈가를 닦은 은서가 고개를 돌린다.
▷이은서 : 와, 벌써.. 제가 같이 먹어도 되겠어요?
▷박민영 : 아뇨. 추가 주문하고 드셔야 해요. 혹시 순대도 드세요?
▷이은서 : 그건.. 부속만요.
▷박민영 : 찾았다.. 안 같아서 다행인 거요. 전 순대를 더 좋아하는데, 우리 시켜요.
▷이은서 : 할머니, 저희 순대 2 인분 주세요.

할머니는 순대랑 부속을 반반 썰어 내주시며 떡볶이 그릇을 가져

146

가시고, 한 국자를 더 떠서 내주신다. 두 사람이 같이 목례로 인사를 드린다.

▷이은서 : 저 이거, 좋아해서 따로 사 먹고 싶어도 그건 어렵더라고요. 그래서 못 먹은 지 오래됐는데..

▷박민영 : 이거 오소리감투예요. 사서 골라 드시지 그랬어요?

▷이은서 : 그렇게는 안 하고 싶어요. 필요한 것만 골라내고 버리는 거 싫어해요.   진짜 맛있죠? 제가 왜 이 시장에 오려고 여기 왔었는지 공감되세요?

▷박민영 : 공감. 그리고 감동이요. 저 분식 정말 좋아하는데 먹을 때마다 여기 생각날 거 같아요.

▷이은서 : 저는 가까이 이사 오고 싶다는 생각도 했었어요.

▷박민영 : 그럼 자주 왔겠네요?

▷이은서 : 여긴.. 용량이 가득 차면, 그때 다녀갔어요.

▷박민영 : 아.. 반대네요.. 채워가는 게 아니라 차면 오는 건..

은서는 더 대답을 안 하고, 남은 떡볶이와 김밥을 마저 먹는다. 민영도 같이 먹으니 금방 비워진다. 할머니께 셈을 해드리며 민영이 두 손을 잡아드린다.
"자주 오진 못해도 꼭 다시 올게요."

함께 인사를 드리고 나오며 걷다 보니 나란히 가고 있다.

▷박민영 : 배. 부르지 않아요? 마지막 코스 가능해요?

▷이은서 : 소장님이 가능하면 가요.

▷박민영 : 가요.

은서가 고개를 끄덕이며 천천히 걷는다. 평일이라 사람이 많지 않아서 민영이 옆에서 수월하게 맞춰 간다.

잠시 후 맷돌이 빠르게 돌아가는 모습이 보이고 지짐 냄새가 느껴진다.

▷박민영 : 저기..

▷이은서 : 맞아요. 저 맷돌, 씩씩해 보이지 않아요? 전기의 힘이지만, 그래도 예스러움과 새로움이 합쳐지니까. 너무 씩씩해 보여요.

▷박민영 : 콜라보네요. 장점만 합치니까 무적인데요?

▷이은서 : 네. 여긴 그래요.. 맷돌 돌아가는 거 보이고 들리지, 지짐 냄새나지. 그러면서 먹으니까 눈코 귀 입 다 사용하느라 바쁜데. 그래서 힘이 가득 차는 느낌이에요.

▷박민영 : 궁금하다. 늘 먹던 건데 오늘 다 새로워요.

자리에 앉은 두 사람은 녹두전 중자 크기로 한 장 주문하고 맷돌을 본다. 힘차게 돌아가며 녹두가 갈리고 큰 스테인리스 볼에 담기고 있다. 아주머니가 국자로 불린 녹두를 맷돌에 넣고 아저씨가 반죽을 떠서 모양을 잡고 구워내신다.
멍하니 보는 중 어느새 노릇하게 구워진 두 사람의 녹두전이 먹기 좋게 잘라져서 그릇에 반듯이 옮겨져 앞에 놓이고, 은서가 양파가 들어간 양념간장을 떠서 놓는다.

▷박민영 : 저 아침에 먹은 죽, 녹두였는데.. 같은 재료 맞나 싶어요.

▷이은서 : 다행히 눈뜨고 먹네요.

민영이 웃으면서 녹두전을 간장에 찍어 먹는데, 은서는 양파를 전 위에 올려서 집어먹는다. 그 모습을 보고 따라 하는 민영. 보고 미소 짓는 은서.

두 사람은 오늘 같은 일을 하며.. 서로의 같지 않음을 나누게 되었고, 민영이의 가을 같은 온도는 은서에게 거부감 없이 스미어서 살얼음 아래 숨어 있는 봄을 열리게 할 균열을 서서히 만들어가고 있다.

(18) 목적

♦ 단독주택 현관 앞

진수가 초인종을 누르니 바로 인터폰이 켜진다.
"진숩니다."
문이 열리고 진수가 현관문을 닫으며 돌아서자 하나가 앞치마 두른 차림으로 맞는다.
▷김하나 : 진수 씨. 엄마, 아빠는 안 계세요. 시장 가시는 날이라 일찍 나가셨어요.
▷이진수 : 아, 왜 미리 말 안 해주고?
▷김하나 : 미안해요.   대신 오늘은 내가 만든 아침밥인데.. 미리 먹어보라고..
▷이진수 : 그래.   고마워.

고맙다는 소리가 들리자 하나가 놀란 기색이다.
▷김하나 : 고맙긴.. 당연한데..
▷이진수 : 그것도 고마워. 그렇게 생각해 줘서.
▷김하나 : 오늘 왜.. 혹시 무슨 일 있어요?
▷이진수 : 있네.. 와이프한테 첫 아침 밥상 선물 받잖아.
하나의 얼굴이 붉어지는 게 눈에 보이고, 눈시울도.. 그때 하나가 돌아서며 말한다.
"나 손만 씻고 나와서 차려 줄게요. 앉아있어요."

하나가 욕실로 들어가고, 진수가 주방으로 간다. 달래 된장찌개
와 시금치, 콩나물무침, 계란찜, 장조림이 있다. 진수가 그릇에
옮겨담아서 식탁에 차리는데 하나가 나온다.

▷김하나 : 내가 할게요.

▷이진수 : 하나가 했잖아. 내가 할 수 없는 건.   이건 내가 할
게. 앉아.

둘은 마주 앉아 식사를 시작한다. 잠시 눈을 감고 기도하는 하
나.

▷이진수 : 근데.. 무슨 말 하는 거야? 눈 감고 잠깐 동안?

▷김하나 : 아.. 진수 씨가 했던 말이랑 같아요. 감사하다고..

▷이진수 : 왜?

▷김하나 : 내가 할 수 없는 거 해주셔서..

▷이진수 : 그게 뭔데?

▷김하나 : 오늘은 진수 씨랑 같이 아침식사를 할 수 있다는 거
요. 고맙고 감사해서..

▷이진수 : 그럼 내가 안 왔으면? 혼자 먹었으면?

▷김하나 : 그때는.. 필요한 음식이 있음을 감사해요.

▷이진수 : 와.. 난, 도통 어렵다. 여기 음식.. 만들긴 하나가 만
들었고, 농사하신 분들 수고랑.. 유통 잘 되어서 쉽게 구입할 수
있다는 거. 그런 걸 감사하는 건 이해가 되는데..

▷김하나 : 그 모든 걸 다 감사하는 거예요.

▷이진수 : 그걸 왜.. 보이지도 않고, 있는지도 모르는 대상에게
해..?

▷김하나 : 그건.. 내가 못 보는 거니까요. 모르는 것도 맞지만..
그래서 하는 거예요. 보이지 않는데 감사하면 보이는 건 더 감사
할 수 있게 되고.. 모르지만 감사하면 아는 건 더 감사할 수 있

다는걸.. 그걸 알게 돼서요..

▷이진수 : 미안. 나 알아듣진 못 하겠는데.. 하나가 뭔가 알고 한다는 건 알겠어. 사실 그게 궁금했어.

▷김하나 : 그동안.. 불편했어요?

▷이진수 : 나는 모르겠는 거. 못 하겠는 거. 하고 있는 사람은 왠지.. 어렵지. 그런 거야.

▷김하나 : ....내가 높임말 쓰는 것도 좀.. 그랬죠..?

▷이진수 : 뭐.. 서서히 그래서.. 나도 서서히 적응을 하고 있겠지..?

▷김하나 : 엄마가.. 아빠랑 동갑인데 학년은 1년이 빨랐대요. 그땐 한 살이라도 연상인 거 별로일 때라. 괜히 반말하기가 더 싫으셨다고. 그래서 요 자만 붙이자 해봤는데, 처음에는 멀게 느껴지고 그래서 하지 말까 고민도 하셨는데 결국 한 집에 사는 사이가 되고 보니까. 말뿐인데도 존중을 하는 태도가 됐는지, 엄마가 아빠를 더 좋아했던 그 처음 마음이 변치 않고 계속 유지가 되셨대요.

▷이진수 : 억울하지 않으신가? 내가 더 좋아했어도 계속 그래야 하면 여자는 속상하고 서운하지 않아?

▷김하나 : 엄마 말로는.. 받아야 부자인 거 같은 사람이 있고, 줘야 그런 사람도 있대요.

▷이진수 : 그럼 장인 장모님은.. 두 분 다 부자시구나. 덕분에 우린 그냥 물려받겠는데?   밥, 미지근해졌다. 난 이 온도 괜찮은데 하나는?

▷김하나 : 나도요. 괜찮아요.

두 사람이 말없이 식사를 하는데 편안한 모습이다.

하나네 부모님과 다 같이 식사를 하는 게 익숙했던 진수도 하나와만 있는 시간이 편하지 않았었던 벽을 넘어서고 있다.

● 호성의 집

▷정호성 : 엄마. 오늘 오전에 회사 일 때문에 백화점 가야 하는데 같이 가실래요?
▷손순미 : 왜? 영주 에미랑 가지.
▷정호성 : 셋이요. 여성 고객님이 많으면 많을수록 좋거든요.
▷손순미 : 내가 뭘 안다고, 필요한 것도 없는데..
▷정호성 : 엄마 필요하신 거 없어도, 둘러보다 보면 누구 생각나서 사고 싶은 거 있을지 알아요?

소영이 방으로 들어오며 말을 거든다.
▷강소영 : 어머님, 같이 가셔요. 영주 아빠가 일 때문에 간다고 하니까 저도 뭔가 기분이 다르네요. 같이 가주세요.
▷손순미 : 에이 참, 어디로 가야 하는데?
▷정호성 : 엄마 편한 곳. 거길 가야 해요!

● 전철 안

▷박민영 : 갈 때는 같이 가네요.
▷이은서 : 출발지와 도착지.. 둘 다 같으니까요.
▷박민영 : 제가 오늘 보니까, 은서 씨요. 할머니들 좋아하시죠?
▷이은서 : (피식) 네.
▷박민영 : 그럼 요양원에 계신 할머니는 친 할머니세요?
▷이은서 : 친.. 중요해요?
▷박민영 : 네?
▷이은서 : 친엄마. 친딸.. 친이라는 말이 참.. 이상해서요. 그게

153

진짜라는 의미인가? 날 때부터 선택할 수 없이 결정된 관계면.. 정말 진짜인가..

▷박민영 : 아.. 그렇지 않은 경우도.. 있죠.

▷이은서 : 요양원에 계신 할머니.. 친이긴 해요. 할머니에게도 의미가 없지만.. 절 기억 못 하시니까.. 그런데.. 그래서 저한테는 의미가 있어요.

▷박민영 : 네.... 왜 할머니들이 좋으세요?

▷이은서 : 할아버지 섭섭하시겠다. 할아버지들도 좋아해요.

▷박민영 : 다행이네요. 할머니는 어렵지만.. 저도 할아버지는 될 수 있으니까.

곁눈으로 웃는 은서의 옆모습을 살짝 보고 민영은 순간 두근 심장소리가 귓가에 들렸다.

눈을 감고 숨을 고르는 민영. 그때 들리는 은서의 차분한 목소리.

▷이은서 : 외적 내적인 면.. 둘 다 좋아요. 영화 반지의 제왕이요. 주인공이 누군지도, 스토리도 대충만 생각나는데. 그 할아버지 모습만은 또렷하게 기억에 남았어요. 보자마자 와, 멋있다.. 그랬거든요.

▷박민영 : 아, 간달프 할아버지..   그냥 좋으신 거죠? 이유는 몰라도 저절로..

▷이은서 : 이유.. 라고 할 수 있나.. 마치.. 마침표 같아서요. 유년 시절은 궁금한 게 뭐가 그리 많은지 온통 물음표이다가, 학창 시절부터 느낌표로 바뀌면서.. 중년이 되면 쉼표를 찾게 되고.. 그럼 노년이 되면 마침표이지 않을까.. 내가 만들 마침표가 저분 같이 평온하면 좋겠다. 저분처럼 따뜻하면 좋겠다. 그런 희망을 갖게 해주셔서 좋아하는 거 같아요..

▷박민영 : 그렇게 표현하시니까.. 저는 확실히 중년인가 봐요. 쉼표 찾는.. 은서 씨는요?

▷이은서 : 저는 물음표에서.. 쉼표나 마침표로 건너와야 하는데, 어디 착지할지는.. 아직 모르겠어요.

▷박민영 : 네.. 은서 씨, 말.. 되게 잘하시네요. 사실 저 다 알아듣지는 못하는데.. 되게 말 잘하신다. 그건 알겠어요.

▷이은서 : 잘하는 거.. 알아요. 그래서 하기 싫어해요. 소장님, 이제.. 쉼표 하세요.

▷박민영 : 아, 네.. 은서 씨도..

전철을 타고 이동하는 시간이 짧게도 느껴지고 길게도 느껴지는 민영은 아직 환한 밖을 보면서 오늘이 절반 밖에 안 지나간 게 신기하다.

두 사람이 사무실에 도착하니 3시가 되어간다. 최 과장과 이 대리도 들어와 있다.

▷정사장 : 두 사람, 멀리 다녀오느라 제일 수고 많았네. 한숨 돌리고 30분 후부터 의견 취합할까? 시간 더 필요하면 말하고.

▷박소장 : 괜찮습니다.

♦ 사장실 안

정 사장은 화이트보드판 앞에 서서 적으며 돌아서서 말한다.

"자, 질문하면 대답만 해. 그게 간단 명료하고, 신속하고. 좋지? 특히 장점은 몇 개 안 나오고 단점이 많이 나와야 우리한테 좋은 거니까. 지금은 긍정 버리고 마음껏 투덜거려줘."

웃는 소리와 함께 시작되는 회의.

"먼저 장점. 그 쇼핑몰을 가게 되고 구매하게 되는 장점이 뭐였어? 여기서 뺄 거! 뻔한 거. 가까운 거리, 할인 행사, 단골 쿠폰, 지정가 상향 구매 시 사은품, 친절한 직원, 고급스러운 인테리어 등 다 빼. 그럼 뭐 나올까 기대된다."

아무 대답이 없는 네 사람.
▷정사장 : 없어? 하나도? 동반자들 의견도 결국 다 저 이유들이고? 자. 그럼 장점 지워버리고, "단점 = 아쉬운 점, 바라는 점"으로 채워보자.
▷이대리 : 제가 1등할께요. 저희가 제일 도움 안 될 거 같아서. 제 동반자는.. 저랑 가면 어디든 다 좋대요.
▷최과장 : 사장님.. 저, 심장이....
▷정사장 : 이 대리가 책임져야지. 기훈이 인공호흡해 줘. 자세만 잡아도 바로 살아날걸?
▷최과장 : 심장이, 잘 뜁니다.
▷정사장 : 축하한다. 둘 다. 그럼 일하자. 살아난 최 과장은 할 말 있는 거지?
▷최과장 : 넵. 저희 VIP의 의견은요. 층마다 판매 제품이 다르고, 고객층이 다른데, 화장실은 다 같은 인테리어라서 아쉽다고 했습니다. 유아용품 판매하는 층은 화장실도 그런 분위기면 좋겠고, 스포츠용품 판매하는 층도 그거에 맞게 다르면, 층마다 새로운 느낌일 거 같다고요.

정 사장이 화이트보드에 적으면서 말한다.
▷정사장 : 그 의견 마음에 든다. 인테리어 말고, 관리 차원에서의 의견도 있나?
▷최과장 : 요즘 화장실 위생이야 워낙 철저하게 관리하니까.

그런데 냄새가 방향제 향만 강하게 나면 좀 답답하다고.. 화장실 곳곳에 공기 정화식물이 보이면 좋을 거 같다는 의견도 있습니다.

▷정사장 : 그것도 좋다. 요즘 조경과 플랜트 사업의 범위가 점점 확대되고 있는 건 그만큼 자연에 관심을 갖는 거고 그래야 소중한 줄도 알고, 선순환이지.

▷정사장 : 그리고 마지막 팀의 의견 듣기 전에 우리 팀은 단연코, 에스컬레이터와 엘리베이터 이용이 편리했으면 좋겠다는 거. 둘러보게 만들 목적으로 배치한 거 아주 역효과. 고령화 사회가 되어 가는데 더구나겠지?

▷박소장 : 저희는 오래된 건물에 다녀오다 보니.. 우선 구조는 청소하기가 어려운 공간을 줄이는 거, 마감재 소재는 시간이 지나도 새 거처럼 관리하기에 좋은 거. 그걸 최우선으로 고려하자는 생각이 들었습니다.

▷정사장 : 예상할 수 있는 내용이지만, 역시 중심을 말해줬고. 그럼 은서 씨가 마지막이네?

▷이은서 : 저는.. 백화점, 쇼핑몰이 어떤 브랜드, 어느 매장을 입점 시킬지만 선택하는 임대 사업 같아서요. 이용하기 많이 불편해요. 친절한 응대들도 매출 경쟁이란 목적이 있다는 걸 아니까 부담스러워서 필요한 만큼 보질 못하겠고.. 심신이 다 지쳐요. 그래서 만약 제가 갈 만한 쇼핑몰이라면.. 그 생각으로만 정리해 본 건데.. 우선 브랜드랑 관계없이 목적에 맞는 제품들을 한 번에 볼 수 있도록 구성해 놓은 배치였으면 좋겠어요. 예컨대 정장, 원피스, 청바지, 모자 등 이렇게 분류해서 다 모아 놓으면 편하겠어요. 원피스를 사러 갔는데 여러 매장들마다 다 가보고 비교해서 결정한 곳으로 다시 가서 구매하는 거. 시간도 아깝고 피곤해요. 요즘은 마니아 소비라서, 청바지를 좋아하는 사람이

또 사고 그러니까. 브랜드별 제품을 다 모아서 가격대별로 진열한 방식의 쇼핑몰이라면 편하겠다.. 전 인터넷으로 구매할 땐 가격 범위도 설정 해놓고 봐서, 아무리 마음에 들어도 상한가라는 게 있어서요. 판매자와 소비자의 목적이 만나는 지점이 결국 매매가 이루어지는 건데, 소비자의 시간과 에너지를 줄여줄 수 있는 방식으로 판매를 한다면? 선호하는 이용자와 방문 횟수는 오히려 늘어날수도 있지 않을까.. 그런 생각을 해봤어요.

▷정사장 : 은서 씨의 의견은, 브랜드 상관없이 종류별로 분류해서 가격대별로 진열한다. 인터넷으로 검색해서 가격순으로 정렬해서 비교해 보고 구매하듯이? 이건.... 스마트네. 남자들에게는 그야말로 대환영 아닌가? 내 심정은 그런데, 다른 남자분들은?

▷이대리 : 저도 인터넷으로 사는 게 편하긴 한데 막상 받아 보고 아니다. 싶을 때는, 반품 교환도 귀찮고 또 다른 걸 고르는 게 망설여지고 그래요. 직접 가려니 빙빙 돌며 천리 걸음 할 생각에 미리 지치고요. 저도! 대환영인 남자입니다.

▷최과장 : 그런 쇼핑몰이라면.. 혼자 가도 멋쩍지 않고, 와이프랑 가도 여기저기 따라만 다니는 느낌이 확 줄 거 같아요.

▷박소장 : 온라인 쇼핑의 장점과.. 오프라인 쇼핑의 장점을 합친다.. 이 콜라보는.... (엄지 척) 무적이 될 거 같은데요?

▷정사장 : 나라면, 내가 백화점을 운영한다면 난, 이 시스템 꼭 시도해 본다. 거수하자. 한다는 박 소장처럼 엄지 척?

정 사장이 먼저 양손으로 엄지 척을 만들어 보이자 최 과장과 이 대리도 두 손을 올리며 그렇게 서로를 격려하는 마음이 전해지고 정 사장이 회의를 마무리하며 말한다.

"은서 씨와 모두에게 고마워. 우리 서로 고맙자. 함께라서 모아진 좋은 의견이니까."

(19) 역공

회의를 마치자마자 나온 호성은 전화를 한다.
"저녁 같이 할 수 있어?   어디서 만날까? 난 전철 타고 가려
고.   그럼 너도 차 갖고 나올 일 없이 집 앞에서 만나자.
도착해서 전화할게"

호성은 집에 주차를 하며 소영에게 전화를 해주고 전철역으로 간
다.

♦ 부대찌개 전문점

▷정호성 : 여전히 햄 좋아하네. 망설임도 없이 이거야?
▷장한 : 그래도 이젠 얼큰한 것도 찾잖아. 그러니 이게 딱이지.
너는.. 오늘 술 먹고 싶었냐?
▷정호성 : 난, 너 멕이려고 왔는데?   김치 국물.
▷장한 : 뭐? 그건.. 내가 너 그렇게 만들까 봐 걱정
▷정호성 : 그럼 또 어때? 배만 채워? 국물도 맛있잖아. 먹자.

♦ 커피숍

▷장한 : 남자 놈 둘이 커피숍. 요즘은 이게 오해 살 풍경도 된
다매?
▷정호성 : 난 가정 있으니.. 불륜까지 얹어?

장한이 웃자 호성은 진지한 표정으로 말한다.
"근데.... 애매한 거보다 확실한 게 낫지 않나? 어떻게, 오늘은 옆자리에 앉아?"

그 말을 하자마자 둘이 같이 웃으며 시간이 느슨해진다.
▷장한 : 넌, 괴짜인 거 여전하다. 가장에 사장에 달라질 만도 한데.
▷정호성 : 달라졌어.　　　　니 앞에서는 그냥 나잖아. 나 아무것도 안 입어도 되잖아.
▷장한 : 뭐래. 남자 벗은 건 내 몸 하나 보는 걸로도 지겹다.

호성이 씁쓸히 가볍게 웃는다.
▷정호성 : 왜 잘할 놈들이 혼자인가 몰라. 동생 놈 둘에, 너까지.
▷장한 : 너 동생이 둘인가? 희성이 하나 아녔어?
▷정호성 : 걔는 친이고, 찐 하나 더 있어.
▷장한 : 우린..? 둘 단가? 친에 찐 없어? 찐 친구?
▷정호성 : 니가 그렇다면, 짝사랑은 아니네. 내가 원래 그런 건 안 하잖아?
▷장한 : 그래서? 내가 먹인 김치 국물, 너도 멕여주러 온 거고?
▷정호성 : 그렇게 되나? 퉁이네!
▷장한 : 뭐야... 뭐가 있지? 인수 결정도 안 났는데.. 내가 미리 먹을 게 있어?
▷정호성 : 그럼. 그것도 너한테 없는 거 멕일 건데? 인수는 돈 때문에 못할 건 아닌 거 같고, 맞지?
▷장한 : 그치.. 이 일에 써야 하나 그게 고민이시니까.
▷정호성 : 운영 때문에 그러지? 네가 경험이 있길 해. 자신이

있길 해. 그러니 행여 네게 과할까 아버지도 망설이시고, 너는 모자랄까 겁날 거고.

▷장한 : ....다 맞다. 어릴 때 친구 놈은 이래서 무서워. 몸 커지며 많이 가리고 숨겼어도, 벗고 있는 거 맞네.

▷정호성 : 아예 목욕탕엘 갈 걸 그랬나?

다시 같이 웃으며 그저 친구로 만난 자리, 그런 시간인 듯 하지만, 호성은 친구와 자신을 위한 일을 한다.

▷정호성 : 한아, 일요일에 너 전화받고, 월요일에 바로 회사 식구들이랑 비싼 밥부터 먹었거든. 근데 오늘 나왔다. 승리를 예감할 만한 좋은 무기들이.

▷장한 : 응? 리모델링으로.. 매출을 좌지우지할 만한 게.. 있어?

호성은 장한에게 불과 세 시간 전 회의의 내용을 통해 모아진 의견들을 전달한다.

▷정호성 : 음식도 따뜻해야 제맛이라, 바로 날라온 거야.

▷장한 : 하.... 내가 너한테 도움을 주게 되는 날도 오는 건가 했더니.. 또 아니었네.

▷정호성 : 뭐래. 받고 주고, 주고받고 순서가 어딨어. 그리고 내가 더 받아낼 테니까 이젠 그 겁을 먹어야 할걸?

▷장한 : 그래. 내가 너 무서워하는 날도 좀 있자.

▷정호성 : 무서워져도 좋아는 할 거지?

▷장한 : 안 그래도 임마. 너처럼 무서워도 좋을, 여자를 만났으면 좋겠다.

▷정호성 : 아 진짜. 옆자리로 가?

둘은 어느새 주변에서 힐끔거리는 시선도 모른 채 그저 아이처럼 웃으며 서로를 응원하는 마음을 나누고 있다. 커피숍에서 나와 전철역으로 들어가는 호성을 바라보던 장한은 집으로 올라가려다 아파트 놀이터에 잠시 앉는다.

● 면목 초등학교 4학년 교실

"한, 오늘 점심 우리 둘이서만 먹을 거야. 나 따라와."
장한은 고개를 끄덕이면서 속으로 걱정이다.
'애들이 가만둘까..'
점심시간이 되자 마음이 두근거리고, 괜히 행동이 쭈뼛거린다.
"장한. 나 좀 보자. 옥상으로 와."
호성이 그 말만 던지고 앞장서 나가고 장한도 일어서는데.. 친구들이 수군거린다.
옥상에 먼저 올라온 호성은 등교하며 갖다 놓은 도시락을 꺼내서 자리를 잡고 앉았다.
▷장한 : 애들이.. 너 화났을까 봐 걱정해.
▷정호성 : 그러길 바라는 거.. 아니다.   밥 먹자. 얼른 와. 늦게 내려가는 건 걱정 안 돼?

장한이 서둘러 자리에 앉자 호성이가 싸온 반찬이 소고기 미역국, 비엔나소시지와 계란말이, 장조림까지 있다.
▷장한 : 우와. 오늘 뭔 날이야?
▷정호성 : 응. 동생 생일.   엄마한테 많이 축하하면 많이 먹는 거지? 그랬더니 이렇게 많아.
▷장한 : 그럼 나도, 나도 많이 축하할래.

초겨울의 날씨가 봄처럼 따뜻한 거 같았던 그날의 시간을 추억하는 장한은 생각한다.

'그러고 보니, 오늘도.. 저 녀석이 여름이라서. 그래서 바뀌는구나..'

♦ 목요일 아침

출근길에 호성은 전화를 받는다.
"응.   오늘 점심?   아니, 일이 있어도 미루고 가야지. 근데 정말 없어."

사무실에 도착한 정 사장은 필요한 서류를 챙겨 놓고 박 소장과 마주한다.
▷정사장 : 오늘 점심에 결론날 수도 있다.
▷박소장 : 어제 그 건이요?
▷정사장 : 응. 그리고 공사할 건물은 이미 다녀왔어.
▷박소장 : 어딘지 알고 계셨구나. 어때요?
▷정사장 : 네가 알지.
▷박소장 : 네..?
▷정사장 : 참. 희한해. 박 소장은 결정타가 있다. 일이 그러면.. 다른 분야도 기대해 본다.
▷박소장 : 저..
▷정사장 : 느린 놈. 그래서 좋지만.   어제 다녀온 동안 백화점이야. 누구 감이었어?
▷박소장 : 아... 거기..   은서 씨가 포인트를 잡아줘서 검색하다가요.
▷정사장 : 은서 씨는.. 홈런 날려주려고 왔나 보다.
▷박소장 : 진짜. 거기예요?   또 갈 수 있는 거네요..
▷정사장 : 둘이?
▷박소장 : 네?

▷정사장 : 너 방금 잡혔다.　　　 맘에 들어온 게 장소야, 같이
간 사람이야?
▷박소장 : ....
▷정사장 : 대답은 나한테 하지 마. 자신에게 해야지. 나 먼저 간
다.

사장실에서 나온 정 사장은 곧장 밖으로 나가고 박 소장은 그
자리에 가만히 앉아있다. 시간이 제법 지나자 이 대리가 안을 먼
저 들여다보고 최 과장도 따라 들어온다.
▷이대리 : 소장님..　　소장님!
▷박소장 : 어, 어..?
▷이대리 : 왜 그래요? 사장님한테 무슨 충격받았어요? 설마 그
일.. 잘못된 거예요??
▷최과장 : 소장님.... 너무 허탈해 하지 마세요. 인연이 아니었다
고 생각해요..
▷박소장 : 아냐..... 인연이야.. 그리고, 잘될 거야.

이 대리와 최 과장은 서로를 멀뚱히 보다가 눈빛으로 나가자고
한다. 조용히 문이 닫힌다.

다시 혼자 남은 박 소장은 자신에게 묻는다.
'나만 알면 좋겠었다.. 그냥 혼자 좋아해도 좋으니까. 나만 알았
으면... 이제는.. 은서 씨만은 모르길 바라야 하나.. 은서 씨가 알
면..? 은서 씨의 기분이 어떨지가 걱정인 걸까.. 내 마음을 어떻
게 해야 하나.. 그게 걱정인 걸까.. 나는.. 진짜. 진짜 비겁하구
나..'

♦ 청국장 전문 식당

▷장재성 : 어서 오게. 내 처음 사는 밥이 촌스럽지?

▷정호성 : 편안합니다. 아버님처럼요.

▷장재성 : 자네 이름, 호성이라며? 난 재성일세. 괜히 친근해서.

▷정호성 : 아버님 덕분에 이름 덕 좀 보네요.

▷장재성 : 한이에게 듣던 대로 말 잘하네. 듣기도 좋고, 이름 답네.

▷정호성 : 전 식사 전부터 배가 부르네요. 그러니 저보다 많이 드셔야 합니다.

호성은 이 기분 좋은 만남에 마음이 들뜨기도 하지만, 장한과 아버님을 보며 아버지 생각이 나서 오히려 차분하게 식사를 할 수 있었다.

'아쉬움은 짧게, 추억을 길게..'

♦ 찻집

▷장재성 : 한창 술 좋아할 나인데, 내가 못 맞춰서 아쉽네.

▷정호성 : 건강만 하시면 아쉽지 않습니다.

▷장한 : 아버지.. 호성이 아버님은 일찍 돌아가셨어요.

▷장재성 : 저런.. 이제 진짜 부자간 정 좋을 때인데..

▷정호성 : 네. 한이랑 아버님이 좋은 날 오래 보여 주십시오.

▷장재성 : 그래야지. 그리고 나도 아직은 보고 싶은 게 많아. 이 고민이지.

▷장한 : 어제 우리 만나서 얘기 나눈 거. 나도 식기 전에 아버지한테 전하고 싶었어.

▷장재성 : 이 녀석이 망설여서 나도 결심이 안서도 내심 그려지는 그림이 지워지질 않았지. 그간 한이가 주눅 안 들려고 노력한

거.. 이제는 겸손으로 보이게 하고 싶은 마음이었네.   자네
는 무얼 해도 당당해 보이는 기질이 있고, 한이는 백화점 사장이
되더라도.. 직원처럼만 보이려나? 타고나길 그렇지. 그래도 내 욕
심에 아들이 운영하는 곳에 가서 내가 손님이고 싶은 거야.
내가 사고 싶은 건.. 한이의 자신감이네.
▷장한 : 저, 그거 만들어 볼게요. 결정되면 호성이에게 겉만 맡
긴다고 생각해도 의지가 됐었는데, 친구가 전우도 되어 준다는데
제가 물러설 수는 없죠. 그리고 저를 넘어서 볼게요. 저도 아버
지의 그림으로 들어가고 싶은 욕심.. 있으니까요.
▷정호성 : 저는 갖고 싶습니다. 그 그림 많이만 그려주세요. 호
가에 살게요.

장재성은 아들이 친구와 웃는 모습을 보며 미소를 지으면서 가슴
은 뻐근하다.
'한이가 어렸을 때부터 외로울까, 내 괴로웠는데.. 씨앗 하나가
이렇게 큰 나무가 되어 있었구나. 당장 채워져 보이지 않는다고
걱정하던 내가.. 조급했구나. 그 오랜 세월을 흙 만지며 살았어
도.. 아직도 배울 게 많으니..'

(20) 작전

♦ 금요일 오전

사무실에 들어와 출근한 직원들을 바라보며 정 사장은 표정이 없다.
"선수들은 만루지?"

세 사람이 엉거주춤 인사를 하며 눈치를 살핀다.
▷정사장 : 긴장하지 마. 힘 빼라고..   다음 타는 홈런이니까. 마음은 편안하게, 기운은 넘치게 돌고 올 수 있지? 나만 앉아서 구경하고 역시 감독이 좋네.
▷이대리 : 사장님, 그 백화점! 된 거예요??
▷정사장 : 응. 이제 할 일 많~다. 그래도 정신은 있자?
▷최과장 : 와!! 이번 건은 그냥 일만 하는 거 같지가 않아서 설레요.
▷정사장 : 최 과장은 집에 가서 해. 설레는 건.

다 같이 웃고 나자 정 사장이 사장실로 들어가며 말한다.
▷정사장 : 화요일부터 이미 대세가 기울었나? 우리가 맡을 백화점, 둘은 미리 다녀왔거든.
▷이대리 : 어디? 설마.. 소장님이 다녀온 거기예요?
▷박소장 : 응..

▷이대리 : 에이, 그래서 그러셨구나. 소장님은 뭘 그런 걸로 그렇게 놀랬어요? 아니다. 놀랄만한가.. 저도 시험 볼 때 어떤 문제가 도저히 모르겠어서 재미라도 있게 아예 제일 아닐 거 같은 걸로 찍었는데, 그게 답인 적 있었거든요. 그때 진짜 기가 막혔어요. 어이없기도 하고, 허탈하기도 하고.

▷최과장 : 왜 허탈해? 앗싸! 해야 하는 거 아냐?

▷이대리 : 갭이 너무 커서요. 내 의도랑은 안 맞는데 정답이긴 한 게.. 애들한테 넌 어떻게 그걸 골랐냐고 웃음 줄 줄 알았는데, 어떻게 너만 맞췄냐고 신기해하니까. 암튼 기분이 묘했어요.

▷최과장 : 반전을 당해서 그런가..? 반전이 구경의 묘미로는 진짜 최곤데, 당하면 현타오지.. 아. 당하는 건 싫어.

▷박소장 : 내 뜻대로 안돼야.. 좋은 경우도 있지 않나.... 일 하자. 정신 있이.

▷최과장 : 소장님, 우리 그 백화점부터 가 봐야죠? 언제 가요?

▷박소장 : 사장님이랑 상의하고 알려줄게.

박 소장은 동안 백화점의 구조를 그려뒀던 도안을 보면서 설계 프로그램에 옮겨본다.

최 과장은 회의 때 낸 의견처럼 화장실 인테리어를 다양하게 생각하며 구상해 본다.

이 대리는 새로운 건축 소재들을 찾아보고 샘플을 보기 위해서 연락을 하며 메모를 한다.

은서는 엑셀로 표를 만들어서 백화점에 입점되어 있는 브랜드를 층 별로 구분해서 입력했다. 그리고 판매하는 목록들을 분류해서 어떻게 배치하는 게 효율적일지 구성해 본다.

그렇게 금요일의 하루가 톱니바퀴처럼 맞물려 돌아가며 자연 건축사사무소는 조화를 이뤄간다.

♦ 마일드마인드 의원

유진은 일찍 출근해서 창밖을 바라보며 차 한 잔을 마신다. 명상 음악을 틀어 놓았는데 빗소리가 나온다. 소리에 집중하니 마치 창문으로 빗방울이 흘러내리는 것만 같다. 그리고 그날이 생각난다.

♦ 건국대학병원 신경정신과

예약 환자들을 진료하는 중 신규 접수된 대기 환자가 문을 열고 들어온다. 그런데, 하늘색 우비를 입고 있다. 유진은 '우비에는 물기가 없는데..' 라는 의아한 생각을 하며 말을 건넨다.

▷김유진 : 안녕하세요. 어떤 불편함이 있으신가요?

▷이연주 : 입원.. 하고 싶어요.

▷김유진 : 입원을요? 어떤 증상이 있으세요?

▷이연주 : 잠을 못 자요..

▷김유진 : 네. 어떤 이유 때문인지.. 우선 맞는 약을 찾으면 도움이 되실 거예요.

▷이연주 : 어디서요.... 갈 곳이 없어요.

유진은 환자의 정보를 다시 확인해 본다.
'이제 22 세.. 직장가입자.. 입원까지는 고려할 게 많은데..'

▷김유진 : 갑자기 입원을 하게 되면.. 가족들이 놀라지 않을까요? 그리고 신경정신과 병동이라서.. 단지 불면증 때문에 생활하기에는 환자분이 힘들 수도 있고요. 그리고 입원 기록은.. 나중에 여러 가지 제약이 있을 수도 있는데..

▷이연주 : 다 아닐 거예요. 그리고..   지금 저를 제약하지

않으면.. 더 힘든..   저 좀.... 막아주세요.

유진은 환자의 상황을 정확히 알지 못하는 상태로 입원을 결정하기가 너무 망설여진다.
"우리.. 한 번만 더 생각하고 다음에 결정하면 어떨까요.. 우선 3일 치 약을 드릴게요. 그리고 3일 후에 진료받으실 때도 그대로이면.. 그땐 원하시는 도움을 드려 볼게요."

말없이 일어서 고개를 숙이며 인사하고 돌아서 나가는 환자를 바라보는 유진은 마음이 무겁다. 그리고 바닥에 보이는 물 자국들.. 곧이어 문이 열리고 들어오는 예약 환자를 두 명 더 진료하니 점심시간이라 식사를 하러 움직인다. 비가 와서 병원 내에서 먹으려다 왠지 빗속을 걷고 싶어 우산을 챙겨서 밖으로 나온다. 돌아오는 길. 우산을 든 손을 바꾸면서 병원 앞 공원 외진 벤치에 하늘색 우비를 걸어 두고 앉아 있는 사람이 언뜻 보인다.
'이연주 환자..? 처방전도 수령하지 않고, 예약도 없이 갔다는데.. 다행이다.'
유진은 망설임을 멈추고 연주에게 다가가 걸음을 멈춘다.
"저랑 같이 가요. 잠부터 잘 자고 생각은 그 다음에 해요."

♦ 은서의 집

은서는 창밖을 보며 무릎을 감싸고 앉아있다. 옆에는 핸드폰 아래 글이 가득한 노트가 놓여있다.

♦ 유진의 집

▷윤혁주 : 정말 당신은 안 가? 우리끼리만 가?

170

▷김유진 : 전 공부할 거 있다니까요. 혼자 있어야 잘 되니까 선생님이 좀 도와주시죠?
▷윤혁주 : 소율이가 당신 같이 안 온 거 보면 서운해할 건데..
▷김유진 : 음.. 대체하면 어때요? 두 남자가 소율이 위해 쇼핑몰도 한바퀴 돌고 영화관으로 모시고 가면?
▷윤혁주 : 그럼 오늘 당신 학원비도 소율이에게 쓰면 되고?
▷김유진 : 네. 좋은 수업이니까 아까워하지 말고요.

혁주가 웃으면서 단체 톡을 남긴다.
• 윤혁주 : 시운 & 소율 오늘은 집으로 귀가하지 마.
• 윤시운 : 왜요?
• 윤소율 : 어디 갈 거야?
• 윤혁주 : 그건 엄마랑 아빠가 정해서. 둘은 다른 거 정하게 해줄게.
• 윤시운 : 좋아요.
• 윤소율 : 뭘 알고 좋대? 어디 갈 건데?
• 윤혁주 : 잠실타워. 바로 오면 몇 시 될 거 같아? 맞춰가 있을게.
• 윤소율 : 7시 반쯤? 근데 난 뭐 정하는데?
• 윤혁주 : 소율이는 보고 (쇼핑하는 이모티콘)
• 윤소율 : 오~ (신나하는 이모티콘)
• 윤시운 : 저는요?
• 윤혁주 : 영화!

혁주는 바로 서둘러 준비를 하고 유진을 안아준다.
"난 가르치면서도 배우는 건 없는데.. 당신은 배울 게 또 있고, 진짜 학생이네. 주말에는 푹 쉬자."

남편을 배웅한 유진은 서재로 들어간다. 심호흡을 크게 하고 명상 음악을 튼다. 핸드폰에 이어폰을 연결하고 의자에 앉아서 노트와 펜을 준비해 둔다. 그리고 은서에게 문자를 보낸다. 잠시후 전화벨이 울리고, 유진은 다른 환자를 만나게 된다.

♦ 마일드마인드 의원

▷김유진 : 안녕하세요. 어떤 일로 오셨나요?

▷김자경 : 선생님.. 저는 남매를 낳았는데요. 둘 다 보고 살 수는 없는.. 그런 상황이 되었어요.

▷김유진 : 언제.. 무슨 일 때문이셨는지 여쭤봐도 될까요..?

▷김자경 : 아들 결혼식 앞두고요. 글쎄 딸아이가.. 지 오빠 결혼식을 망쳐놨대요.   아들은.. 그 길로 다시 저에게 내려와서.. 제가 재가를 했는데요.. 근처에서 폐인처럼 사는 걸 도저히 못보겠어서, 재혼한 사람이랑 같이 여기저기서 돈을 만들어 식당을 차렸고요.

▷김유진 : 네.. 그럼 그 일로.. 어머님도 따님과는 연을 끊게 되신 건가요?

▷김자경 : 무슨 사연인지는 몰라도, 아들이 저 지경인데.. 그리고 혹시나 먼저 연락이 올까 했는데 한번도 안 왔어요. 그러다가 집 근처에서 봤어요. 언뜻이지만.. 분명할 거예요.

▷김유진 : 어떻게, 지나가는 걸 보신 건가요?

▷김자경 : 아뇨.. 멀찍이 앉아 있는데 담배 연기도 나고, 표정은 내가 알던 그 아이가 맞나 싶을 정도였지만.. 가슴이 덜컥 내려앉는 게 뭔가 느낌으로 알 수 있었어요.   그런데 그 순간 행여나 아들도 나오며 보거나 저랑 눈이라도 마주치면 무슨 일이 날까 무서워서 뒤돌아 한 번 더 보지도 못하고, 식당으로 서둘러 움직였고요.

▷김유진 : 그러셨군요.. 그럼 지금은 어떤 어려움이 가장 크신가
요..?

▷김자경 : 그 저희 세 사람이 먹고 살 만하게는 되던 가게가..
15분 거리쯤에 프랜차이즈 매장이 생기고 나니 아주 어려워졌어
요. 인테리어랑 가격은 도무지 따라갈 수가 없으니까.. 제가 가봐
도 거기서 먹겠다 싶더라고요. 그러니 겨우 마음잡고서 일하는
아들 때문에 이를 어쩌나.. 전 속이 타들어 가는데, 재혼한 남자
는 더 손해나기 전에 접으라고. 자기가 투자한 거 회수하려는 생
각만 하며 닦달하니 그 꼴이.. 더는 같이 못 살겠더라고요.

▷김유진 : 네.. 어머님이 그 과정에서 정말 힘드셨겠어요..

▷김자경 : 그땐 어떻게든 살아야겠다는 생각에 힘든 줄도 모르
고, 그 길로 아들이랑 둘이 집을 합치면서 또 돈을 만들었지요.
대출도 좀 받고.. 학교 근처로 이사하면서 작은 분식집을 인수하
려고요. 애들을 자주 보다 보면 저도 아들도 좀 밝아지지 않을까
해서요.

▷김유진 : 효과는 있으셨어요? 도움이 되셨나요?

▷김자경 : 네. 재밌고 좋았는데.. 참 이상하게도.. 이번에는 3년
쯤 됐나.. 그 좁은 상권에 또 프랜차이즈 분식집이 새로 들어섰
어요. TV에서 저도 광고를 본 기억이 있는데 애들은 오죽하겠어
요. 더구나 요즘 엄마들은 브랜드만 사서 먹이고 입힌다는데..

▷김유진 : 그럼.. 지금은 어떻게 지내시나요..?

▷김자경 : 가게는 계약 기간까지만 꾸역꾸역 하다가 그만두고..
대출금 갚는다고 월세방 얻어 이사했는데.. 저야 뭐 얼마나 잘
살겠다고요. 내 팔자 고치겠다고 재혼해 봤어도 자식이 혹이라
못 떼어내니 다시 제자리인데.. 아들이 걱정이에요. 매일 술을 마
시니.. 먹고 살 돈이야 제가 할 수 있을 때까지 일 다니면 되는

173

데.. 그 돈이 아들 술값이 되니까 내 자식 내가 끌어안고 망가지는 거 보는 게 지옥이에요.

유진은 이어폰을 빼면서 비어 있는 노트를 멍하니 본다.
'시운이와 소율이.. 만약 둘 중 한 명 밖에는 볼 수 없는 상황이 된다면.. 선택? 이라는 게 가능한 일일까.. 게다 언제 회복될지 모르는 기다림.. 난 무엇을 할 수 있을까..'

은서는 노트를 내려놓고 엎드려 얼굴을 감싼다. 그리고 기어 기어서.. 과거로 들어간다.

♦ 횡성 초등학교를 다니는 연주가 3학년이 되던 봄.

엄마 아빠는 둘째 이모네 방직 공장에 주야 2교대로 일을 다녔었는데, 어느 날 손을 크게 다친 아빠가 의수를 하고 술만 마시자 엄마가 혼자 일을 다니게 됐다. 그래도 엄마는 막 고등학생이 된 오빠에게 온통 신경을 쓰느라 아빠도 연주도 나중이었지만, 연주는 이상하게 담담하고 편했다.

어느 날은 점심 도시락을 먹으려고 반찬통을 열었는데 김이 젓가락으로 들어보니 두 장.. 연주는 그날부터 더 이상 애들과 밥을 함께 먹지 않고 도서관으로 바로 갔다. 무얼 읽을까 둘러보다 보면 먹을 건 생각나지 않았고, 글자를 눈에 담으면 허기도 가시는 듯했다.

아빠는 술에 취하면 종종 엄마에게 화풀이를 하거나, 이모부를 찾아가 행패를 부리며 크게 다퉜다는데.. 그 모습을 보거나 듣는 연주는 '술을 먹어서 그러는 걸까, 그러고 싶어서 술을 먹는 걸까?' 그게 궁금하기만 했다.

엄마는 결국 이사를 결심했고 집을 정리했다.

연주는 원주 초등학교를 졸업. 중학교를 입학하고 졸업하는 식마다 혼자였고, 주변에서 사진을 찍는 걸 보면서 찍히지 않을 수 있어서 다행이라는 생각을 했다.
그리고 엄마도 엄마로서의 졸업을 이미 결심했었는지.. 고등학교 1학년 여름방학부터 연주는 아빠와만 지내게 됐다.

엄마는 대전에 사는 친구가 횟집을 크게 차려서 좋은 조건에 일을 할 수 있게 됐다고 내려간 후 돈만 보내왔고, 마침 군대를 제대한 오빠도 집으로 오지 않고 그 가게에서 같이 일을 배우며 지낸다고 들었다. 그래서 연주는 조금 일찍 자율과 자유, 두 가지를 다 얻게 되었다.

(21) 변화

● 민영의 집

일찍 눈을 뜬 민영은 침대에서 일어나기가 싫다. 출근이 없는 하루가.. 허전하다. 핸드폰을 찾아 아무 수신 알림이 없는 문자를 누르고.. 망설이다 이은서 씨라고 저장된 대화 내용을 다시 읽어 본다. 그리고 핸드폰을 협탁에 올려 두고, 눈을 감으며 두 손으로 얼굴을 감싼다.

'생각하는 거. 생각나는 거.. 멈추고 싶다.   일하러 나가자.'

민영은 일어나서 씻고 외출 준비를 한다. 그리고 빈 집을 나서며 뒤를 돌아보지 않는다. 힘차게 걸어서 전철을 타고 안양으로 향하는 민영은 그냥 기분이 좋다. 역에 도착하자 기억을 더듬으며 시장으로 가서 이리저리 골목마다 천천히 돌아보며 다닌다.

'저기다..'

허름한 죽 집을 발견하자 마음이 왠지 설렌다. 출입문 가까이 가니 역시 할머니와 할아버지가 보이고, 인사하는 민영을 반갑게 맞아 주신다.

● 기훈의 집

토요일에도 출근을 하는 현아와 함께 집을 나서는 기훈은 현아의 가게에 도착해서 오픈 준비를 같이 해주고, 오늘은 ktx를 타고 고향 보성에 다녀온다.

▷최기훈 : 주말인데 혼자 바쁘겠다.

▷유현아 : 오빠도 그렇잖아. 그래도 요즘 비수기라 예약은 적어서 나도 평일에는 쉬는 시간 제법 있었어. 게다 내일은 오빠도 없고, 진짜 휴식!

▷최기훈 : 응?? 내가 없어서 진짜? 왜 그렇지?

▷유현아 : 안 씻고, 누워만 있고! 더러울 거니까?

▷최기훈 : 그 모습, 나는 언제 구경하나?

▷유현아 : 글쎄.. 우리 아기 낳아서 키우면? 안 씻는 게 아니라 도저히.. 그 정도로 피곤할 때?

▷최기훈 : 그러게, 둘 다 보고 싶다.

▷유현아 : ....아기 소식 많이 물으시지?

▷최기훈 : 아니, 당신이 젊으니까 괜찮아.

▷유현아 : 오빠는.. 나도 이제 앞자리 3 이야. 연애할 때 생각해?

▷최기훈 : 아니. 처음 만났을 때. 그때 그대로인데?

▷유현아 : 그거 칭찬 아냐. 부담이야!

기훈은 웃으며 현아를 안아주고 얼굴을 보며 다짐하듯 말한다.
"내 마음이 그대로여야지."
현아가 미소 띤 얼굴로 플라워키퍼로 가더니 꽃바구니를 꺼내 오며 말한다.
"나도 오빠한테 줘야 할 짐 있는데."

알록달록 여러 가지 색을 가진 다양한 꽃들로 만든 풍성한 모습에 기훈의 마음도 부풀며 여러 가지 생각이 든다.

▷최기훈 : 오래 걸렸을 텐데..

▷유현아 : 아냐. 이런 게 오히려 더 쉬워. 막 꽂으면 돼서. 이제

얼른 가. 꽃 생각해서.
▷최기훈 : 응. 전화할게.
▷유현아 : 도착해서. 그리고 출발할 때만. 나머지 시간은 부모님
이랑 잘 보내고요.

기훈이 웃으면서 손을 흔들고 문을 나서자 현아는 냉장고에서 꺼
낸 베지밀 병을 난로 위 주전자를 열고 그 안에 담근다. 그리고
그 곁에 앉아서 기분 좋은 추억을 꺼내 온다.

◆ 플롯 플라워 (plot flower)

현아는 대학을 졸업하자마자 시작한 작은 가게를 보며 엄마, 아
빠에게 고맙기도 하고.. 씁쓸하기도 하다. 플루트를 전공했지만
그 소리가 너무 좋았어도, 누군가에게 들려주면서 안정적인 삶을
살 수 있을 만큼은.. '내가 실력이 없는 거지.' 생각을 했지만 아
직은.. 문화가 누리는 입장과 만들어가는 입장의 차이가 커서 생
계가 어려운 현실이 슬프고 아팠다. 그래도 현아에게는 꽃을 만
지고 돌보는 익숙한 일이 있어서 플로리스트 자격증을 금방 취득
하고, 이렇게 일찍 나만의 공간을 갖게 된 일은 행운이다.

항상 플루트 음악이 흐르는 이 작은 무대에서 꽃으로 삶을 연주
하며 온라인으로 예약을 받는 사이트도 만들고, 사진을 올리면서
바쁜 시간을 보냈다.
현아는 아침으로 꼭 베지밀을 그것도 병에 든 걸 먹었는데, 빈
병을 몇 개 씻어서 창가에 세워 두고 작업을 하다 남겨지는 꽃
들을 한 송이씩 담아두곤 했다. 그리고 그 빈 병이 받기만 하는
사랑으로 채워지는 기훈과의 연을 만들어 주었다.

언젠가부터 출근을 하면 가게 앞에 베지밀 병이 두 개씩 담긴 작은 종이봉투가 놓여 있는 날이 이따금씩 있었는데, 한 해가 넘어가도록 다른 건 담겨 있지도 않고, 누군지도 밝히지 않는 사람이 더운 날씨처럼 답답하기만 했던 여름날. 현아는 일주일 동안 가게 오픈 시간보다 3시간씩 일찍 나가서 안에서 지켜보기로 작정을 했다. 그리고 그 첫날인 월요일에 범인을 바로 잡았다.

"저기요."

현아가 부르자 기훈은 움찔하며 돌아서지도 못하고 그대로 서 있었다.

"제가 앞으로 갈까요? 아니면 제 앞으로 오실래요?"

그 말에 기훈은 고개를 숙이고 돌아서서 걸어왔다.

"고개는 제가 숙여야 할거 같은데, 오늘이라서 고마워요. 바로 잡혀주셔서요."

여전히 기훈은 고개를 들지 못했다.

"출근하시는 길이죠? 그럼 퇴근하고 다시 와 주실래요? 그동안 일방적으로 주신 거.. 이젠 책임을 지셔야 하지 않을까요?"

"네.." 라고 대답하며 허리까지 숙이고 인사를 하고 돌아서서 뛰어가는 기훈을 보면서 현아는 한숨을 쉬었다.

그리고 그날 저녁 8시가 다 되어갈 즈음 가게 밖을 서성거리고 있는 기훈을 볼 때는 왠지 웃음이 나왔다. 양복이 아닌 옷차림을 보니 집에 들러서 가게 마감 시간에 맞춰서 나왔다는 것을 알 수 있어서였다.

▷유현아 : 들어오실래요? 나갈까요?

▷최기훈 : 저는.. 가게가 더 좋습니다.

▷유현아 : 저도요.

기훈이 들어와 앉을 자리를 마련해 주고 현아도 마주 앉았는데,

눈을 마주치지는 못하는 기훈 때문에 현아가 편히 볼 수가 있었다.

▷유현아 : 제가 궁금해 하지 않았으면, 언제까지 가만히 계실 거였어요?

▷최기훈 : 그게.. 아무것도 몰라서.. 부담 되실까 봐요..

▷유현아 : 부담스러워요.   그런데 용기 내주신 거, 그것도 저를 배려하며 해주신 건 고마워요.

▷최기훈 : 감사합니다. 좋게 생각해 주셔서..

▷유현아 : 먼저 그러셨잖아요. 아무것도 모르는데 저를 좋게 생각해 주신 거.

▷최기훈 : 그건.. 좋아하면 좋게 생각되니까요.

▷유현아 : 모르는데.. 좋아하는 건? 진짜 아니지 않나요?

▷최기훈 : 아, 아닙니다. 진짜였습니다.

기훈의 소심한 모습과 달리 바로 들려온 우직한 대답에 현아는 더 이상 아무 말도 하지 않았는데 이후 기훈의 어쩔 줄 모르는 태도를 보고 있자니 마음의 온기가 만들어지며 미소가 생겨났다. 그리고 자신의 표정은 보지도 못한 기훈에게 담담히 말했다.

"사실 제가 답답해서.. 오늘은 끝내려고 결심했던 건데 예상과 달리 웃음이 나서요.   서로 시작을 해 볼까요? 알아도 좋을지, 정말 진짜일지요."

그렇게 시작된 기훈과의 만남은 그동안 연애 전후가 달랐었던 경험들의 경계를 넘어서는 믿음을 주었고, 결혼 전후도 다르지 않을 거라는 기대도 만들어내며 부부가 되어 한 아이의 부모가 되는 날만 기다리는 시간을 보내고 있다.

'내가 기훈 씨에게 더 받은 마음들.. 우리의 아이들에게, 아빠를 꼭 닮도록 주며 살고 싶다..'

♦ 은서의 집

새벽에 깼지만 그대로 눈을 감고 있는 은서는 '오늘은 어디도 가지 않고.. 어떤 일도 하지 않고 싶다..' 는 생각이 들어서 한동안 의아했다. 그래서 어제의 상담이 더 생각났다.
'노트에 무작정 이 말 저 말을 적으며, 많은 글이 얽히고 설켜버렸지만.. 김유진 원장님의 따뜻한 목소리를 듣는 순간.. 그냥 엄마의 심정이 되어 버렸던 이상한 일..'

초라한 분식집에서 엄마가 오빠와 웃으며 행복해 보이는 모습에 내가 한없이 초라했던 그때의 기분..
기어이 두 번째 가게마저 문을 닫게 만들고서.. 바뀐 주소로 찾아가서 봤었던 엄마의 무거운 얼굴과 발걸음..
'엄마는 오빠를 또 일으켜 세울 수 있을까?   나는.. 엄마가 더는 못하길 바라는 걸까.   내가 더는 못하길 바라는 걸까..'

은서는 자기의 마음이 고통스럽다는 것은 느끼지 못하고 있지만 온몸이 오그라들며 웅크린 채 움직이지 못했다.

(22) 거부

♦ 하나네 집

▷이정순 : 하나야. 오늘 아빠 차 가지고 다녀오면 어때?
▷김하나 : 진수 씨한테 물어봐야지.
▷이정순 : 네가 가고 싶다고 해봐. 그렇게도 말해봐.
하나는 엄마의 말에 마음이 일렁였다. 고개만 끄덕이며 출근하시는 두 분을 배웅하고 설거지를 할까 하다가 먼저 진수에게 카톡을 보낸다.
• 진수 씨.. 나 오늘은 조금 멀리 가고 싶은 곳 있는데, 같이 갈래요? 운전은 내가 할게요.
그리고 설거지를 시작하며 생각한다.
'어디냐고 물어보면 어떡하지.. 어딘지 말해주면.. 당황하진 않을까..'
핸드폰 알림 소리에 가슴이 두근 했지만, 설거지를 마저 다 하고 확인을 한다.
• 좋아.
하나는 환하게 웃는 얼굴이 된 줄도 모르고 급히 답장을 적었다.
• 집 앞으로 갈게요! 출발하며 도착시간 보낼게요~

그리고 옷을 갈아입으러 방으로 들어가 거울을 보는데, 자기 표정이 순간 낯설어서 잠시 놀랐다가 안도한다.

'결혼을 앞두고도.. 그동안의 감정들이 거둬지지 않았었구나.. 거절당할까 봐.. 거부할까 봐.. 늘 조심스러웠던 마음이..'

하나는 한결 편안한 얼굴로 밝고 따뜻한 오렌지색 외투를 입으며 진짜 데이트를 준비한다.

● 자동차 안

차에 타자마자 눈을 감고 있는 진수에게 하나가 말을 건넨다.
▷김하나 : 어디 가는지.. 안 물어봐요?
▷이진수 : 이미 아는데 뭐 하러. 눈이나 붙이고 있을래.
▷김하나 : 어..? 어떻게 알았어요?
▷이진수 : 아까 말했잖아. 하나가 가고 싶은 곳이라며?
▷김하나 : ......고마워요.
▷이진수 : 나도. 마음도 몸도 편하게 갈 수 있어서 좋네.

하나는 갑자기 그날이 생각나고.. 그때 보다 더 두근거리는 심장을 느끼면서.. 눈물이 글썽이지만 마음은 뜨거워진다.

● 진수의 집

결혼을 결심하면서 진수랑 하나는 친구들을 만난 자리에서 소식을 전했고, 그날 술을 제법 마신 진수가 걱정스러운 하나는 집까지 같이 갔다. 침대에 눕도록 도와주고 스탠드 불빛이 익숙해질 동안 진수를 바라보고 있다가 바로 돌아가기가 싫은 마음에 조용히 집 안을 정돈했다. 그리고 진수의 얼굴을 보며 '잠이 든 건가.. 얼굴이.. 편해 보이지는 않는데..' 생각하다가 이불을 덮어주려고 다가간 하나를 진수가 끌어안았다.

너무 놀랐지만 그래서 숨도 못 쉬고 가만히 있었던 하나를 바라보던 진수의 눈에는 욕망이 아닌 실망의 빛이 스치는 거 같았다. 그 순간 하나는 눈을 감았다. 상처받기를 거부하는 마음의 움직임과 동시에 진수의 입술과 술인지 침인지 모를 맛을 느끼면서 하나의 온몸이 뜨거워졌다. 진수는 손으로 하나의 옷 속으로 들어갔지만 자기의 몸이 하나의 몸속으로 들어가기는 거부하는 반응 때문에 너무 놀라 그 즉시 취기가 달아났다. 그리고 가만히 숨을 고르면서 하나를 안은 채 눈을 감았다. 하나도 심장 박동 소리가 잦아들기를 기다리면서 눈을 감았다. 두 사람이 호흡하는 데 집중하는 동안 잠이 찾아왔고, 그날 그렇게 첫날밤이 아닌 밤을 함께 보냈다.

● 은서의 집

어제부터 약만 먹으며 시간도 휴지통에 버리던 은서는 잠에서 깨자마자 다시 약봉지를 찾아 가위를 들고 생각한다.
'잘라버릴 수 있다면.. 대체 어디에 모여 있는 걸까? 머릿속에? 세포 속에? 아니면 내 숨에 붙어있나.. 끊었는데 그대로이면? 기억도 감정도 다 그대로이면..'

은서는 약과 가위를 내려놓고 욕실로 들어간다. 그리고 옷을 입은 채 샤워기 물을 맞는다. 따듯한 물에 온몸이 젖으니 마음이 무거워 바닥에 주저앉았다.

● 횡성 초등학교 2학년 여름

학교에서 돌아온 연주는 현관에서 엄마의 신발을 보며 들어가 안방에서 엄마가 자고 있는 모습을 본다.

'나도 선풍기 바람 쐬고 싶은데.. 숙제부터 해야 해.'

연주는 조용히 문을 닫으며 오빠방으로 가서 가방을 내려놓고 책을 꺼낸다. 주방의 밥상 위에서 숙제를 하며 아침에 아빠, 오빠와 셋이 먹었던 식사 시간이 생각난다.
이제 고등학교에 진학하는 오빠는 성적이 좋지 않으니 당연히 실업계를 가야 한다는 아빠의 말에 표정이 좋지 않았고, 서둘러 밥을 먹고는 먼저 나갔다. 연주는 '누가 화가 난 걸까..' 눈치가 보여서 천천히 밥을 먹었고, 그날은 등교도 하교도 모든 것이 느려졌다.

숙제를 꼼꼼히 다 하고 시간을 보니 4시가 넘어간다.
'오빠가 올 시간이 지났는데..' 엄마도 일어나지 않는다.

연주는 가방 속에 교과서를 넣으며 다른 책 한 권을 꺼내서 오빠 방 창가 아래 기대서 읽는다.
헬렌 켈러, 위인전은 연주가 제일 좋아하는 책이다. 읽다가 눈을 감고 손바닥 위에 이런저런 글씨를 써보고, 눈을 뜨고 선풍기를 보면서 망설이다 버튼을 누르고 자리로 돌아와 눈을 감고 귀를 막고 바람을 느껴보는 연주. 그렇게 책 안으로 들어가 못 보고 못 듣는 시간을 경험하고 있다.
어느새 일어난 엄마가 시계를 보고 오빠를 부른다. 엄마의 목소리를 들은 연주는 즉시 현실로 돌아오며 책을 내려놓고 엄마에게 달려간다.
엄마는 연주를 보자마자 오빠에 대해 묻는다.
▷김자경 : 오빠는? 집에 왔다 다시 나갔니?
▷이연주 : 아니.   모르겠어..

▷김자경 : 왜 몰라? 뭐하고 있었는데? 잤어?
▷이연주 : 아니.. 책..
▷김자경 : 너는 쪼그만 게 뭐 안다고 공부에만 정신이 팔려 있니?

엄마는 그 말을 하면서 일어나 오빠방으로 가서 선풍기가 돌아가는 걸 보자마자 연주에게 묻는다.
"그럼 선풍기는?"
고개를 숙이는 연주에게 엄마는 단호하게 말한다.
"엄마가 선풍기 위험하니까. 혼자일 땐 틀지 말라고 했지?"
그 말과 동시에 선풍기를 끄고, 오빠의 책가방이 있는지 교복이 있는지 둘러본다. 그리고 전화기 앞으로 가서 수화기를 들고, 고민을 하다 내려놓는다. 서둘러 옷을 갈아입고 슈퍼에 다녀온다고 나간 엄마는 잠시 후 장바구니를 들고 돌아와 부지런히 음식을 만들기 시작했다.
오빠방에 있던 연주는 계란물을 입힌 소시지를 부치는 냄새에 책을 내려놓고 눈을 떴다.
'헬렌 켈러도 냄새는 맡을 수 있었겠지? 그래도 먹고 싶다는 말을 할 수가 없을 텐데.. 힘들었겠다.'

어느새 주방으로 나온 연주를 본 자경은 시간을 보고 급하게 말한다.
"연주야, 오빠 들어오면 이거 새로 한 국이랑 반찬 차려줘. 넌 엄마랑 아침에 남은 거 마저 먹자."
침을 삼키며 말도 삼킨 연주는 밥상에 앉아서 엄마의 뒷모습을 바라보다 눈을 감는다. 그리고 매캐한 콩나물국 냄새가 기름 냄새를 쫓아내 버리자 연주도 아이를 쫓아내며 눈을 뜬다. 엄마가 밥상에 앉자마자 국에 밥을 말아서 서둘러 식사를 하자 연주도 엄마를 따라서 급하게 먹었다.

설거지를 하고 옷을 갈아입으면서도 자꾸 현관문을 내다보던 엄마는 나가기 전 연주에게 당부를 한다.

"연주야, 아빠가 먼저 오시면 오빠는 잠깐 나갔다고 해. 알았지? 그리고 아빠 저녁 드실 때 소주 한 병도 같이 꺼내 두고. 응? 연주는 똑똑하니까 이것쯤은 기억할 수 있지?"

고개를 끄덕이는 연주에게 엄마는 다시 한번 당부한다.

▷김자경 : 말로 해봐.

▷이연주 : 오빠는 잠깐 나간 거고.. 아빠 식사 차릴 때 술도 놓는 거..

▷김자경 : 그래. 공부만 잘하는 건 진짜 똑똑한 거 아냐. 연주는 진짜 똑똑하지?

연주는 무거워진 고개를 끄덕이고, 슬픈 눈으로 닫힌 문을 바라본다.

아빠가 식사를 다 하고 안방으로 들어가는 소리를 듣고, 연주는 오빠방에서 나와 밥상을 치운다. 다 비어 있는 그릇을 아쉽게 싱크대에 내려놓을 때 들리는 TV 소리에 연주는 시간을 보다가 '잠깐만 보고 나와야지.' 안방 문을 열었지만, 술 냄새가 답답해서 문을 도로 닫았다.

그리고 엄마의 말을 생각하며 오빠방에서 책을 보면서 기다리는데 자꾸만 무거워지는 눈..

어느 순간 느껴지는 한기와 다시 맡아지는 술 냄새에 연주가 눈을 뜨니 어두워서 아무것도 보이지 않는다.

그래서 무슨 말을 하려고 입술을 떼려고 하는데 입안으로 밀려 들어오는 물컹함에 목이 막힌다.

그리고 맨 가슴을 짓누르는 무게에 숨을 쉬려고 몸을 비트는데 꿈쩍도 하지 않고, 두 다리만 바닥에서 버둥거린다.

그 소리조차 귀에 들리지 않는 연주의 머릿속에는 보이지 않고 들리지 않고 말을 할 수가 없는 헬렌 켈러만이 떠오른다.

'이상한 냄새야. 이상한 맛이 나.'

연주의 두 눈에서 하염없이 물이 흘러내리며 차가운 방바닥에 뜨겁게 고인다.

어느새 시체처럼 움직임이 멈춰버린 작은 연주 옆으로 다른 큰 시체가 나란히 누웠다.

차츰 들려오는 희미한 TV 소리와 숨소리.. 그 무덤에서 숨죽이며 기어 나온 연주는 주방에서 싱크대 위에 올려 뒀던 술병을 찾아 물인지 술인지 모를 남은 액체를 마셨다. 하지만 바로 떠오르는 이상한 냄새와 맛에 삼키지도 못하고 욕실로 뛰어가 저녁에 급히 먹었던 밥을 한참 동안 토해냈다. 그리고 거울에 보이는 자신의 얼굴과 몸이 낯설어서 욕실의 불을 끄며 문을 잠그고, 차가운 물을 맞으며 밖으로 나가지 못했다.

💧 욕실 안

눈에서도 물이 흐르는 걸 느낀 은서는 샤워기 물을 꺼버린다. 그리고 점점 식으면서 차가워져 가는 몸처럼 마음은 그보다 빠르게 차가워진다.

(23) 기회

♦ 남양주 단독주택

진수의 아버님 집에 도착한 하나는 잠이 든 진수를 보며 망설이
다가 조용히 혼자 내린다.
대학생 때 그 시절과 달라진 동네는 주변으로 아파트가 산을 대
신한 풍경을 이뤘다. 더 작고 낮고 낡아 보이는 주택을 한동안
바라보다 진수를 돌아 본 뒤 하나는 현관으로 가서 조심히 문을
두드린다.
잠시 후 나오신 아버님이 하나를 보고 무척 놀라신다.
▷이권석 : 무슨 일이냐? 새 아가 혼자 여길 다 오고?
▷김하나 : 하나예요. 아버님. 혼자 온 거 아니고 같이 왔는데..
진수 씨가 잠이 들어서요.
권석은 그런 하나를 보면서 마음이 흐뭇하기도 하고 아프기도 하
다.
"연락 없이 온 거 보면 자는 놈은 모르고 왔나 본데, 왜 깨우지
도 못하고.. 그래 언제까지 자나 같이 구경하자. 들어가자. 마당
에 앉기에는 날이 차다."
밖이 보이는 거실에서 마주 앉은 두 사람은 서로를 보며 웃는다.
▷이권석 : 내가 그날은 여러 친구들을 한꺼번에 봐서 하나의 얼
굴이 분명하게 기억은 안 났지만, 삼세번이라고 이제는 아주 또
렷하게 새겨서 쌍둥이를 봐도 알아볼 수 있을 거야.

▷김하나 : 감사합니다. 저도 이 집도 아버님도 보고 싶어서 왔는데 진수 씨가 잠들어서 오히려 마음껏 볼 수 있네요.

▷이권석 : 더 자주 그랬으면 좋겠는데..   진수 마음에만 맞춰주지 말고 오늘처럼, 지금처럼. 하나의 마음 가는 대로 하는 거, 해봐요. 그게 당장은 나를 위하는 거 같겠지만 나중에는 아니거든.. 한 집에 사는 사이란 그래. 살아있을 땐 누군 주기만 하고 누군 받기만 하고 불공평한 거 같은데.. 한 사람이 먼저 가면 그제야 균형이 맞춰지는지.. 받기만 하던 사람이 주게 돼요. 미안함도 고마움도 그리움도.. 그러니까 살아있을 때 비슷하게 해요. 그래야 남겨지는 사람이 아쉽지가 않거든.

▷김하나 : 네..   그럼.. 제가 지금 가장 하고 싶은 거.. 아버님께 말씀드려도 될까요? 결국 아버님의 승낙이.. 아니 결심이 있으셔야 하는 일이라서요..

권석은 고개를 끄덕이며 하나의 말을 경청한다. 상견례 하던 날 진수에게 주고 온 통장과 권석의 뜻.. 서울 집값이 해가 다르게 오르는데 신혼집은 전세로 얻지 말고 은행에 대출을 받더라도 내 집으로 장만하길 바란다는 말.. 진수도 하나도 아직 결정을 내리지는 못하고 있는 중이라는.. 그런데 하나는 양 부모님과 앞으로 태어날 아기들을 생각해서 지금 살고 있는 부모님의 주택을 2층으로 증축하고, 권석의 집도 수리하며 2층으로 증축하고 싶다는 마음을 전한다.

▷김하나 : 그러면.. 두 집의 가치도 올라가고, 저희는 언제든 어디서든 같이 살 수 있잖아요. 아기가 생기면 더 자주 보게 되고, 보여 드리고 싶을 텐데.. 양쪽 다 왔다 갔다 하는 시간이 아까워서요. 그동안 함께 하지 못한 만큼 이제라도 균형 맞추는 거.. 도와주세요.

▷이권석 : 그러니까.. 하나는 신혼 생활을 지금 진수 집에서 하면서 부모님 집부터 2층으로 증축하고, 그 후에 거기로 들어가면 나는 그때 진수 집에서 당분간 지내면서 이 집을 수리하고 그러고 싶다?

▷김하나 : 네.. 진수 씨랑 얘기는 못 나눴지만.. 아버님이 그러신다고만 하시면 정말 좋아할 거예요. 상견례 이후로 밝아도 졌지만.. 무거워진 마음도 느껴서요. 저도 진수 씨가 지금 회사에 왜 들어갔는지를 아는데.. 그 꿈이 이루어지는 거 조금이라도 빨리 보고 싶고요.

권석은 하나의 생각과 마음 씀씀이에.. 고맙고 미안하고 대견한 감정들이 뒤섞인다. 그리고 집 안을 한번 돌아본다. 진수 엄마와의 추억이 베어 있는 공간. 권석에게는 누추해도 편하고, 낡았어도 위험하지 않지만.. 손주가 태어나서 오간다면.. 그 아이가 기어 다니고 걷고 뛰기에는 마음이 놓이지 않을 공간.. 권석이 뭐라 말을 하려고 하는데 거실 창밖으로 진수가 차에서 내리는 모습이 보인다.

"결정은.. 셋이서 할 수 있겠네."

그 말에 하나도 창밖을 보고 먼저 일어나 현관문을 열고 서둘러 밖으로 나간다. 권석은 일어나려다 가만히 앉아서 기다린다.

▷김하나 : 깼어요? 진수 씨 너무 잘 자길래..

▷이진수 : 왜 그렇게 잘 잤나 했는데.. 하나가 운전도 잘 하고, 집에 왔구나. 가고 싶다는 곳이 여기일 줄은 생각도 못 했는데..

▷김하나 : 게다가, 저 하고 싶은 말도 다 했어요. 진수 씨가 자는 동안.

▷이진수 : 그래..? 나 전혀 못 들었는데.. 무슨 말? 욕했어? 그럼 듣게 해도 되는데..

▷김하나 : 진수 씨, 이상한 추측한다. 빨리 들어가요. 어쩌면 오늘.. 실측하고 갈지도 몰라요.

진수는 하나의 말과 태도가 어리둥절하다. 팔짱을 끼고 현관으로 걸어가는 하나에게 끌려가며 잠에서 깼는데도 꿈같다는 생각이 든다. 집 안에 들어서자 아부지가 반기신다.

▷이권석 : 네가 끌려오니 보기 좋다. 결혼식 전 날에나 볼 줄 알았던 둘을 다시 보니 더 좋고.

▷이진수 : 와.. 아부지, 변하셨네요? 그런 표현도 다 하시고?

▷이권석 : 괜찮다. 됐다. 는 많이 하고 살았으니까.. 딸 하나도 생겼고, 손주들도 생길 건데 이젠 미리 연습해야지. 보고 싶다. 보니 좋다. 이렇게 말하니 좋구나.. 쑥스러운데 좋아..

하나는 진수의 손을 가만히 잡는다. 잠시 후 권석이 어서 앉으라고 말하며 주방으로 가서 차를 내온다.

▷이권석 : 고민할 것도 없이 마실 건 이거뿐이라. 그래도 따듯하니 차 같지?

▷이진수 : 보리차.. 혼자서도 항상 끓여 드셨어요?

▷이권석 : 다른 건 흉내도 못 내겠고, 보리차는 쉬우니까 꾸준히라도 만들었지.

▷이진수 : 저는.. 엄마 생각나고, 이 집이 생각나서 오히려 안 먹었는데..

▷이권석 : 아픈 기억은.. 사랑했기 때문이지. 어떤 날만 어떤 장소에서만 그 사람을 생각하는 건 서운터라. 그래서 늘 생각하면 여기 내가 볼 수 없을 뿐. 나를 보고 있는 것만 같았지. 지금도 그래. 다 같이 있을 거야..

하나는 눈시울이 붉어지고 코가 시큰하다. 그래도 심호흡을 하고 말한다.

"어머님. 제 편 좀 들어주세요. 여자 마음은 여자가 잘 아니까, 우리가 두 남자 이겨요.   아버님. 제가 말씀드린 일.. 정말 제가 원해요. 결혼식이 한 달도 채 안 남았지만 아무것도 결정하지 못했어요. 오늘 아버님이 결심해 주세요. 나중으로 미루지 마시고 이번에 기회 주세요."

권석은 진수에게 하나와 둘이 나눈 얘기들을 전한다. 그리고 진수가 말없이 들으면서 두 손을 모으고 꽉 쥐는 모습을 보며 생각한다.

'아이들도 간절했구나.. 내가 자식을 생각하는 마음만 먼저였지.. 자식의 마음을 먼저 생각해 주진 못했어.. 당신에게 한 거처럼 또 그랬네 나..   미안허이..'

▷이권석 : 한 가지만 양보해 주면.. 나머지는 둘에게 다 맡기마. 이 집 공사할 때 나도 같이 하고 싶다. 내 하는 일이 늘 그건데 더구나 우리 집 공사할 땐 왜 서울에만 가 있어.

하나가 흔쾌히 고개를 끄덕이고 진수도 드디어 말 문을 연다.

▷이진수 : 아부지, 남아일언중천금이죠? 지금 분위기상 그러마. 하시고 나중에 생각해 보니.. 그러시면 안 돼요!

▷이권석 : 그 말을 너에게 들으니.. 기분이 이상하고.. 좋다. 그 꼬맹이가 이젠 진짜.. 남아가 됐네.

▷이진수 : 남아답게. 일은 바로바로 해야 해요. 날 밝을 때 저는 사진 찍고 실측하고 할 테니까, 둘은.. 먹을 거 사 와요! 일하고 시장할 때 먹으면 뭐든 맛있으니까. 뭐든지요!

하나는 얼른 아버님의 팔짱을 끼고 현관으로 모시고 간다. 뒤에서 진수가 "아부지도 보기 좋네요. 끌려가시니까." 라고 말하며 웃는 소리가 들린다.

● 민영의 집

민영은 어제 시장에서 사 온 떡볶이와 순대를 전자레인지에 데울까, 하다가 작은 냄비를 꺼내서 떡볶이를 담고, 물을 넣은 냄비에 채반을 올리고 순대와 부속들을 담는다. 인덕션의 전원을 켜고 떡볶이를 뒤적여주며 그 냄새가 퍼지는 걸 기분 좋게 느낀다. 잠시 후 냄비째 가져가려다 그릇에 옮겨 담아 식탁에 차려 놓고 냉장고에서 김밥을 꺼내 레인지에 30초만 데운다. 식탁에 앉아 먹기 시작하면서 민영은 그날이 생각나 혼자 웃는다. 그러다가 맞은편 의자를 보며, '만약.. 은서 씨가 저기 앉아 있다면.. 그 모습처럼 진짜 웃고 있다면..' 생각하자 심장이 두근거린다. 물을 한 모금 마시고 다시 식사를 한다.

양치를 하면서 거울에 비취는 자기 모습을 보니.. '아저씨 같나..? 나이 마흔이.. 아저씨지 그럼....' 생각이 들어 물을 틀고 세수를 한다. 물기가 있는 얼굴을 다시 보며 또 생각을 한다. '조금 어려 보이나..? 은서 씨는 학생 같기만 한데..' 그러다 피식 웃는다. 자신에게 어이가 없어서 허탈해진다. '외모가 무슨 의미야? 나는 얘기 기억 안 나? 은서 씨가 할머니, 할아버지 좋아하는 거 보고 들었으면서..'

거실로 나와 핸드폰으로 검색을 해본다.
'어르신들이 주인공인 영화.. 머 있을까? 집으로.. 아무르.. 노트북, 님아 그 강을 건너지 마오. 인턴..'

민영은 TV를 켜고 소파에 앉는다. 그리고 검색된 영화들을 찾아 본다.

♦ 은서의 집

욕실에서 눈을 뜬 은서는 시간을 본다.
'아직도 내일이 멀었구나..'
일어나 주방으로 가서 약봉지를 가위로 자르고 내려놓으며 서랍 을 연다.
'남아있는 건 열 개도 안돼..'
순간 전부를 다 먹고 싶은 마음을 가까스로 참으며..
'하나만 더..'
두 봉지의 약을 한 번에 먹고 욕실로 들어가 다시 샤워기 물을 튼다.
눈을 감고 물을 맞으니 비를 맞는 거 같다.
'게다 따듯한 비라니..'

♦ 대학입시를 앞둔 가을

연주는 원주여고에서 내신으로도 모의 수능 점수로도 서울대에 들어갈 기대를 받고 있는 소수의 학생 중 한 명이었다. 담임 선 생님께 원서를 어디 어디에 쓸지 미리 부모님과 상의하고 알려 달라는 언지를 들은 지 며칠이 지났다. 하교를 하며 걸음이 빨라 진다.
'아빠가 오늘은 아직 술을 드시기 전이었으면..'

집에 도착하고 큰 숨을 마신다. 현관문을 열고 바로 보이는 열린 안방 문. 누워있는 아빠의 뒷모습이 보인다.

▷이연주 : 아빠.. 저 다녀왔어요.
▷이태범 : 밥 차리기 전에.. 술부터 사와라. 돈도 넉넉하게 다 찾아오고. 아빠 내일은 친구들 만나러 나갈 거다.

모처럼 아빠가 외출을 한다니 연주는 마음이 놓이고 '정말 쉴 수 있겠구나.' 생각이 든다. 바로 대답을 하고 아빠의 지갑 중간에 끼워져 있는 통장과 그 안에 담긴 체크카드를 확인하고 교복도 갈아입지 않고 서둘러 버스를 탄다. 시내로 나와 은행에 들러 통장정리를 하고 잔액을 본다. 엄마가 돈을 보내주는 날은 보통 10일 전후..
'아직 일주일 넘게 남았는데.. 남아있는 잔액은.. 56만 원.. 다 찾아가야겠지..'

출금을 하고 다시 버스를 타고 돌아와 집 앞의 작은 슈퍼로 간다. 주인 아주머니가 교복을 입고 들어온 연주를 보고 한숨을 쉰다.
"어차피 사 가는 술이라도 그래도 네 아빠가 직접 올 때가 나은데."
연주가 고개를 숙이자 아주머니는 마음이 아프지만 오랫동안 작정했었던 듯한 말을 한다.
"연주야. 고등학교만 졸업하면 너도 네 갈 길 가. 엄마는.. 기다리지 말고,   너는 아직 엄마 맘 모르겠지만 언젠가는 이해할 거다. 여자는 자식이 잘하는 것도 좋지만 남편이 중요한 거야. 이제 50도 안된 나이가 젊다는 거 연주도 나중에는 알 거다. 너도 가정 꾸리면 아줌마 말 알 거야..   미안하다. 이런 말 밖에 못해줘서.   한 병만 줄게. 그나마 다행인 건 네 아빠, 술이 더 늘지는 않아서. 내일은 아빠 보고 오라고 해. 아줌마가 신고 당하면 큰일 난다고 했다고 또 얘기해. 어쩔 수 없어. 한 번 말해서 알아듣는 남자면 이 지경도 안 됐게."

연주는 검은 봉지를 들어 책가방에 넣고 인사를 하며 슈퍼에서 나온다. 그리고 집에 돌아와 통장과 돈을 아빠 머리맡에 놓고 주방으로 가서 식사를 차린다. 밥상을 들고 안방으로 들어설 때 즘 맞춰 일어나는 아빠를 보며.. 거뭇한 오른손을 보며.. 연주는 여전히 무섭지만 그래도 술을 드시기 전에 해야만 하는 말을 꺼낸다.
"아빠.. 저, 드릴 말씀이 있는데요."

이미 TV를 켠 아빠는 소리만 좀 작게 줄인다.
▷이연주 : 곧.. 대학 입시라서요.. 원서 때문에..
▷이태범 : 돈 들어가는 일은 니 엄마랑 얘기해라. 형편 안 좋은 거 뻔히 알면서 종현이나 너나 대학 소리 하는 거 보면.

아빠가 한숨을 쉬며 술병을 옆구리에 끼우고 왼손으로 따는 모습과 소리를 보고 듣는 연주는 다시 무서웠고 그때 들리는 아빠의 목소리는 마음을 무겁게 했다.
"내가 못나 병신 돼서 그렇지.   니 엄마, 종현이 걔도 대학에 보냈으니까. 공부 잘하는 너야 보내겠지. 니가 다니다 말진 않을 거 아냐? 돈만 날리고 헛 짓거리."
연주는 이내 TV 소리를 키우고 술을 따르는 아빠를 보며 가만히 일어나 방으로 온다. 그리고 교복을 벗고 체육복으로 갈아입으면서 엄마가 일하는 횟집의 이름을 생각한다.
'내일은 아빠가 나가면.. 직접 찾아가 볼까? 아니야.. 차비도 들고.. 표정과 말이 다르면..   그럼 어떻게 해야 할지 고민되니까..'

연주는 머리를 흔든다. 그리고 책장에서 원주시립중앙도서관의 인장이 찍힌 책을 꺼내며 '마저 다 읽고 반납하며 다른 책 빌려 와야지.' 책장을 넘기는데 반 친구들이 떠오른다.

연주의 가방에 소설책이 있는 걸 우연히 본 짝꿍이 어이가 없어 하면서 "야! 이연주가 공부 아닌 것도 한다." 라며 소리 지르는 모습. 공부만 한다고 재수 없다고 하던 애들이 더 재수 없다고 수군대던 소리.. 연주는 그 모습들을 지워내며 생각한다.
'부러워서 좋아하고.. 부러워서 싫고.. 그 차이는 뭘까.. 난 부러운 게 없어서 모르는 거겠지.. 내가 이상한 건데.. 마음이란 건 참 어렵다.'
그리고 그 모르겠는 걸 알기 위해, 이해하기 위해서 고르고 골라온 책의 갈피 되어 있는 부분부터 이어서 읽어간다.

토요일. 아빠랑 아침밥을 먹고 치우고 있는데 아빠가 바로 씻고 외출할 준비를 마치고 나가신다. 인사를 드린 연주도 부지런히 할 일부터 하며 생각한다.
'엄마는 보통.. 10시 전에 전화가 왔으니까. 9시 반쯤 그때 전화하면 될까..'
9시 20분이 되기 전부터 연주는 전화기 앞에 앉아있다.
'그러고 보니.. 먼저 전화하는 건 처음이네.. 가게 번호라 왠지.. 어려워서..'
전화를 걸자 가게를 안내하는 밝은 음악과 멘트가 나온다.
"대전의 맛집 사랑회 횟집입니다. 영업시간은 오전 11시부터 새벽 1시까지입니다. 감사합니다."
세 번 반복될 때 수화기를 내려놓은 연주는 시간을 보고 10분 후에 다시 걸어야겠다는 생각을 한다.

9시 40분에 발신한 그 번호는 어떤 아저씨가 전화를 받았고 횟집이 아닌 여느 가정집 같은 느낌을 받으면서 연주는 당황을 했다.

▷아저씨 : 네.

▷이연주 : 저.. 안녕하세요. 김자경 씨 계신가요..?

▷아저씨 : 잠깐만요.   지금 씻고 있는데 급한가요? 기다리실래요? 아니면 어딘지 메모 남기실래요?

▷이연주 : 다시 걸게요.

황급히 전화를 끊은 연주는 왠지 가슴이 철렁했다. 그리고 시간을 보며 몇 시에 다시 걸지.. 그 생각만 하고 있는데.. 10분이 채 안 돼서 전화가 왔다. 가게 번호..

▷이연주 : 여보세요.

▷김자경 : 엄마야. 왜 먼저 전화를 했니? 가게인데 신경 쓰이게.

▷이연주 : 죄송해요.. 아빠가 마침 외출하셔서.. 엄마랑 상의할 일이 있어서요.

▷김자경 : 빨리 요점만 말해. 곧 일 시작해야 해.

▷이연주 : 저.. 대학 원서 써야 해서요..

한숨 소리가 들리고 정적이 흐른다.

▷김자경 : 연주야. 서운해하지 말고 들어. 엄마 얼마나 고생한지 니가 제일 잘 알잖아. 너 아빠랑 고작 3년 안되게 살아봤으면 엄마가 20년 넘게 얼마나 속 썩었는지 알 수 있지?   엄마는 여기까지야. 너랑 니 에비. 생활비 대주는 건 너 고등학교 졸업할 때 까지라고 각오했으니까 버틴 거야. 요즘은 일하면서 자기가 알아서 대학교 얼마든지 간다더라. 너는 더구나 머리도 좋은 애가 장학금 받는 곳으로 가던지, 다른 방법 알아서 잘 찾을 줄

알았는데. 엄마한테 이런 말 할 줄 몰랐네.   엄마도 엄마 살기 바쁘고 힘들어. 니 오빠도 엄마 생각해서 제대하고 복학도 안 하고 어린 게 이런 험한 일 배우며 돈 버는데 얼마나 기특하니. 너 졸업만 하면 엄마도 바로 이혼하고 서류 정리할 거야. 오빠는 니 아빠 싫어하는 거 알지?   넌.. 니 아빠랑 정 있으면 이제 니가 돈 벌어 챙기든가. 니 갈 길 가든가 해. 그것만도 기회지. 학교만 오래 다녀 좋을 거 없다. 어차피 여자 인생. 어떤 남자 만나느냐가 좌우하지. 공부만 잘한 여자 좋아할 남자 별로 없어.

다시 흐르는 정적.. 대답을 하고 끊으려는데 작게 들리는 소리.
"자경 씨,   자기야. 왜 그래? 중요한 전화야?   엄마가 먼저 걸 테니까 가게로 다시 전화하지 말고.   아냐."

그 뒷말이 들리며 통화 연결이 끊어진 소리를 듣는 연주는 생각 한다.
'중요하지 않았구나. 엄마에게는 이미 잡은 두 번째 기회가 중요 하니까..'

월요일에 등교한 연주는 담임 선생님께 집안 사정이 어렵다고 얘 기했고, 수능 시험도 치르지 않겠다고 말씀드렸다.
선생님은 애석해하시며 무척 안타깝다는 대답을 하셨지만, 왠지 모르게 연주에게는 학교를 자랑할 일을 놓치게 된 아쉬움처럼 느 껴져서 아주 잠시는 씁쓸했으나 곧 편안함이 찾아왔고 오래도록 머물렀다.

그렇게 수능 당일이 다가오며 같은 학교에서 시험을 치르는 아이 중 한 명이 같이 가자고 말을 걸어올 때.. 수능은 안 볼 거 같다고 말했는데.. 다른 아이들의 반응이 "이연주. 쟤 수시로도 이미 붙었다는 거지?" "거지! 라서 어디 돈 주는데 팔려 갈 건가 보지." 라고 수군거리는 소리를 듣고서.. 결국 수능 시험도 보게 되었다. 담담하고 편안하게.. 쉬는 시간마다 내 시험지를 들고 답을 맞혀보는 아이를 보며, '그래도 다행이네. 누군가에게 뭔가는 해줄 게 있어서..' 생각을 했다.

모의로도 내가 하지는 않았고, 채점 점수를 들었어도 이젠 그 숫자 같은 건 기억나지도 않는다. 관심이 없었으니까. 그저 기억나는 건.. 내가 어느 대학에도 원서를 넣지 않았다는 걸 안 아이들의 달라진 태도.. 그중 몇몇이 내 책상에 와서 엎드려 울던 모습..
'무슨 감정일까..? 나에 대한 동정심? 아니면 자신에 대한 위로..? 미안한 마음을 털어내는 거..?'

무엇이든.. 감정에 솔직한 아이들이 신기했다.

(24) 봉인

● 민영의 집

월요일 새벽에 잠이 깬 민영은 침대에 조금 더 누워있으며 핸드
폰으로 검색을 하다가 일어나 세수를 하고 냉장고를 열어본다.
그리고 편의점으로 가서 단호박을 찾아 구입하려다가 다시 내려
놓는다. 전자레인지에 데워 먹을 수 있는 호박죽과 팥죽을 하나
씩 사서 집으로 온다. 물을 한잔 마시고 죽을 데우는 동안 핸드
폰 잠금을 열자 호박죽 레시피 영상이 멈춰 있다. 레인지에서 알
림음이 나자 죽을 꺼내서 식탁에 옮기고 앉아서 먹으며 영상을
다시 본다.
'죽도 포장해올 걸 그랬네.. 같은 재료인데 맛이 크게 다르다는
걸 알게 된 건.. 좋은 일일까..?   나도 그렇구나.. 같은
사람인데 감정이 크게 달라진 걸 알게 된다면.. 좋은 일일까...
좋아하는 감정은 숨길 수 없다는 말.. 나도 그럴까? 나는 티 안
날 수도 있지 않을까..'

민영은 생각을 멈추고, 출근을 서두르려고 남은 죽을 마저 먹고
빈 용기를 싱크대에서 깨끗이 씻어낸 후 분리 수거함에 담는다.
그리고 옷을 입고 나서며 기대한다.
'집에서 나서는 시간이 7시가 안됐으니까.. 오늘은 먼저 사무실
을 따뜻하게 해 둘 수 있겠지.'

자연건축사사무소 현판과 아직 불이 켜지지 않은 사무실을 보며 안도하는 한편.. 순간 서운한 마음도 드는 자신에게 민영은 욕이라도 하고 싶은 심정으로 잠금을 해제하고 안으로 들어선다.

이틀 동안 비어 있던 실내는 왠지 더 싸늘하고 차갑게 느껴진다. 그리고 '사람이.. 사랑이 없는 공간은.. 지켜주는 게 아니라.. 가두는 게 아닐까..' 싶은 쓸쓸한 생각이 들어서 민영은 부지런히 움직이며 온기를 만들어낸다.

8시가 넘어가면서 이젠 창밖만 바라보던 민영은 어쩐지 불안한 감정을 다스리고 있다.

서랍을 열어 이력서를 꺼내고 주소를 본다. 핸드폰 지도 앱으로 위치를 검색하니 사무실에서 도보로 채 5분이 안되는 거리..

'은서 씨는 이렇게 우리 가까이에서.. 언제부터 살고 있었을까..'

거리뷰로 건물을 보니 골목 안쪽이라 근처 길가에서 멀리 보이기만 한다.

'등대 원룸 102호.. 가볼까.. 그러다 마주치면..'

민영은 시간을 다시 본다. 8시 11분.. 차라도 마시려고 일어나서 탕비실로 가고 있는데 핸드폰이 울린다.

'내 벨 소리인데 놀라기는..'

자리로 돌아와서 보니 사장님이다.

▷박소장 : 네. 사장님.

▷정사장 : 박 소장, 출근 중인가?

▷박소장 : 아뇨. 사무실입니다.

▷정사장 : 일찍 나오네. 일부러? 저절로? 하긴 뭐든~ 오전에 난 동안 백화점 다녀서 들어갈 거야. 둘러도 보고, 기존 설계 도면 받기로 했거든.

▷박소장 : 저, 사장님.. 은서 씨가.. 아직 출근 전입니다.

▷정사장 : 그게 왜? 아직 시간이 이른데 서운해?

▷박소장 : 원래는.. 항상 은서 씨가 먼저 나와있었어요. 이 시간까지 안 온건 처음이라.. 걱정이 돼서요.

▷정사장 : 전화는? 못하겠으니 나한테 이런 소리 하겠지. 내가 해봐야 해? 걱정되는 사람이 하는 게 맞지 않을까?　어차피 일도 할 겸.. 명분은 준다. 오늘 우린 다 동안 백화점 들러서 올 거라고 얘기하는 거. 최 과장이랑 이 대리한테 먼저 전철 타고 안양역으로 바로 오라고 말해주고, 난 차로 움직이니까. 박 소장은 은서 씨 통화해 보고 전화 주고.

민영은 정 사장에게 고마운 마음으로 전화를 끊고, 바로 최 과장과 이 대리에게 전화를 해서 내용을 전달한다.

그리고.. 은서에게 전화를 한다. 연결음이 끊기고, 소리샘 안내도 없이 종료되는 전화..

'시간이 8 시 30 분이 되어 가는데..' 민영은 핸드폰만 챙기고 외투도 입지 않은 채 앱을 보며 은서의 집을 향해 서둘러 걸음을 옮긴다.

건물을 보고 한 번 더 전화를 하는 민영. 아까와 똑같이 종료되는 전화.. 건물 안으로 들어가 반 계단을 올라가 호수를 보니 201 호..

'여기가 2 층?'

다시 계단을 내려와 출입문 아래로 한 번 더 내려가자 101 호, 102 호.. 민영은 왠지 마음이 아프다.

'여기에서 살고 있어야 할 텐데.. 갇혀 있을까 봐..'

심호흡을 하고 세 번째 전화를 걸어본다. 안에서는 들리지 않는 벨 소리..

'진동? 아니겠지. 집에 없나..? 집에 없으면 어디.. 집에 있는 거면? 그런 거면??'

민영은 쿵쾅거리는 심장박동 소리에 밖으로 나와 정 사장에게 전화를 한다.
▷박소장 : 사장님, 은서씨 집 앞에 왔는데 아무 소리가 안 들려요. 전화했는데 벨 소리가 안 울려요.
▷정사장 : 민영아. 민영아, 우선 119에 도움받고.. 넌 상황 봐서 해. 나도 걱정되니까 소식은 문자로 보내주고.

민영은 전화를 끊고 119에 전화를 해서 상황을 설명한다. 그리고 끊기 직전에 순간 생각나는 어떤 염려 때문에 말을 덧붙인다. "가능하시면, 근처에 거의 다 오셨을 때 사이렌 소리는 꺼주실 수 있을까요? 가능하시면요. 부탁드립니다."

초조하게 기다리는 동안 민영의 머릿속에서 어지럽게 재생되는 은서의 지난 말들..
'마침표 같아서요.. 단명? 원하지만 가장 이루기 어려운 일이기도 하겠네요.. 친, 중요해요? 살아는 계세요. 어딘가 사시겠죠. 사별했어요. 저는 한번 갔다 왔고 다신 안 가고 싶어요.'

민영은 은서의 평소 모습과 표정.. 그리고 진짜 웃었던 얼굴을 생각한다.
'아무렇지 않게 말해서.. 무덤덤하게 말해서.. 그 밝은 말투가 싸늘한 내용을 감싸서.. 당사자가 괜찮은가 보다. 다 지나간 일인가 보다.. 그렇게 생각한 거야. 내가, 그러길 바란 거겠지.. 그래야 내 마음이 편하니까..'

민영은 자신이 아직은 은서 씨의 과거도 현재에 대해서도 아무것
도 모르는데.. 그래서 더 먹먹해지는 가슴을 쓸어내리며 숨을 쉬
는데 집중한다.

멀리서 들리는 듯한 사이렌 소리에 시간을 본다. 길 가로 다가가
구급차가 오는지 좌우로 보다가 손을 흔든다. 차가 정차하고 대
원 두 명이 내리면서 현관문을 열 개폐 장비도 챙긴다. 걸어가며
질의가 오간다.

▷구급대원 : 집 안에 사람이 있는지 아직 확인은 안 되신 거죠?
▷박민영 : 네. 저는 직장동료라서 놀랄까 봐 문도 못 두드렸어
요. 여직원이라서요..

민영이 앞장서 출입문을 열고 계단 아래로 내려가 102호를 가
리키고 거리를 두고 물러난다.

구급 대원이 문을 두드리고 초인종을 누른다. 아무 반응이 없는
집 안.

"저희는 119 대원입니다. 102호 안에 응급환자가 있는지 유무를
알기 위해 강제로 문을 개폐하겠습니다."

그렇게 안에서 잠긴 문이 외부의 힘에 의해 열리고 있다.

♦ 횡성 연주네 집

밤새 일하는 동안 마음이 놓이지 않았던 자경은 동생 부부에게
사정을 해서 3시간 일찍 퇴근을 하며 걸음을 재촉했다. 서둘러
집에 도착하니 7시가 안된 시간. 현관에 다행히 아들의 신발이
보인다. 작은방으로 들어가니 아들이 선풍기도 틀지 않고, 속옷
차림으로 바닥에 누워있다. 뭔가 끈적한 느낌.. 주방으로 나와 마
른 걸레에 물을 적셔 아들이 누운 자리 근처를 급히 닦아내고

종현이의 숨소리를 가까이서 맡는다. 열어도 분명하게 느껴지는 술 냄새.. 자경은 선풍기를 약하게 틀어주고 나오며 안방에서 나는 TV 소리에 화가 나지만 한숨만 쉬고 조용히 아들에게 먹일 아침밥을 준비한다.

'소고기뭇국과 소시지 전이 넉넉한 걸 보니, 저녁밥도 못 먹고 잠들었구나..' 생각이 들자 마음이 더 짠하다. 보온밥솥에 남은 밥 양을 보고 '아직 시간이 있으니까.. 얼른 새로 해야겠다.' 부지런히 쌀을 씻어서 압력솥에 담고, 가스불을 켜면서 '해장하려면 부드러운 걸 먹어야 하는데.. 계란찜을 할까?' 냉장고를 열어 계란과 대파를 꺼내서 뚝배기에 풀고 간을 맞추고, 약불에 올린다. 그리고 안방 문을 보며 망설이다 '내가 일찍 나온 대신 조금이라도 일찍 보낸다고 했으니까..' 열고 안으로 들어간다.

"종현이 아빠. 일어나요."

자경은 TV를 신경질적으로 끄면서 태범을 흔들어 깨운다.

"밤새. 전기세 아깝지도 않아요? 일어나 봐요. 내가 몸이 안 좋아서 좀 일찍 들어왔으니까 당신이 서둘러 나가줘야 물량도 맞추고 차질이 없어요."

눈을 뜨고 천천히 일어나는 태범을 보며 자경은 밖으로 나가면서 말한다.

"얼른 씻고 나와요. 아침밥 준비할 테니 먼저 먹고 가요. 애들은 내가 챙겨서 보낼게요."

태범이 욕실 문을 돌리는데 잠겨 있다.

"안에 누가 있나."

문을 두드리는데 아무 소리도 없다.

▷김자경 : 있긴 누가 있어요? 종현이는 아직 자고 있는데.

▷이태범 : 연주가 있나.. 연주야?
▷김자경 : 걔는 안방에서 자고 있는 거 아녜요?

안방에 다시 들어가 본 자경은 다른 이불을 들춰보는데 없다. 빨리 태범을 보내고, 종현이를 챙겨야 하는 자경은 이 상황이 짜증스럽다.
"얘는 쪼그만 게 있는 듯 없는 듯하다가.   열쇠가 어디 뒀더라..   욕실 문은 왜 잠기게 만들어서, 잠글 일이 머 있다고."

자경의 신경질적인 목소리를 들으며 태범이 현관의 신발장 문을 열고 서랍을 열자 거기 열쇠 꾸러미가 있다. 갖고 와서 세 개를 돌아가며 맞춰보면서 태범도 짜증이 난다.
▷이태범 : 아침부터 일찍 들어와서 이 소란이야! 사람 자다 만거 같이 나가게
▷김자경 : 목소리 낮춰요.
욕실 문이 열리면서 샤워기 물소리가 들려오자 자경이 태범을 밀어내며 안을 들여다보는데 연주가 몸을 웅크리고 바닥에 누워 샤워기 물을 맞고 있다.
"어머, 쟤가 미쳤나 봐."
자경은 바로 들어가 물을 잠그고, 한숨을 쉬며.. 연주를 흔든다.
"아주, 버는 사람만 전전긍긍이지. 아까운 줄 모르고 펑펑. 연주, 이연주. 너 어제 엄마가 선풍기 틀지 말라고 했다고 찬물 끼얹고 앉았던 거야? 잠들었으면 대체 얼마나 쓴 거야 물을!"
연주가 깨어나지 않자 시간을 보던 자경은 수건으로 닦이면서 말한다.
"얼른 씻고 나와요. 당신 출근하면 나머진 내가 알아서 할 테니까."

자경은 연주를 안고 안방으로 가서 눕혀 놓자마자 나와서 계란찜이 탄 냄새에 서둘러 불을 끄고 압력솥도 약불로 낮춘다. 소고기 뭇국을 센 불로 데우면서 보온밥통에서 밥을 한 그릇 떠서 밥상에 올려놓고, 계란찜을 그릇에 떠낸다. 뚝배기 바닥에 탄 부분을 철 수세미로 문질러 깨끗하게 닦고, 다시 계란물을 풀고 대파를 넣고 간을 맞춰 놓는다.

태범이 식사를 하러 밥상에 앉자마자 자경은 압력솥의 불을 끄고 국을 떠서 내려놓고 안방과 욕실을 오가며 부지런히 집안일부터 한다.

현관문이 닫히는 소리에 주방으로 나와 밥상을 치우고, 뚝배기의 불을 켜고 아들에게 간다.

"아들. 종현아, 엄마 왔어."

얼굴을 찡그리며 눈을 못 뜨는 아들의 모습에 자경은 마음이 아파 욕실로 가서 찬 물수건을 만들어온다. 그리고 아들의 얼굴을 가만히 닦아주고 팔 다리도 닦아내며 말한다.

▷김자경 : 아들.. 무슨 일로 속상했어? 술은 기분 좋게 배워야 하는데.. 엄마가 미안해. 하고 싶은 거 많을 텐데.. 네가 혼자 삭히느라 무슨 맘 고생인지..

▷이종현 : 머리 아파.

▷김자경 : 많이 아파? 속이 비어서 더 그럴 거야. 밥부터 먹자. 그리고 엄마가 얼른 약 사 올게. 힘들면 학교는 하루 쉴까? 선생님에게 전화 해놓을게. 어차피 엄마가 낮에 집에 있으니까 우리 아들 챙겨주기도 좋고!

누워서 고개만 끄덕이는 아들을 안쓰러운 표정으로 보던 자경은 일어나서 주방으로 나오며 뚝배기의 불부터 끄고 압력솥을 내려놓고 프라이팬을 꺼내서 남은 소시지전을 약불로 데운다.

밥상을 깨끗하게 닦고 새로 한 밥을 한 그릇 뜨고, 보온밥통에 남은 밥을 한 그릇 뜬다. 소고기뭇국과 소세지전을 그릇에 옮기고, 뚝배기를 가운데 내려놓는다. 자경은 차려진 밥상을 들고 아들 방으로 들어가서 마주 앉는다.
"천천히 먹어. 속이 풀리려면 따뜻하고 부드러운 걸 먹어야 해."

아들이 밥을 먹는 모습을 바라보다 자경이 한 술 뜨려는데 종현이 말을 한다.
▷이종현 : 엄마, 밥..
▷김자경 : 응? 밥 더 떠올까?
▷이종현 : 아니, 엄마 밥. 내 거랑 색이 다르잖아. 같은 거 먹으라고..

그 말을 듣자 울컥한 자경은 아들의 머리를 쓰다듬는다.
▷김자경 : 우리 아들. 다 컸네. 엄마가 해준 것도 없는데.. 언제 이렇게 커서 엄마 위할 줄도 알고.. 밥 안 먹어도 배부르다.
▷이종현 : 나 혼자만 새 밥 먹는 거 싫으니까 얼른 바꿔와.

자경은 고개를 끄덕이며 눈물을 훔치고, 밥그릇을 들고 일어난다. 그릇째 보온밥솥에 넣어 놓고 압력솥에서 새 밥을 떠간다. 아들과 같이 밥을 먹으며 잠시라도 행복한 자경은 아들을 자리에 누워 쉬게 하고, 밥상을 치우면서 연주의 옷과 가방이 보이자 평온했던 안색이 변한다.
'어휴. 또 차려주고, 아직도 치워줘야 하니..'
밥상과 가방을 주방에 내려놓고, 옷을 세탁기에 던져 넣으며 안방으로 들어와 문을 닫고 연주를 깨우는데 이제 몸이 따뜻해져 있다. 그래서 이불을 걷어내고 등을 찰싹 때린다.

"이연주. 그만 일어나. 너 혼날까 봐 눈 감고 있지? 더 혼난다. 엄마 화나기 전에 일어나 학교가. 엄마도 아파서 일찍 온 거야. 밥은 챙겨줄 테니까. 얼른!"

자경은 아들이 신경 쓸까 목소리도 높이지 못하고, 연주를 깨우는 일이 답답하다. 천천히 눈을 뜨는 연주를 보자 한숨을 쉰다.

"평소에 잘 했으면 뭐해? 이렇게 속을 썩이는데, 이연주. 너 다른 건 다 100점 맞고 하나는 빵점이면 1등 해, 못해? 엄마 말 알아들어? 일어나 나와. 옷 좀 입고, 니가 아기야? 다 큰 게 창피한 줄도 모르고!"

그리고 안방 문을 닫고 나와서 주방으로 가 보온 밥솥에서 밥그릇을 꺼내 반을 덜어 도시락에 옮겨 담고, 국을 뜨며 소고기가 들어가지 않게 무 위주로 담는다. 그리고 밥그릇에 국물을 한 국자 떠서 숟가락으로 말아 밥상 위에 올려 둔다. 냉장고에서 깍두기가 담긴 반찬통을 꺼내 도시락에 몇개 옮겨 담고 밥상 위에 내려놓으며 욕실로 씻으러 들어간다.

연주는 일어서는데 머리속이 멍하고 귀도 멍하다. 기어가 옷장에서 옷을 꺼내 입고 안방문으로 기어가 손잡이를 잡고 일어나 밖으로 나오니 밥상이 보인다. 한 걸음을 떼려는데 어지러워서 다시 자리에 주저앉아 기어서 밥을 먹으러 간다. 국물에 말아진 밥을 숟가락으로 떠서 삼키며 구역감이 올라온다. 얼른 깍두기 국물을 떠서 입에 넣고 삼키는데 엄마가 욕실에서 나오며 보고 핀잔을 한다.

"몇 날 며칠은 안 씻어도 되겠다 넌. 이번 달 수도요금 보면 알겠지. 이연주. 더우면 대야에 물 받아 놓고 들어가. 샤워기 틀지 말고, 알았지? 너 선풍기랑 샤워기 틀면 혼난다. 진짜!"

연주가 고개를 숙이며 "네.." 라고 대답하자 못마땅한 엄마는 이내 한소리를 더한다.
"시간 좀 보고, 얼른 먹고 가. 엄마는 잘 거니까."

안방으로 들어가는 엄마를 보며 연주도 밥을 입안으로 억지로 밀어 넣었다. 일어나 싱크대에 그릇을 담고 반찬통은 냉장고에 넣고, 욕실로 들어가 양치질을 한다. 거울에 비취는 자기 모습이 어딘가 이상해 보여서 고개를 갸웃거려도 보고 이마도 짚어본다.

욕실에서 나와 엄마가 내놓은 가방과 도시락통을 들고 신발을 신고 밖으로 나오자 등 뒤에서 현관문이 닫히며 연주의 기억과 함께 잠긴다. 한 걸음씩 한 걸음씩 걸으며 하늘을 올려다보는 연주는 땅과 발이 서로 밀어내는 거 같아 자기가 앞으로 나아가는지 위로 올라가는지 모를 듯한 기분이 든다.

◆ 등대 원룸 102 호

현관문이 열리자 바로 보이는 공간에는 아무도 없다. 구급 대원이 들어서서 닫힌 욕실 문 가까이 가서 귀를 댄다. 물소리가 분명하게 들리자 노크를 한다. 그러나 응답이 없다. 난처한 표정으로 밖으로 나와 민영에게 말을 건넨다.
▷구급대원 : 욕실에서 물소리는 나는데, 응답이 없습니다. 여기 거주하는 분이 여성분이라고 하셨죠?
▷박민영 : 네.. 무슨 문제라도..?
▷구급대원 : 욕실 문을 강제 개폐하는 건 혹시라도 문제가 될 소지가 있어서 여성 구급 대원이 들어가는 게 좋을 거 같습니다. 그럼 시간이 좀 지체될 텐데 어떻게 할까요?

▷박민영 : 아.. 그렇게 해주세요. 죄송합니다. 제가 미처 그 생각까지는..
▷구급대원 : 아닙니다. 저희도 서둘러 오느라 놓쳤습니다.

구급대원이 현재 여성대원의 추가 지원이 가능한지 시간이 얼마나 걸리는지 요청하는 통화를 하는 동안 민영은 망설여졌지만 현관문까지만 들어서서 둘러본다.
작은 공간이지만 특징적인 가구나 살림이 거의 없다. 한동안 욕실 문을 바라보다가 나오려고 돌아서면서 현관문 옆으로 붙여진 사진을 본다.
'고양이?'
다시 돌아서 방 안에 고양이가 숨어 있지는 않은지 천천히 둘러본다.
'혹시라도.. 밖에 나가면 안 되는데..'
민영은 현관문을 살짝만 열리게 닫아 두고 잘 지켜보며 기다린다.
'은서 씨에게 미안하다는 얘기 많이 하겠다.. 그래도 무사하게 볼 수만 있었으면.. 무사했으면..'

20분이 지나지 않아 여성 구급 대원이 오고 욕실 문을 열자마자 밖을 보고 얘기한다.
"있어요. 우선 제가 혼자 들어가서 깨워 볼게요. 들것 준비해 주세요. 위에 비닐도 있으면 깔아야 할 거 같아요. 옷이 다 젖었어요."
구급 대원 두 명이 급하게 구급차로 뛰어가 들것과 비닐을 챙겨 오는 동안.. 민영은 할 수 있는 건 기다리는 거 밖에 없는 자신이 한심하고 답답하다.

현관에서 물러나 행여라도 고양이가 뛰어나오지는 않을지 걱정하며 지켜보다가.. 잠시 후 들것을 들고나오는 구급 대원의 뒷모습을 보면서 눈을 감는다.
'내가 본 거.. 좋아하지 않겠지..'

계단을 올라가는 소리를 들으며 눈을 뜬 민영은 102호의 문을 닫으면서 기대고 주저앉는다.
'경희대학병원 응급실로 이송할 거예요. 보호자 계시면 연락 부탁드립니다.'

구급 대원의 말을 생각하며 일어나 현관문에 붙은 열쇠집에 먼저 전화를 한다. 그리고 정 사장에게 문자를 보낸다.
• 박민영 : 사장님. 은서 씨 많이 아파서요. 119에서 경희대병원으로 이송했는데.. 어떻게 해야 할까요?
• 정사장 : 병원 가서 상황 보고 연락 줘.

민영은 경희대병원에 가는 가장 빠른 방법을 검색해 보며 열쇠를 수리할 기사님만 기다리고 있다. 드디어 기사님이 도착하시고 번호 키를 교체하자마자 입금을 해드린다. 그리고 앱으로 택시를 호출하고 길 가로 뛰어나간다.

(25) 자국

● 경희대학병원 응급실

민영은 데스크에서 문의를 하고 보호자 바코드를 발급받아 응급실 안으로 들어간다. 담당의를 만나 의견을 듣고 정 사장에게 문자를 한다.
• 박민영 : 일반적인 검사 수치는 다 정상이라 지금은 깨어날 때까지 기다린다고 하네요. 저는 어떻게 할까요?
• 정호성 : 네 연락처 남겼으면 너도 여기로 오든지, 사무실에 가서 기다리는 게 은서 씨가 편할 거야. 판단은 네가 하고.
• 박민영 : 안양으로 갈게요.

민영은 전철역으로 가면서 의사에게 들은 말을 생각한다.
'환자분께서 정신건강의학과 약을 지속적으로 처방받은 이력이 있어서.. 과다 복용에 대한 염려가 없지는 않은 상황입니다. 그래도 상태가 안정적이라 위세척은 조금 더 기다려 보고, 고려해 보려 하는데 혹시 보호자님은 이견이 있으실까요?'

민영은 은서 씨가 한 말을 떠올리며 '자살이나 위험한 행동 안 하고, 건강한 습관으로 생활하고' 오늘은 기다려 보자고 했다. 그리고 곧바로 다른 생각들로 머릿속이 메워졌다.
'다른 수치가 다 정상이라서 감사하고, 마침 안양에도 갈 수 있

215

어서 감사하고, 죽을 사 올 수 있어서 감사하고, 오늘 다시 또
볼 수 있어서 감사하다. 감사합니다.'

♦ 은서의 꿈속

이제 네 다섯 살 됐을까.. 연주는 엄마의 한쪽 손을 잡고 걸어가
고 있다.
횡성 초등학교 앞. 오빠가 보이자 엄마는 연주를 잡은 손을 놓고
뛰어가서 오빠의 손을 잡는다. 오빠는 걸어오며 다른 손으로 가
게의 아이스크림 냉장고를 가리킨다. 엄마는 바로 오빠와 가게로
가서 냉장고를 열어 아이스크림을 고르게 해주고 주인 아저씨에
게 계산을 한다. 포장지를 먹기 좋게 뜯어서 오빠의 두 손에만
잘 쥐여주고, 엄마는 연주의 빈 손을 잡고 뒤에서 오빠를 따라
걸어간다.

그 모습을 바라보는 은서는 생각한다.
'꿈인가.. 진짜 있었던 일인가?'
얼굴을 찡그리며 눈을 뜨자 익숙하고도 불편한 공간이다.
'병원? 스스로 온 기억이.. 없는데..   하긴.. 내가 기억할 수 있
는 게 얼마나 된다고..'

은서는 호출 벨을 누르고 간호사가 오자 퇴원하고 싶다고 말한
다. 간호사는 담당의와 상의가 필요하다고 대답한 후 데스크에서
보호자의 연락처를 찾아 전화를 해준다.

♦ 자연건축사사무소

민영은 병원에서 전화를 받고 시간을 본다. 4 시 37 분..   잠시

생각을 하다가 정 사장에게 문자를 보낸다.
- 박소장 : 사장님, 저 오늘은 조금 일찍 들어가 볼게요.
- 정사장 : 나야 좋지!

정 사장의 답장을 보면서 미소를 지은 민영은 최 과장과 이 대리에게 먼저 들어간다고 얘기를 하고, 죽이 담긴 봉투를 챙겨서 나간다.
▷이대리 : 과장님, 오늘 소장님이 단독 행동이 많으신데.. 뭔가 있는 거 같지 않아요?
▷최과장 : 단독 행동.. 단독 행동.... 단독 범행? 에이, 소장님이 그럴 사람은 아니니까 그럼.. 단독 선행? 그런 거 하시나..?
▷이대리 : 누구에게요? 이은서 씨가 병가 냈다고 하는데.. 그거랑 관련 있는 건 아니겠죠? 마침 오늘 뭔가 다 맞아떨어지는 게..
▷최과장 : 너 또 시작이다.. 그놈에 취미생활! 우린 아직 한 시간은 더 일해야는데 왜? 일이 적어?

고개를 도리도리 흔드는 이 대리를 보며 웃은 최 과장은 서류를 보며 생각한다.
'인연이 민영이 형에게 찾아만 온다면.. 누구라도 좋겠습니다.'

🌢 경희대학병원 응급실

민영은 바코드를 찍고 응급실로 들어간다.
데스크에 문의한 후 간호사가 먼저 은서에게 보호자가 오셨다는 얘기를 전해주며 커튼을 거둬주자 민영이 은서를 본다.
은서는 민영을 보자마자 고개를 떨군다. 민영은 간이 의자에 앉아 잠시 은서를 바라보다가 말을 건넨다.

"은서 씨.. 새 옷 입었네요?"

그 말에 한결 편안한 표정으로 바뀐 은서의 옆모습을 보자 민영은 안도의 숨을 내쉰다.

"저는 어제.. 영화 봤어요. 원래 시간 날 때, 할 일 없을 때 영화 봐요. 좋아했던 영화를 다시 볼 때는 다 아는 내용이라도 새로운 게 보이고 다른 게 느껴져서 좋은데, 어제는 집으로 그 영화를 다시 봤어요."

은서의 대답이 없자 민영은 차분히 얘기를 이어간다.

▷박민영 : 예전에는 손자의 입장에서 봐서 그 변화가 귀엽고 그랬는데, 이번에는.. 할머니가 들을 수 있고 말을 할 수 있다면 얼마나 좋았을까. 그 생각이 많이 들었어요. 저렇게 마음이 따뜻한 할머니가 장애를 갖고 평생을 사신다는 게 아쉽고, 참 가슴이 아팠어요.

▷이은서 : 전..   다 부러운데..

은서의 목소리가 들리자 민영은 은서를 바라봤지만 은서는 여전히 고개를 들지 않은 채로 말하고 있다.

"굳이 노력하지 않아도 말을 할 수가 없고, 듣고 싶지 않은데 어차피 들리지 않아서 알 수 없는 거. 그리고 그런 따뜻한 마음이라면.. 저한테는 전부 필요한 거 같아서요."

민영은 더 이상 뭐라 말을 못 이어가는 자신이 답답하고 은서의 말만 되뇌어진다.

▷이은서 : 이제 가셔도 돼요. 저도 집에 갈 거니까.

▷박민영 : 아.. 오늘 퇴원해도 된대요? 그럼 제가 필요하실 텐데..

▷이은서 : 왜요?

▷박민영 : 현관문 번호 키 교체해서 비밀번호 설정한 거 알려드려야 하고,

▷이은서 : 뭔 데요?

▷박민영 : 일단 은서 씨 핸드폰 뒷번호로 해뒀어요..

▷이은서 : 원래도 그거였어요.

▷박민영 : 아. 아..

▷이은서 : 아쉽죠? 한번 찍어라도 보시지. 삼세번 기회가 아깝다.   이유는 그게 다예요?

▷박민영 : 아뇨. 옷.. 갈아입고 갈 옷이 지금은 없으셔서..

▷이은서 : 왜요?

▷박민영 : 다 젖어서요..

▷이은서 : 아.. 그건.. 제가 알아서 할 수 있으니까 괜찮아요. 소장님, 그만 들어가세요. 저도 빨리 집에 가고 싶어요.

▷박민영 : 네.. 그럼 이거, 집에 가셔서라도 드세요. 오늘 저흰 동안 백화점에 다녀왔거든요.   그리고.. 혹시.. 은서 씨는.. 좋아하는 영화 있어요?

▷이은서 : 다행히 답례로.. 답할 게 있네요. 고양이와 할아버지.. 영화도 좋고.. 만화로는 더 좋아해요.   안녕히 가세요.

민영도 목례로 인사를 하고 터덜터덜 걸어 나오며 생각한다.
'아! 고양이.. 그리고 할아버지.. 고양이와 할아버지라니, 찾아봐야겠다. 그런데.. 생각이 뭔가.. 복잡하다. 은서 씨는 왜.. 못 듣고 싶을까.. 왜 말을 못 하고 싶을까.. 그 할머니가 부럽다는 건.. 어째서일까.. 나는 이유를.. 알고 싶은 걸까, 알기 두려운 걸까.. 은서 씨는 말을 안 하려고 노력한다. 말하는 게 싫다.. 왜일까..? 나는 은서 씨랑 말하고 있으면 좋은데.. 계속 말하고 싶은데..'

민영이 돌아가고 은서는 눈을 질끈 감는다.
'핸드폰도 지갑도 없는데.. 데스크에 문의해봐야지..'

다행히 응급실에 보호자가 결제한 병원비 외에 추가로 발생한 비용은 없다고 한다. 은서는 담당의를 만나서 지금 퇴원하겠다고, 이상이 발생하면 곧바로 다시 오겠다고 단호하게 요청을 한다.
그리고 사물함 봉지에 담긴 젖은 옷을 가지고 화장실로 가서 최대한 물기를 짰냈다. 옷을 갈아입자 신발이 문제다..
'돌려주러 와야겠네..'
은서는 그 차림으로 밖에 나와서 곧바로 택시 승강장으로 간다.
그리고 택시를 타고 집으로 와서 기사님께 종이봉투를 맡기며 잠시만 기다려 달라고 양해를 구하고 서둘러 집에 들어가 다시 나와 결제를 해드린다. 집에 들어와 책상 위에 봉투를 올려 두고, 정 사장에게 문자부터 남긴다.
• 사장님, 통화 가능하실 때 전화 부탁드려요.

잠시 후 벨 소리가 울리자 전화를 받은 은서는 먼저 말을 꺼낸다.
▷이은서 : 사장님, 저.. 퇴
▷정사장 : 퇴원에 관한 얘길 나한테 할거 같지는 않고.. 퇴사는, 아직 안돼요.
▷이은서 : ....제가 도움
▷정사장 : 도움은 이미 충분히 됐고, 은서 씨는 적어도 담장 넘어간 공. 그건 갖고 가야죠? 그때까지.. 1년? 그리고 1년 후면 또 알아요. 굳이 퇴사 안 해도 될지? 내가 퇴사할지? 나야말로 하고 싶거든.   나올 수 있을 때 나오기만 해요. 우리 드디어 일도 엄청 많을 건데?

▷이은서 : 네..   수요일에 나갈게요.
▷정사장 : 그럼 난, 그 수요일이 모레이길 바랄게요.

정 사장은 전화를 끊고 박 소장에게 전화를 한다.
"위기가 기회라고, 내가 위기 한 번은 넘겨줬다. 이젠 네 몫이
지."

♠ 민영의 집

민영은 호성의 간단 명료한 말도.. 은서 씨의 함축적인 말도.. 당
장은 알아듣기가 어렵다. 그래서 자신이 답답하다.
'할 수 없는 건 할 수 없지.. 그래도 오늘은 할 일이 있으니까..
다행이다.'
민영은 저녁식사를 대충 하고, 씻고 나와서 TV를 켜고 은서 씨
가 말한 그 제목의 영화를 찾아본다. 영화를 보는 내내 혼자가
아닌 거 같은 느낌에 민영의 마음이 설렌다. 그리고 저 영화 속
의 풍경으로 같이 들어가고 싶은 바람이 생겨난다.

♠ 하나네 집

하나는 방 안에서 진수 씨의 집으로 들어갈 때 필요한 걸 생각
해 본다.
침대를 보며.. '굳이 새걸 사지 말고 이걸 갖고 가서 옆에 두는
게 낫지 않을까? 그럼 난.. 겨울에 필요한 옷이랑 물품들만 챙겨
가면 되겠다. 이제 아버님 집에 필요한 것들, 그거부터 생각해
봐야지.'
그리고 그동안 백화점과 가구점, 아울렛에 다니면서 핸드폰으로
찍어 둔 사진과 메모들을 보며 목록과 가격을 적어본다.

● 진수의 집

진수는 오늘은 분위기가 어수선해서 아직 회사에서 말하지는 못
했지만.. 하나네 부모님 집과 아부지 집을 수리하고 증축 한다는
게 너무나 좋다. 동안 백화점 일에 비할 수 없이 작은 일이지만
진수에게는 더 크고 중요한 일이다.
'내가 혼자가 아니라서 생기는 변화.. 더구나 하나가 아니었으
면.. 이런 변화가 만들어졌을까..'

요사이 하나에 대한 생각이 새삼스러워지고 있다. 토요일 일요일
마다 그렇게 백화점으로 가구점으로 아울렛으로 돌아다녀도 사진
만 찍을 뿐.. 무엇 하나 결정하지 않는 하나를 보며 진수는 짜증
이 나고 답답하기만 했다.
'그런데 그 이유가.. 아부지를 생각해서라니.. 이 미안함과 고마
움을 깊이 남기고 싶다. 좋은 남편이 되고 싶다. 진짜.. 그렇게
되고 싶다.'

● 은서의 집

옷을 갈아입은 은서는 종이봉투 안에서 통을 꺼내 열고 호박죽과
팥죽을 본다. 가만히 바라만 보다 숟가락을 들고서 한술 뜨려고
하다가 멈춘다.

'따뜻하게 먹길 바라셨을 텐데..'

일어나 냄비에 담고 약불에 올려 저어주며 천천히 데운다. 책상
으로 옮기려다가 설이의 사진을 본다.

'설아. 미안해.. 요즘 언니만 먹고 싶은 거 자주 먹네..'

은서는 호박죽을 한 입씩 먹으면서 눈물이 난다.
'설이가 보고 싶어서 그런가..'

은서의 마음속 얼음이 녹으며 뺨에 자국을 만든다. 그리고 그 자국은 다시 마음으로 들어가는 길을 만들어 내고 있다.

♦ 유진의 집

화요일 오전 7시 반. 시운이와 소율이가 아빠와 함께 나간 후 유진은 집안을 정돈하고 여유롭게 출근 준비를 하고 있다. 그때 핸드폰의 알림 소리가 들리자 수신된 문자를 확인한다.
• 이은서 : 원장님, 혹시 오늘 점심 식사 같이 하실 수 있으시면 답장 주세요.
• 김유진 : 네. 좋아요.^^

유진은 뜻밖의 문자에 다시 좋은 기대를 하고 싶다.
지난주 금요일.. 대리 상담이지만, 은서 씨의 사연을 조금이나마 알 수 있을 거라는 기대를 했다. 그러나 그날 은서 씨의 입장이 아닌.. 엄마의 입장에 서 버린 유진은..
'자신이라면?'
그 가정을 먼저 하며 괴로웠고, 안도했던 감정들이.. 불에 데인 듯한 자국이 되어 남아있다.

♦ 등대 원룸

은서는 집을 나서며 슬리퍼를 담은 봉투를 챙기고, 설이에게 인사를 한다. 열쇠집 스티커를 보고 사진을 찍어 둔다. 먼저 경희대병원에 들러 응급실에 슬리퍼를 돌려주고 열쇠집에 문의 전화를 한다. 메모장을 열어 병원비 기록 아래에 번호 키 교체 비용을 적고, 계산을 해서 합산해 둔다. 그리고 전철을 타고 마일드 마인드 의원으로 이동한다.

💧 초밥 전문점 식당

유진은 예약이 된 룸에서 은서와 마주 앉았다.

▷김유진 : 은서 씨, 초밥 좋아해요?

▷이은서 : 원장님이 좋아하실 거 같아서. 상담실 안에 있는 초밥 인형이랑 고양이요.

▷김유진 : 아, 그거! 맞아요. 가족들이랑 여행, 일본으로 간 적 있었어요. 그런데 기대와 다르게 초밥은 우리나라에서 먹는 게 더 맛있게 느껴져요. 아마 중식처럼 이미 우리 입맛에 맞게 발전돼서 그런 거 같아요.

▷이은서 : 다행이네요. 오늘 식사, 원장님께 보답하고 싶었어요. 그리고.. 인사도 드리려고요.

▷김유진 : 은서 씨.. 어디 가요?

▷이은서 : 네.   원래는.. 14년 전에 퇴원하고 갈 준비하다가 멈췄던 건데.. 이제는 다른 목적으로 갈 수 있을 거 같아서 다시 준비하려고요.

곧 주문한 식사가 나오고, 은서가 웃으며 맛있게 식사를 하자 유진도 식사에만 집중하며 편안한 모습이 되었다. 후식으로 나온 따뜻한 매실차를 마시면서 유진이 먼저 말 문을 연다.

▷김유진 : 은서 씨, 그날..   원래 그렇게만 얘기하려고 했었어요?   엄마랑 오빠.. 맞죠..?

▷이은서 : 그리고, 그 프랜차이즈 두 번도.. 다 제가 낸 거예요.

▷김유진 : 이유가.. 있을 거잖아요..

▷이은서 : 이유는 이미.. 무의미해졌어요. 그리고 이유라는 게 결국.. 누가 먼저, 아니면 누가 더 큰 잘못을 했다는 말들뿐인데.. 누가 알아서 누구 편을 들어준들 그 또한 무의미하고요. 희미하게 남은 자국 같은 건.. 희미하니까 내가 굳이 말하지 않으면 남들은 모를걸.. 누가 알게 하고 싶지도 않은데.. 나는 그 자국이 희미하니까 자꾸 아쉬워했나 봐요.   차라리 확실하면 처리를 해버릴 텐데.. 아니면.. 흔적 없이 다 지워졌으면 좋겠다. 그렇게.. 미련만 남겼던 거예요.

(26) 비율

민영은 출근을 하며 정 사장의 말을 생각한다.
'은서 씨는 수요일에 나온다고만 했어. 그리고 퇴사하고 싶은 거 같아서 1년 계약으로 선수 쳤고.. 내 최선은 다했다.'

사무실에 도착하니 어제와 비슷한 시간.
'오늘이 수요일.. 오늘 나올 거야. 오늘 일 거야.'
민영은 사무실을 따뜻하게 만들어 두며 계속 그 생각만 한다.
8시 반이 지나가자 최 과장이 나오고 10분 지나지 않아 이 대리도 나온다. 두 사람 다 이은서 씨가 아직 출근을 안 한걸 보고, 뭔가 얘기하려다 가만히 자리에 앉았다. 8시 50분이 되어갈 때 은서가 창밖으로 보인다. 민영은 안도의 한숨을 쉬고 웃는다. 그 모습을 최 과장과 이 대리가 얼핏 본다. 들어와 목례만 하고 자리에 조용히 앉는 은서에게 두 사람이 부지런히 말을 건다.
▷최과장 : 은서 씨.. 괜찮으요? 아, 사투리가.. 괜찮아요? 며칠 더 쉬어야 하는 거 아니에요?
▷이대리 : 일 살살하세요. 과로하다 병나요.
▷이은서 : 그럼.. 며칠 더 쉬고 올까요?
▷최과장 : 아.. 아니.. 그건 아니고..
▷이은서 : 저 괜찮아요. 이제 신경 쓰지 마세요.
▷이대리 : 네. 그런데.. 우리가 신경 써도 괜찮으면 안 돼요?
신경 쓰는 게 뭐 별거라고.. 은서 씨도 신경 쓰지 마요.

이 대리도 말하고 약간 놀란 표정이고, 최 과장도 눈치를 본다. 그런데 은서가 설핏 웃는다. 그 모습을 보고 이 대리가 (나 잘했죠?) 라는 표정으로 최 과장과 박 소장을 보자 세 사람의 얼굴에 기분 좋은 미소가 번진다.

9시가 넘어갈 때 정 사장에게 오후에나 사무실에 들어갈 거 같다는 연락을 받은 박 소장은 "은서 씨, 나왔어?" 라는 질문에 편안하게 "네" 라고 대답을 한다.
그리고 오전은 동안 백화점의 설계와 리모델링에 관한 상의를 하며 시간이 금세 지나간다.
은서는 자신의 할 일을 찾지 않고, 가만히 세 사람의 대화와 역할을 지켜본다. 점심시간이 되자 은서가 먼저 말을 건넨다.
"식사하러 가시죠."
세 사람은 일하다가 순간 일시정지가 된 듯했지만 박 소장이 바로 대답을 한다.
"가시죠."

◆ 형제 기사 식당

세 사람이 가져온 식판에는 저마다의 취향대로 반찬의 비율이 다르다. 최 과장은 오징어 뭇국과 고사리, 취나물의 양이 많고, 이 대리는 소시지 야채볶음과 계란말이가 많다. 박 소장은 골고루 비슷하게, 은서는 국과 소시지가 없고 세 가지의 반찬만 적게 담겼다.
▷이대리 : 은서 씨는.. 아침을 많이 먹고 와요? 양이 너무 적은데.. 뷔페식당의 장점이 무색하잖아요.
▷이은서 : 전, 제가 먹을 것만 갖고 올 수 있어서 좋은 건데.

▷최과장 : 보통 점심은 잘 먹고, 저녁을 적게 먹으면서 관리하던데.. 소식하시네요.

▷이은서 : 이만큼도 잘 먹는 거죠. 그리고..　드세요.

은서가 말하며 식사를 시작하자 다들 식사를 한다. 은서는 평소보다 천천히 먹으면서 속도를 맞춘다. 민영은 은서가 천천히 먹는 모습을 보며 한결 마음이 편안하다.

▷이대리 : 그런데 이 기사식당 이름에 해당되는 사람은 우리 사장님 밖에 없네요?

▷최과장 : 또 집착한다. 왜 우리 삼 형제라며?

▷이대리 : 그야 그렇지만 친. 은 아니잖아요.

▷박소장 : 친. 중요해? 우린 진짜 아닌가..?

▷최과장 : 삼. 빼죠. 그냥 형이랑 저, 형제로 가요.

▷이대리 : 안돼요! 아녜요! 우리가 진짜죠. 제가 올드했어요. 업데이트 바로,　다 됐습니다!

세 사람이 웃고 은서가 미소를 짓는 모습을 보며 민영은 생각한다.

'가르쳐 줘서.. 고마워요..'

다 같이 사무실로 들어가다가 최 과장이 이 대리를 툭 치며 말한다.

"소장님, 저흰 편의점에서 과자 좀 사갈게요. 오늘은 간식이 땡겨서. 뭐 드실래요? 알아서 사 갈까요?"

박 소장이 웃으며 고개를 끄덕이자 이 대리가 최 과장과 발걸음을 돌려 편의점으로 간다.

▷이진수 : 이 분위기는.. 천천히 골라요?

▷최기훈 : 큰 형 보면서 내가 설렌다. 내가.

▷이진수 : 형. 그건 집에 가서 하라고 했잖아요.

▷최기훈 : 넌? 너도 분위기 달라졌던데?

▷이진수 : 저야, 이제야 정신 차려서 정상궤도로 오는 중?

▷최기훈 : 이제라도 고맙다. 진짜 재수 있는 놈!

둘이 어깨동무를 하며 편의점에 들어가 한 명은 천천히 둘러보며 시간을 보내고, 한 명은 장바구니에 이것저것 담으며 시간을 담는다.

사무실에 들어온 민영은 탕비실에서 지난번 은서가 만들어준 메밀차를 두 잔 만든다.

▷박민영 : 미안했어요.

차를 내려놓으며 하는 민영의 말에 은서가 의아한 표정이다.

▷이은서 : 저한테요? 제가 갚아야 하는데..   빚 있는 거 불편해요..

▷박민영 : 제가 그날.. 은서 씨 집에.. 허락 없이 현관까지는 들어가서요. 그래서 봤는데.. 고양이 사진.. 혹시 집안에 있는데 못 본 건가, 밖에 나간 건 아닌가, 걱정 많이 됐어요.

▷이은서 : 아.. (설이..) 안 나갔어요.   저, 병원비랑 번호 키..

▷박민영 : 빚 갚는 거, 마음의 셈 같은.. 그런 방식으로 해주시면 안 될까요? 제가 이번 일 덕분에 앞으로 은서 씨가 연락 안 되면 걱정될 거 같아서요. 번호 키 비밀번호라도 그대로면 좋을 거 같은데.. 부담 되시면 누구, 다른 여자분에게라도 공유하시고 연락처를 알려주실 수 없을까 해서..

은서는 민영이 하는 의외의 말에 놀랐지만.. 담담하게 대답한다.

▷이은서 : 어차피 비번은 그대로 사용할 거예요. 그리고.. 퇴사할 때까지는 걱정 안 드릴게요. 장담할 수는 없지만.. 더 노력.. 할게요.

▷박민영 : 네. 고마워요.

▷이은서 : 저도.. 고맙습니다..

작게 말하며 은서가 고개를 돌리자 민영은 마시는 차의 온도가 아직은 뜨겁다는 것도 느끼지 못한 채 생각한다.

'퇴사할 때까지는.. 최대 1년.. 그 후에는.. 내가 걱정인가..'

최 과장과 이 대리가 들어오는데 비닐봉지가 빵빵하고, 이 대리의 볼도 빵빵하다.

▷이대리 : 아! 저는 신랑 예복이 딱 맞아서 관리해야 하는데, 최 과장님이 방해 공작 펼쳐요.

▷최과장 : 먹지 마. 누가 멕이냐?

▷이대리 : 와.. 보고 들리는데 어떻게 혼자 참아요? 다이어트의 최선은 아예 먹을 거 안 사고, 먹는 거 안 보는 거예요.

▷최과장 : 아까 은서 씨 못 봤어? 우리가 앞에서 그렇게 먹어대도 고요히 자기 페이스 지키는 거.

▷이대리 : 그건 독한 거예요! 저는 마음이 여려서 쉽게 동화된다고요.

▷최과장 : 진수야, 너 지금.. 너 실드 치려고 은서 씨 공격했다.

이 대리가 겸연쩍어하는 표정이 되자 은서가 웃으며 말한다.

▷이은서 : 전혀, 대미지 안 받았어요. 맞는 말인데, 저보다 독하고, 나쁜 사람. 저도 아직은 못 봤어요.

▷이대리 : 에이, 무슨! 은서 씨가 그 정도는 아니죠. 그리고 왜 못 봐요? 물론 직접이야 겪기 힘들지만 뉴스만 틀면 어휴.. 같은 남자가 봐도 저게 사람 새끼야? 싶은 일이 얼마나 많아요. 이번에도 그 사건.. 그런 거 보면 페미가 심해지는 현상도 이해가 가요.. 다 같이 매도 되는 건 억울하긴 하지만..

230

▷최과장 : 과자를 씹어야 하는데....   진짜 성범죄는 가해자가 1,000 의? 10,000 의 1? 비율 빼고는 남자니까, 이번 사건 같은 거 터지면 저도 전철에서든 어디서든 더 신경 쓰게 돼요.

▷이은서 : 이번 그 사건.. 뭔지 저는 몰라요. 기사 같은 거 전혀 안 봐서. 그런데.. 항상 그 반대기도 하잖아요?

▷이대리 : 뭐가..   뭐가 반대예요?

▷이은서 : 그 가해자들.. 검거하는 사람도 거의 남자잖아요. 여경들이 많아지지만.. 선두에서 직접 해결하지는 못하는 경우가 많으니까..   그리고.. 가해자가 남자라서 혐오하는 건 개인적으로 해야죠. 전체로 그 대상을 확장하면 해결되는 것도 나아지는 것도 없어요. 오히려 같은 남자들이 그런 유형의 가해자들을 경계하고 처단할 수 있도록 응원하고 지지하는 방향이 효과적이에요.

▷최과장 : 와.. 은서 씨. 그런 생각을 하다니.. 저도 저런 새끼 잡아들이는 건 당연하지. 아직도 못 잡았나. 분통만 터트리며 욕만 했지. 그렇게는 생각 못 했는데..

▷이은서 : 새끼..   그 말 참 희한하지 않아요..? 저는 우리말이 동음이의어가 많지만.. 그 단어가 제일 신기했어요. 사람이 제일 혐오하는 대상과 가장 사랑하는 대상에게 동일하게 새끼라고 한다는 게.. 내만 붙이면 가장 소중한 존재라는 게..

은서의 말을 듣자 세 사람 다 생각이 많아진다. 이 대리가 침묵을 깨고 묻는다.

▷이대리 : 여기 아직 내 새끼는 아무도 없지만..   자기 자식이 저지른 범죄 선처해 달라고, 정신적인 문제가 있다고, 술을 마셔서 그렇다고, 그런 일 종종 있잖아요. 보통 엄마들이 그러는 거 같은데.. 저는 아빠만 될 수 있어서 그거 때문에 친구들이랑 얘기한 적 있는데.. 전 진짜 용납 못한다고 했어요. 선처라니? 제대

로 벌 다 받고 나와서 평생 뉘우치며 조심하며 살아야지. 병 때문이면 치료 열심히 받고, 술 때문이었으면 그걸 어떻게 다시 마셔?

▷최과장 : 술 때문에 사고 많이 치지.. 아예 끊는 사람 몇이나 될까..? 괴롭다고 안주 삼아 더 마시지나 않으면 다행이더라.

▷박소장 : 원래.. 바다에 빠져 죽은 사람보다 술에 빠져 죽은 사람이 더 많다는데, 마신 사람 혼자만 죽을까? 음주운전만 해도 누군가를 끌고 들어가니까.. 개인적으로 허용된 자유가 남에게 정신적, 신체적 피해를 줄 때는.. 대체 어떻게 처벌해야 재범이 줄어드는 건지..

▷이대리 : 음주운전도 초범하고 자기가 못 고치면 결국 습관이 되는 거 아녜요? 사실 처음인데 딱 걸리는 사람 얼마나 되겠어요. 계속 그래 왔는데 안 걸리고, 사고 안 나고 그래서 그렇게 습관이 되어가고 있는 거지.. 심지어 운전면허 정지에 취소여도 차 끌고 다니는 사람 적지 않아요. 이런 얘기 하다 보니까.. 은서 씨 말이 생각나요. 사람.. 싫다. 진짜..

▷이은서 : 살고 죽는 거.. 운명이에요. 저는 생사만큼은 그렇게 생각해서 편해요. 누구 때문에.. 그 일만 아니었으면.. 원망하고, 가정하면.. 산 사람도 사는 게 아니잖아요.

잠깐 멈춘 시간도 길게 느껴질 때 기훈이 속상하다는 듯 말한다.

▷최과장 : 그런데.. 생사가 운명이라고만 생각하기에는 자살이.. 자살 비율이 너무 높아지는 게.. 아니 왜 죽는 거야.. 우리나라 많이 살 만해졌잖아요? 이젠 선진국인데 자살률 1위가 되다니..

▷이은서 : 저는 자살하는 사람들 너무 이해 가는데.. 선택은 안 할 거지만요.　　　삶이 감옥 같을 때 자살이 꼭 탈옥 같잖아요. 그래서 못하고, 안 하는 거예요. 교도소에서 탈옥한 사람에게, 어

느 누가 얼마나 힘들었으면 할까? 다시 잡아넣어서 더 오래 살게 하잖아요. 그러니까.. 내가 죽은 후에도 그런 시스템이 존재하면 어떡해요. 이 세상 다시는 안 오고 싶은데..

▷이대리 : 발상의 대 전환이다... 그래서 은서 씨가 원하는 것도 단명이에요? 빨리 출소하는 거 같아서요?

▷이은서 : 그런데 전.. 오래 살 거 같아요. 교도소에서도 나쁜 놈이 새로 들어오면 뭘 모를 때 괴롭힌다면서요. 아예 패스 급 정도 아니면..

▷최과장 : 사이코 패스들.. 그런 범죄자는 정말 어떻게 잡지? 추격자 볼 때 영화로 보는데도 조마조마하던데.. 여경은 마주치니까 아예 주저앉고 두려워서 피하잖아요. 경찰이 저러냐고 욕할 것도 아닌 게.. 전 제가 형사였어도 과연 목숨 걸고 잡을 수 있을까 싶었어요.

▷이은서 : 무서운가..? 저는 약자에게 강하고 강자에게 약한 사람은.. 우습던데.. 사이코패스.. 지는 싸움은 안 하는 거잖아요. 그냥 짐승 같아요. 약자만 노리는.. 제가 사슴이라서 하이에나 떼한테 당하든 사자에게 당하든 무슨 차이겠어요.. 고통스럽게 살아남지만 않으면 좋겠어요.

▷이대리 : 그럼 소.패는요..? 사실 비율로는 더 많대요. 꼭 범죄자 되는 케이스는 적고, 우리가 볼 때 딱 이기적인 놈. 그런 새끼들이던데..

▷이은서 : 소시오패스는 보통.. 자기가 손해 보는 건 절대 용납 못해서 거짓말도, 연기도 아무렇지 않게 한다던데.. 그게 마치 구걸해서든 몰래 훔쳐서든, 어떻게든 갖고야 말겠다는 거지나 도둑 같다고 느껴져요. 그래서 전 사이코든 소시오든 무섭진 않고 신기하기만 해요. 누구에게 무슨 짓을 해서든 자기는 살겠다는 그런 의지가.. 어떻게 가능하지? 조금도 이해되질 않아서요.

▷이대리 : 그 무슨 짓을.. 행여나 내가, 내 가족이.. 내가 사랑하는 사람이 당할까 봐 그게 겁나잖아요. 진짜 무사하고 무탈한 게 가장 큰 복 아녜요? 별일 없는 게 최고인데, 별일 없다고 심심해 할 게 아닌데.... 갑자기 반성 되네요..

▷최과장 : 그런데.. 은서 씨는 불교랑은 안 맞겠네요? 윤회하는 거 싫어하니까. 저흰 고향이 특성상 영향을 많이 받고 커서.. 착하게 살아야 다음 생에 좋다는 막연한 생각도, 말도 하고 그러니까. 전생에 나라를 구했느니, 뭔 죄를 지었길래. 그런 말 자주 듣고 하는데..

▷이은서 : 인과응보.. 인이 꼭 이 생에서 일어나지 않은 경우가 많으니까, 전생은 참고해요. 망각했어도.. 기억상실이라는 게 존재하듯이, 제가 잊은.. 모두가 기억지 못하는 무언가는 있었겠지.. 그래서 삶이란.. 집행유예의 기간 같은 게 아닐까.. 그 생각이 가장 많이 들어요. 이 생에서 어떻게 사느냐에 따라서 죄가 확정될 수도.. 용서될 수도 있는 거라서.. 어떤 대상이나 상황이 나를 아무리 화나게 하더라도 어떻게든 참아내야 하는 시험의 시간이 아닐지.. 저도 이 이상은 못 풀었어요. 확실한 기억이 없는데 다 풀 길도 없지만.. 이 감옥이 어떻게 존재하는지를 생각하면.. 무엇을 위해서 만들어졌는지는 알 거 같다는 정도..

▷박소장 : 이 지구가 어떻게 존재한다고 생각하는데요..?

▷최과장 : 창조론인가.. 누군가 만들었으니까 존재하는 거?

▷이은서 : 모든 생명은 유한한데 유전을 해서 살아가는 거요.. 아무도 새끼를 낳지 않으면 자멸이잖아요.   성욕이라는 본능이 주어져서 생명을 만들고, 식욕이라는 본능으로 그 생명을 어떻게든 유지해 가는 거.. 어떤 종이든 그 순환으로 지구에 존재할 수 있는 거니까..

▷박소장 : 그럼 그 순환은.. 무엇을 위해서?

▷이은서 : 아마도.. 사랑을 위해서요.. 내 생명을 사랑해서 어떻게든 살려고 하는 것도 혼자서 평생 살려고 하는 경우는 거의 없잖아요.. 누군가를 사랑해서 살고 싶고, 살아있으니 사랑을 주고받고 싶고.. 내 생명을 버려서라도 새끼를 보호하고 지키고 돌보는 거 다.. 사랑이라는 감정 때문이면.. 적어도.. 평생을 사는 동안 누군가를 한 번이라도 사랑해 봤다면.. 그게 이 공간과 시간이 주어진 의미가 아닌가.. 사랑을 받기만 하는 경우, 자살하기도 하고.. 주기만 하는 경우도 지쳐서 그러기도 하니까.. 사랑은 주고받아야 적어도 스스로의 생명을 버리진 않는 거 같아요. 그리고, 사랑할수록 용서.. 하게 되잖아요.. 내 새끼가 잘못한 건 내 잘못이라고 여길 정도로..

▷최과장 : 쉽게 말하면.. 우리 엄마가 저희한테 맨날 하던 소리, 그거네요. 부모 돼 봐라. 그래야 내 심정 알지. 부모가 되고 싶고, 되어야만 이어줄 수 있는 생명.. 그런데 그 내 새끼 때문에 너무 힘들고, 고생할 거지만 그래도 사랑할 수밖에 없는 마음..

▷이대리 : 요즘 애들 키우는 문화 보면.. 엄두가 안 나긴 해요. 저만해도 따끔하게 맞고서 잘못인 거 알고 그랬는데.. 지금은 그랬다가는 큰일 나더라구요. 학교도 선생님도 내가 학생일 땐 싫었는데, 지금은 저 직업을 어떻게 하나 싶고.. 그나저나 입맛이 뚝 떨어졌어요. 과자파티해도 저는 제 몸 관리 가능할 거 같아요. 이래서 먹을 타이밍에는 현타 오는 대화 하면... 좋네요.. 제 여린 마음에 강력한 영향을 줘서.

▷박소장 : 시간도.. 오늘 우리 셋은 야근할 수도 있겠다. 과자는 그때 비상식량으로 먹을까?

제 자리로 돌아가서 일을 시작하면서 대화는 마무리됐지만 각자 나름대로 이어지는 생각들이 있다.

235

그리고 창문이 열려 있던 사장실 의자에서 누울 듯이 비스듬히
앉아 있던 희성은.. 자세를 고치며 생각한다.
'타이밍 놓쳐서 못 나가는 바람에.. 좋은 수업은 들었네.'

(27) 통증

희성은 눈을 감고 낮잠을 청해 보지만 좀처럼 나른해지질 않자 좀이 쑤셔서 결국 형에게 문자를 한다.
• 사장실로는 몇 시에 입소?

정사장은 진동이 짧게 울리자 굳이 확인하지 않고 장한과 아버님과 함께 참석한 현 동안 백화점 관계자들과의 회의에 집중하며 메모를 한다.
희성은 형에게 답장이 없자 '에이! 한가한 놈이 아쉽지.' 사장실 밖으로 탈출한다.
갑자기 사장실 문이 열리자 놀란 세 사람과 담담히 보는 은서.
희성은 심드렁하게 말을 던지면서도 내심 진지해져있다.
▷정희성 : 왜 심각한 얘기로 사람을 저기 가두고 그래. 런치 타임이면 이름에 맞게 사용해야지.
▷최과장 : 이사님.. 언제
▷정희성 : 온 게 궁금해? 갈지가 궁금해?
▷이대리 : 둘 다요.

솔직하게 나온 말에 놀라는 이 대리를 보며 정희성이 좋아한다.
▷정희성 : 여린 마음. 나한테 동화되니까 좋은데? 온건 네 사람이 입소하기 한 10분 전 즘? 그리고 가는 건 빨리해야 덜 나쁜 놈이라니까 이제 1등으로 출소하려고 나왔지. 그전에 나도 두

가지만 물어보자. 만약 내가 눈이 뒤집혔거나 술에 쩔었었거나, 정신 차리고 보니 세상 몹쓸 짓을 저질렀어. 그럼 무슨 처벌 원할 거야?

세 사람이 선뜻 답을 못하는 중.. 은서가 나지막이 말한다.
▷이은서 : 그 눈.. 없어지는 거.. 아무것도 볼 수 없게 되는 거. 그게 가해자에게도 가장 두렵고, 피해자들은 자신을 다신 알아보지 못 한다는 게 그나마 위안이 될 테니까. 그리고., 다른 피해자가 생길 확률도 확실하게 낮아지지 않나.
▷이대리 : 소오름..
▷최과장 : 저는.. 두 팔을 자르는 거..? 보통 모든 범죄가.. 발로 하긴 어렵잖아요. 손으로 하지. 그리고 술 먹고 한 경우도 다시 자기 손으로 마시지는 못 할 거고.. 그런데, 좀 그렇긴 하다. 팔 없는 사람이 많아지면 보는 사람들이 무서울 수도 있으니까. 힘줄만 끊어서 손이 있어도 못 움직이는.. 그게 더 낫겠죠?
▷이대리 : 진짜.. 그 두 가지 합치면.. 공포예요. 세상에서 범죄가 사라질 거 같아.. 굳이 감옥도 필요 없어지는 거 아녜요? 정신 똑바로 차리고, 죄짓지 말고 살아야지. 우리나라 법이 정말 자비러스 했네요.
▷박소장 : 내가 가해자라고 생각하니까.. 순간의 실수였을 거 같고, 어떤 처벌을 받아도 양심이 더 괴로울 거 같은데.. 막상 장님이 되거나 두 손이 없어진다고 생각하니까.. 그건 무섭고, 지나치게 무거운 처벌인 거 같은 건가.. 그런데 그 정도의 고통을 기꺼이 감수할 만큼이 아니라면.. 정말 뉘우친다고, 다시는 그런 잘못하지 않을 각오라고 볼 수 있나..
▷정희성 : 화끈한 의견들에 떠 밀리나? 갑자기 정치하고 싶네. 두 번째 질문은 내 새끼가 그러면? 있는 사람도 하나뿐인데 하필

또 없지만, 그런데 이미 누군가의 새끼니까 내가 범죄자가 됐을 때 내 부모는 무슨 심정일까? 통계적으로 갱생이 되느냐의 가장 큰 영향은 처벌의 강도에 있지 않고, 부모가 범죄한 자식에게 어떻게 하느냐에 있다던데.. 이러나저러나 제일 고통받는 건 부모야. 자식놈 잘못도 다 본인 탓이라니.. 그걸 보는 새끼가 정신 차리면 늦게라도 사람 새끼가 되는 거고, 못 차리면 여전히 짐승 새끼만도 못한 거고.. 나는, 현재로서는 좀 애매하네? 나부터 갱생하는 방향으로 슬슬 가볼 겸 먼저 출소합니다.

희성이 나가고, 안 그래도 일이 손에 잡히지 않았던 세 사람은 저마다 한숨을 쉰다.
▷최과장 : 제가 감옥 갈 사고 치면 저희 부모님은 실신하실걸요? 그리고 내 새끼가 그랬다.. 그건 진짜 어떻게.. 그 눈이랑 손이 못 쓰게 된다..? 하.. 입장의 차이가 너무 커요.
▷이대리 : 저는 입맛만 떨어진 게 아니고.. 자식 낳아서 어떻게 키우지? 그 의욕도 떨어지려고 해요. 피해자가 되는 것도 미칠 거 같고, 가해자가 되는 것도 환장할 거 같고!! 어우.. 평범하게만 살자. 진짜.
▷박소장 : 도둑이나 사기꾼에게 돈을 잃었어.. 그게 가장 작은 피해라더라. 신체적, 정신적 건강을 잃으면 어차피 돈으로는 해결할 수 없으니까 차라리 돈만 잃은 게 나은 거라고.. 그리고 사랑하는 사람을 잃으면.. 만약 사건이 아니라 사고여서 보상금이 나온다고 해도 그걸로 위로가 된다면, 그건 이미.. 사람보다 돈을 더 사랑하는 게 아닌가..
▷이은서 : 여자들이 겪을.. 가장 큰 고통을 생각하면.. 저로서는 유린 당하느니 살해당하는 게 낫다고 주저 없이 그 편을 선택할 건데.. 만약 제게 저를 사랑하는 가족이 있었다면.. 반려자가 있

다면.. 어떻게든 살아 있기만을 바랄 테니까.. 과장님 말씀처럼..
입장의 차이가 너무 크겠죠..

말없이 정적이 흐르고 시간은 멈춘 것만 같다. 잠시 후 이 대리
가 격하게 고개를 흔든다.
▷이대리 : 우리.. 아직 일어나지 않은 일은 땡겨오지 말고, 지금
일어난 일. 그거부터 해야죠. 저 뭐든 감사하며 할 수 있을 거
같아요!
▷최과장 : 진수가.. 현자 되려나 본데요?
▷이대리 : 시간 봐요. 오늘 다 야근해요! 은서 씨 빼고~

세 사람이 웃으며 무거운 공기를 밀어내고 두 눈과 두 손을 일
하기 위해 사용하기 시작한다.

♦ 상계동 마트

희성은 집 앞 마트에 들러서 장을 본다. 수산물 코너부터 가서
장바구니에 담기는 백합, 갈치, 해파리와 소스 그리고 핸드폰을
보면서 맛살, 오이, 당근, 양파, 팽이버섯을 담고, 마지막으로 건
미역을 넣으며 계산대로 향한다.
집에 들어와서 냉장고에 재료를 넣어 놓고, 소파에 앉아 문자를
보내고 생각에 잠긴다.
• 형수님. 내일 점심은 엄마 밥 차려주지 마요. 제가 알아서 할
게요. 답장은 생략하세요.

♦ 지나간 11 월 22 일

초등학교 때부터 중, 고등학교 시절..

급식이 없던 세대에 가장 큰 엄마의 역할은 도시락이 아니었을까.. 삼시 세끼 남자 세 명을 먹이고, 두 아들의 점심을 항상 신경 썼던 엄마.
희성은 자신의 생일날마다 소풍 가는 날보다 더 많은 음식을 만들었던 엄마의 사랑과 아빠의 눈치를 먹으며 자랐다.

▷정희성 : 엄마. 무슨 음식을 이렇게 많이 해?
▷손순미 : 생일 축하는 먹으면서 하는 거야. 희성이가 태어나서 신났던 기분이 지금은 맛있는 거 먹으면서 신나야 비슷하니까, 엄마가 기분 내려고 하는 거야.

희성이 군대에 있을 때도 엄마는 생일날 맞춰서 다녀갔다.
면회가 어려운 평일이라도 동기들과 먹으라고 푸짐한 도시락을 맡겨 놓고 갔다.
'내가 존재하는 것만으로 행복한 사람..'
그 한 명이 엄마였기에 희성은 자존감을 얻었고, 삶을 사랑했다.
그리고 내가 딸이 아니라서 불만하고, 형과 비교될 때마다 불안했던 아빠 때문에.. 자괴감을 느꼈고, 삶이 허탈했다.

● 호성의 집

저녁식사를 하고 귀가한 호성이 옷을 갈아입고 있을 때 소영이 희성의 문자를 보여준다.
호성은 고개를 끄덕이고 엄마 방으로 들어간다.
▷정호성 : 아이고 우리 엄마, 다른 나라 가 계시네. 홈쇼핑이 재밌으세요? 여행이 재밌으실 거 같으세요?
▷손순미 : 다른 나라 가 있기는? 요즘은 딸 없던 친구들도 만나기만 하면 손녀랑 어딜 간다. 어쩐다. 해서.

241

▷정호성 : 우리 엄마는 손녀도 없으시네.... 죄송해요.

▷손순미 : 왜 죄송해? 내 니 아버지한테 딸 못 낳은 걸로 하도 구박받아서, 에미가 딸 낳으면 좋겠다는 맘보다 나만 더 눈치 뵈겠다. 생각이 들곤 했었는데.. 그게 이제 와서 미안하지. 한참 어른이 돼서도 수준이 어쩜 그랬나 싶고..

▷정호성 : 안 그래요. 영주 엄마는 엄마가 아버지처럼 딸 못 낳았다고 아쉬운 말씀 한번 안 하셔서 그것만으로 위로가 됐대요.

▷손순미 : 그렇게 생각해 주는 에미가 착한 거다. 날짜가 이제 다 돼가네..

▷정호성 : 영주 시험이요?

▷손순미 : 응? 응..

▷정호성 : 엄마, 내일 점심은 약속 없으시죠?

▷손순미 : 없지. 왜?

▷정호성 : 혹시 어디 나가시면 날이 추워져서 제 차라도 놓고 가려고요. 착한 기사도 있겠다.

▷손순미 : 에미가 하는 일이 얼마나 많은데, 아서라. 어이 씻고 쉬어. 애들 방도 가봐야지.

▷정호성 : 엄마도 편히 주무세요.

호성이 밝게 웃으며 인사하고 나가자 순미는 생각에 잠긴다.

▷손순미 : 희성아. 생일날 올 거지?

▷정희성 : 나 그날 일 많아서 안돼.

▷손순미 : 그럼 이번 일요일에 다녀가.

▷정희성 : 그날은 쉬는 날이지.   엄마, 다른 거 해줘.

▷손순미 : 뭐? 뭐해줄까?

▷정희성 : 나는 제일 받고 싶은 선물이 엄마 쉬는 거. 이제 좀 쉬세요. 아빠랑 외식하고 그렇게 보내. 그날만큼은.

순미의 마음속에서 희성이는 아빠 때문에 늘 아이 같기만 했고, 그래서 눈 밖에서 보는 희성이가 제 아빠보다 어른 같은 모습일 때는 마음이 아프기만 했다.

'지금은.. 제 나이로 살고 있을까..'

♦ 자연건축사사무소

6시가 되자 들어가는 은서에게 세 사람이 목례로 인사를 한다.

▷이대리 : 역시.. 아프면 성숙해지나? 아니, 성숙의 문제는 아닌가. 은서 씨요. 약간 변한 거 같아서..

▷최기훈 : 한 달이 넘어가니까 우리도 적응하고, 은서 씨도 적응하고 그런 거 아닐까? 이 형이 적응하면 다 괜찮다 안 하디?

▷이진수 : 예예. 작은 형 말대로 성사!! 축하 파티는 언제? 지금 해요? 은서 씨 가자마자 하려니 좀 맘에 걸리는데.. 되도록 일찍 먹어야 살도 덜 간단니까. 할 수 없이..

▷박민영 : 할 수 없을 거 뭐 있어?   먹지 말자. 그리고 진수랑 기훈이는 들어가.   어차피 내가 뭘 해야 두 사람도 맞춰가잖아. 나 지금은 속도 내기가 좀 부담스럽다. 차라리 아침에 일찍 오든가 해줬으면 좋겠는데..

▷최기훈 : 진수만요. 전 와이프랑 같이 퇴근하면 아직 한 시간은 여유 있어요.

▷이진수 : 에, 왜 저만? 저야말로 집에 가도 아직 혼잡니다.

▷박민영 : 거봐. 그니까 둘이 손잡고 들어가. 오늘은 큰 형 대우 좀 받자.

기훈과 진수는 망설이다가 주섬주섬 정리를 하고, 퇴근 준비를 한다.

243

▷이진수 : 내일 7시.. 반? 저, 그 시간에 도전해 봅니다.
▷최기훈 : 저도 8시 안으로 올게요.
▷박민영 : 자연스럽게 눈 떠지면 일찍 오는 거지. 절대적이지도 않은 건 애쓰지 말자.

민영이 탕비실로 들어가며 두 사람의 주춤거리는 발걸음을 밀어주고, 세 사람은 웃으면서 인사한다. 민영은 습관적으로 커피를 타려다가 메밀차를 텀블러 가득 우려낸다.
'메밀.. 메밀 꽃.. 한 송이로 주목받지는 못하지만 밭 가득하게 메밀 꽃이 피어나면.... 은서 씨가 웃을 때 같겠다.'
민영은 다시 은서를 생각하는 자신을 가만히 들여다본다.
'좋아하자. 은서 씨를 좋아하는 나를 좋아하자.. 나부터 좋아하자..'

밖으로 나온 기훈과 진수는 민영에게 저녁으로 요기할 거라도 사다 주자고 얘기하며 걸어가다가 멀리 분식집에서 은서가 포장된 음식을 가지고 나오는 걸 본다.
그 순간 둘은 약속한 듯이 돌아서서 전철역으로 걸어간다.
사무실 문이 열리는 소리가 들리자 민영이 탕비실에서 나오며 말한다.
"왜 다시 와."
그런데 은서가 서 있다.
"어.. 아. 은서 씨.."
은서의 양손에 들린 봉투를 보면서 민영이 다가가 받아서 탁자 위에 올린다.
▷박민영 : 우리 야근한다고 먹을 거 사 오셨어요? 제가 둘은 먼저 보냈는데, 죄송해요.

▷이은서 : 그럼 저도 죄송해야 해요? 모르면서 사 온 거.

▷박민영 : 아, 아뇨아뇨. 고마워요. 제가 잘 먹을게요. 그런데요 앞에도 음식점 많은데 멀리까지 가셨나 봐요.

▷이은서 : 프랜차이즈.. 안 좋아서..   제가 모순이 많아요.

▷박민영 : 저도.. 많아요. 제가 더 많을걸요. 저 지금 먹어도 되죠? 뭐 사 오셨나, 궁금하네요.

▷이은서 : 편하게 드세요. 저는 그만 가 볼게요.

▷박민영 : 저는 계셔도 편한데..

▷이은서 : 혼밥 하는 거.. 구경 당하면 불편하실걸요?

▷박민영 : 저는 괜찮아요. 누가 보고만 있어도.. 혼자 먹는 거 같지 않을 거 같은데.. 얘기도 할 수 있는 상대라면 더 그렇고요.

민영의 말을 듣는 은서는 설이가 생각난다.

'설아. 언니 왔어.   설아. 미안해.. 요즘 언니만 먹고 싶은 거 자주 먹네..'

은서는 망설이는 마음을 가라앉히려 몸을 낮추며 의자에 앉는다.

▷이은서 : 식사하세요. 저는 집에 가서 먹을게요. 저도 집에 가면 혼자가 아니라서..

▷박민영 : 그 아이.. 이름이 뭐예요?

▷이은서 : 설. 이예요.. 처음에는 평범하게 지은 건데.. 지금은 너무 특별한 이름이 됐지만..

▷박민영 : 설이..

민영은 포장된 음식을 꺼내면서 다 분식류라서 쑥스럽게 웃으며 말한다.

"탕비실에서 덜어 먹을 접시 좀 갖고 올게요."
그리고 메밀차를 한 잔 더 만들어서 접시와 같이 갖고 나온다.
"마시기 전부터 향기만 맡아도 좋더라구요. 손도 따듯하게 할 수 있고.."

민영이 내려놓는 머그컵을 두 손으로 감싸며 은서가 옅게 미소 짓는다. 민영도 큰 접시에 김밥, 떡볶이, 튀김들을 골고루 덜어내고 미소 띤 얼굴로 천천히 먹으며 조심스럽게 얘기를 꺼낸다.
▷박민영 : 저희 사실 처음에는 은서 씨 많이 어려웠는데..
▷이은서 : 제 목표여서 그래요. 누구에게나 불편한 사람 되는 거.
▷박민영 : 그럼.. 지금도 그런 목표가 있어요..?
▷이은서 : 늘.. 없지는 않죠. 그래도 기한과 관계를 설정하니까 다른 목표도 생겨서요..   저는.. 제가 남자였으면 좋았을 텐데.. 그 생각을 많이 했었어요. 그랬으면 평범했을 거 같아서, 가족도 있고, 좋은 친구도 있었을 거 같아서..   지금은.. 좋은 동료였다는 기억은 남기고 싶어서요. 제 마음만 바꾸면 가능한 일인데.. 나중에 후회하고 미안한 건 이미 겪어봐서요.
▷박민영 : 그 마음.. 저도 배워야겠네요..   오늘 은서 씨랑 대화하면서 어떻게 그런 생각을 할 수 있는지 궁금했어요. 감옥 얘기가 나와서 떠오르는 영화도 많았어요. 쇼생크 탈출은 너무 유명하고, 일급살인은 실화 바탕이고.. 그리고 한국 영화 중에서 인디안 썸머라고 그 영화가 전 굉장히 인상적이었어서 생각나요. 은서 씨도 쇼생크 탈출은 봤죠?
▷이은서 : 하모니랑 슬기로운 감방생활, 그린마일, 언포기버블, 감옥을 주제로 한 영화나 드라마는 거의 다 봤어요.
▷박민영 : 인디안 썸머도요? 그 영화 본 사람 많이 못 봤는데..

▷이은서 : 제가 언제든 갈 수 있는 곳이라고 생각해서. 그래서 관심이 많았어요. 쇼생크 탈출의 대사는.. 가장 화가 나면서도 가슴 아프게 맺혀 버렸고요. 그 아이는 오래전에 사라져 버렸고, 대신 이 늙은이만 남았다..

▷박민영 : 모건 프리먼.. 레드가 가석방될 때 했던 말.. 맞죠?

▷이은서 : 네.. 소장님은 왜 인디안 썸머가 인상적이셨어요?

▷박민영 : 그렇게 남편에게서 벗어나고 싶어 했던 여자가 남편이 자살하자 막상 어디로 가야 할지를 모르고, 무죄인데도 살인으로 의심받는 상황에서 국선 변호를 맡은 남자와 진정한 사랑을 하게 되면서도 결국은 그 사람을 위해 감정을 밀어내고, 사형 판결을 자청하던 심정이.. 마지막에 웃으면서 바라보던 그 모습이.. 너무 가슴 아프게 전해져요. 남자가 혼자 남아 저 슬픔을 어떻게 견딜까 싶었어요..

▷이은서 : 그 여자는 아마도 그런 사람, 그런 행복이.. 자신에게 가당치 않다고 생각했을 거예요. 쇼생크에서도.. 브룩스 워즈 히어라고 남기신 그 할아버지도 가석방되고 사회와 자유에 적응치 못하고, 스스로 가시고 말았죠.. 만약 사랑하는 누군가.. 무엇이라도 곁에 있었다면 견디셨을 텐데.. 감옥에서 키웠던 새가 찾아오길 그리워하면서도.. 한편으로는 그 아이에겐 새로운 친구들이 생겼을 거라고, 당신 없이도 잘 지내기를 바라셨으니까요..

▷박민영 : 사랑하는 존재가 있다는 것만큼 큰 의지가 없어서.. 그 존재를 잃을 때의 상실감도 그렇겠죠..

▷이은서 : 저는.. 누군가를 한 번이라도 사랑해 봤다면 그게 진짜라면 다른 대상도 사랑할 수 있다고 생각해요. 자식을 사랑해 본 사람은 남이여도 비슷한 조건이면 자식 같아서.. 라는 생각을 하는 거처럼요. 만약 내가 지금 당장 사랑하는 사람의 이익만 늘 최우선으로 한다면.. 셀 수도 없는 님비가 생겨날 거예요.

▷박민영 : 은서 씨가 생각하는 사랑은... 아가페겠네요.

▷이은서 : 그래서 제가 모순이에요. 저는 한 번도 못 해봤고.. 안 할 건데.. 남들이 사랑하는 걸 보면서는.. 저렇게 누군가를 사랑할 수 있는 능력으로 더 많은 사람을 사랑하면 좋겠다고 생각하니까요.

▷박민영 : 그래도 남자, 여자로서의 사랑은 1 대 1 이잖아요..

▷이은서 : 어떤 관계의 사랑도.. 소유욕이 커지면 문제가 생기긴 마찬가지인데.. 남녀가 유독 심하겠죠. 사랑하는 동안 이야 1 대 1 인게 바람직하지만, 헤어진 다음에는.. 적어도 다시 사랑할 수 있었으면 좋겠어요. 지나간 사랑 때문에 다른 사람 만날 수 없는 경우는.. 저는 정말 원치 않아서요. 저를 사랑한 사람이 저를 잃고 더 이상 사랑하지 못하고 살아간다면.. 처음부터 그 사람의 사랑이 되지 않는 걸 선택하고 싶을 거예요.

▷박민영 : 은서 씨는 결혼은 해봤는데.. 사랑을 못 해봤다는 거죠.. 제가 맞게 이해한 거예요?

▷이은서 : 친구였어요. 초등학교 때.. 전 그 친구에게 사랑을 받기만 했어요. 지금의 제가 주지는 못하니까, 이미 오래전에 사라져 버린 아이만 붙잡고 살게 했어요.. 그렇게 전 기회와 시간을 얻었고, 그 친구는 둘 다 잃었어요.

▷박민영 : 미안해요..?

▷이은서 : 아니요.. 미안해하지 않으려고요. 부모님을 사고로 잃었던 친구에게 항상 들었던 말이 배워졌나 봐요. 생사는 운명이라고.. 그래서 지금은 고마운 마음만 전해요..

▷박민영 : 은서 씨는 겪어본 일이 다양해서.. 생각이 깊어졌나 봐요..

▷이은서 : 이 대리님이 한 말이 맞는데.. 독한 거예요. 생각이 깊으면 주저하고 못 해야 하는데.. 저는 무슨 짓이든 망설임 없

이 실행할 수 있고 후회하지 않아요. 그리고.. 누구에게도 용서는 받고 싶지 않고요.

▷박민영 : 그럼.. 용서를 하는 건요..?

▷이은서 : 제 용서는.. 의학기술이 발달해서 기억을 삭제할 수 있거나 치매에 걸린다면 그때야 비로소 가능할 거 같아요. 지금은 매일 매 순간 상대가 떠오를 때마다 마음속에서 살해하는 살인마예요. 그래서 오히려 한 번 죽이는 것과 맞바꿀 수 있었을지도 모르겠지만요.

▷박민영 : 무섭지는 않았어요..?

▷이은서 : 누가요? 제가 제일 무서워요 전.. 누군가 저를 무서워하지 않도록 아무 말도 할 수 없었으면 좋겠는데.. 좋은 동료가 되어 보려고.. 그 과정이 많이.. 어렵긴 하네요. 그래도 상대가 저를 그렇게 기억하길 바라는 게 아니라.. 제가 스스로 후회하지 않도록 하는 거, 그 이기에 방향을 맞춰서요.   그럼 전.. 이만 들어갈게요. 내일 뵙겠습니다.

은서가 인사하고 문을 나서자 목례를 한 민영도 탁자를 정리하고 자리로 돌아온다.

'이미 오래전에 사라져 버린 아이. 매일 매 순간 과거가 사라지길 바라며 사는 아이.. 그 고통이 누구에게도 번지지 않기를 바라는 아이..'

두 손으로 얼굴을 감싼 민영은 입술을 굳게 닫으며 다짐한다.

'내가.. 남은 기한과 동료라는 관계에서 그 아이에게 전해줄 수 있는 건.. 웃는 기억뿐..'

(28) 각성

출근 준비를 마친 호성은 소영에게 자동차 키를 맡기며 말한다.
▷정호성 : 나 오늘은 외근 없어. 희성이가 엄마랑 어디 갈런지 모르니까 이따 필요할 수도 있잖아. 다녀올게.
▷강소영 : 내가 다 설레어요. 도련님이 드디어.
▷정호성 : 요즘 주변에 그런 사람 늘어나네. 언제 내 차례도 오겠어. 간다.

호성은 전화도 할 겸 모처럼 사무실까지 걸어가기로 한다.
▷정희성 : 말해.
▷정호성 : 오늘 차 필요할까 봐 키 놓고 왔다.
▷정희성 : 왜?
▷정호성 : 엄마 모시고 가려면 차가 편하잖아.
▷정희성 : 엄마, 그새 그렇게 늙었어? 아님 너무 편히 살아?
▷정호성 : 둘 다 아냐.
▷정희성 : 그럼 됐네. 내가 오늘은 한가하질 않아서 끊어주지 좀?

전화를 끊는 호성의 실없는 웃음 안에 고마움이 뒤섞인다.
'얄밉게 살기로 작정한 놈. 그래서 적당히 걱정하고, 적당히 사랑하라고 조절하는 놈..'

회사에 가까워지자 주변을 둘러보니 멀지 않은 곳에 포차가 보인다. 호성은 차가워진 손을 녹일 간식을 사기 위해 그리로 걸어간다. 계란빵, 붕어빵을 5개씩 담은 봉투를 들고 사무실로 기분 좋게 들어간다.

"먹고 일 시작하.. 자고 할 분위기가 아니네?"

정 사장의 말을 듣자 다들 하던 일을 멈추고 일어나 인사하며 기분 좋은 모습이다.

▷정사장 : 일이 많은 거야? 어려운 거야?

▷이대리 : 일이 좋은 거예요!

▷정사장 : 이 대리, 누가 개조 했어?

▷최과장 : 잠시 현자 타임이에요.

▷정사장 : 그래? 그럼 잠시 간식 타임도 갖자.

사장실에서 다 같이 마주 보고 앉았다.

"식구면 같이 먹고, 나눠 먹고, 암튼 먹기만 해도 식구라니까 얼마나 쉬워? 이왕 따뜻할 때 먹자."

붕어빵과 계란빵을 하나씩 먹으며 얘기를 한다.

▷이대리 : 춥고 더워야 제맛인 간식들 좋아하면서 겨울이랑 여름을 싫다고 하면 안 되는데 말이죠.

▷최과장 : 더구나 요즘은 살기 위해 먹는 시대가 아니라, 먹기 위해 사는 시대잖아요.

▷정사장 : 그래서 고민인 게.. 스마트 백화점 내 푸드 코너, 어떻게 생각해?

▷이대리 : 다들 한 층은 식당가인 게 대세 아니에요?

▷정사장 : 그렇긴 하지. 만, 기존의 틀에서 벗어난 방식의 백화점이라서.

251

▷이은서 : 쇼핑몰 내 푸드 코너는 전부 체인점이 들어오잖아요. 구매 고객들의 편의와 직원들의 식사를 위해서 식당이 없을 수는 없는데.. 이미 백화점 주변으로도 수많은 음식점들이 있으니까. 직원식당 개념으로 운영하되 고객들도 이용 가능하도록.. 그 정도로 축소할 수는 없을까요?

▷정사장 : 그럴 수 있죠. 주변 식당가와 상생으로 가는 거, 좋은 방향이에요.   어제 올해 말까지 폐업 정리하기로는 결정 났고, 우린 내년 1월 초부터 공사 들어갈 수 있게 준비해야 하니까. 일이 좋다는 설레는 마음으로 재밌게 해봅시다.

▷이대리 : 사장님.. 혹시, 일 추가도 가능한 상황입니까?

▷정사장 : 무슨 일이냐에 따라서?

▷이대리 : 실은.. 제 신혼집이 두 채가 되어서 증축 및 개보수 의뢰하려고 하는데..

▷정사장 : 그건 아니지.   일이 아니고 부조인데? 안 그래도 난 진수 결혼식에 축의금 내기 싫었는데 다들 어땠어?

▷박소장 : 저도요.

▷최과장 : 전, 거들 뿐인 왼손입니다.

▷이대리 : 저.. 싸나이라 안 울어요. 안 울 거예요.

▷정사장 : 뭐래? 싸나이는 안 우는 게 아니고, 울리지 않는 거야. 더구나 가장은 가족들이 흘릴 눈물을 대신 가져오는 자리라고. 아내 손에 물 한 방울 안 묻히게 할 거라는 생각 말고, 눈물 한 방울도 주의 깊게 살펴보는 남편이 되는 거. 그게 진수 너만이 지을 수 있는 진짜 집이지.

♦ 호성의 집

소영은 집안일을 하면서 계속 시계를 본다. 핸드폰도 몇 번 보고..

'어머님은 베란다에서 화분들을 돌보시지만.. 곧 점심 준비할 시간인데 어떡하지.. 도련님께 문자를 해볼까..?'

그때 현관문에서 노크 소리가 들린 거 같다. 한 번 더 노크 소리가 들리자 소영이 인터폰으로 화면을 확인하니 희성이 있다. 조용히 문을 열자 희성도 (쉿.) 제스처를 보이며 들어온다. 소영이 어머님은 베란다에 있다고 가리키자 희성은 가까이 가서 유리 문을 똑똑 두드리고 뒤돌아선다.
순미는 돌아보았다가 너무 놀라 말문이 막혔고, 영주 에미가 웃으면서 보고 있는 모습에 마음을 진정시키고 밖으로 나왔다.
▷손순미 : 희성아.
▷정희성 : 나, 엄마 놀라고 우는 건 안 보고 싶어서.   1층에 먼저 내려가 있을게. 내려와요.

희성이 나가자 순미도 눈물을 쏟아내고 소영은 어머님을 안아드린다.
'주영이가.. 그랬다면.. 주영이를 이렇게 못 봤다면..'

♠ 희성의 집

순미는 희성이와 전철로 겨우 열 정거장도 안되는 거리가 해외보다 멀었던 지난 1년 남짓 한 시간이 10년도 더 된 것만 같았다. 그런데 오늘 아들을 보니 어제 보고 오늘 다시 보는 것만 같다. 집안에 들어서자 음식 냄새가 맡아진다.
▷손순미 : 희성아.. 무슨 냄새야? 뭐 만들었어? 네가 뭘 했어?
▷정희성 : 대충 먹을만 하긴 할 거야. 엄만 그럼 내가 1년 넘게 숨만 쉬고 사는 것도 아닌데, 할 줄 아는 거 늘지 안 늘어?

순미는 희성이 웃으며 말하는 걸 보니 저절로 웃음이 번진다.
희성이 빼 주는 식탁 의자에 앉자, 옷을 벗어 두고 앞치마를 두른 희성이 국을 데우고 구워 둔 갈치를 레인지에 돌리며, 예쁘게 색깔별로 담은 해파리냉채를 냉장고에서 꺼내 온다.
잠시 후 차려진 식탁에는 백합 조개를 넣고 끓인 미역국과 갈치구이, 해파리냉채가 놓여있다. 순미는 자기가 좋아하는 음식들로만 차려진 밥상을 보고 웃으며 안으로는 눈물을 삼킨다.
▷정희성 : 물을 마셔 엄마. 짠 물 삼키지 말고, 너무 좋아하면 또 할 맘이 안 난다고. 그냥저냥 먹을 만은 하겠네. 그래야지.
▷손순미 : 알겠어.
▷정희성 : 엄마가 차려준 밥상이 몇 번이야 대체.   한 번으로 다 갚아진 거처럼 그러지 말고요.

순미는 고개를 끄덕이며 희성이와 식사를 시작한다. 연신 좋아서 웃는 엄마를 보는 희성이도 웃음이 마음속까지 번져간다.
'엄마 때문에 그렇게 살기도 했고, 엄마 덕분에 그만큼 살기도 했지. 내가 아빠 눈에 거슬리게 살면, 엄마가 시달릴 걸 아니까. 그동안 억지로 웃던 게 저절로 되겠다. 이젠..'

평범한 이들에게 서로가 더 특별해지는 경험과 시간이 찾아오며 다가오는 겨울이 처음인 거처럼 새삼스럽고 새로워진다.

♦ 면목동 미용실

호성은 곧 수능을 앞둔 영주와 머리 손질을 할 겸 미용실에 와 있다. 보통 틈만 나면 핸드폰을 하는 아들에게 말이라도 붙여볼 궁리를 하고 있는데 영주가 대기하며 한 남성 디자이너를 유심히 보고 있는 걸 알아챈 호성도 그런 영주의 모습을 주시한다. 미용실을 나서며 호성은 곧장 집으로 걸어가지 않고 주변을 둘러본다.

"영주야. 골라. 어디든 들렀다 가자."

영주는 아빠의 뜬금없는 행동에 익숙한 듯 성의 없이 커피숍을 가리킨다. 영주가 망설임 없이 카페라떼를 선택하자 호성도 같은 걸로 두 잔 주문한다.

'우유만 먹던 아이가 이제는 커피도 마시게 되고, 라떼라니.. 그래도 아직은 그 중간인가? 하긴 나는 어중간 아닌가.'

▷정호성 : 영주야. 넌 언제쯤부터 내가 어리지 않다고 생각했어? 아빠는 단계가 없는 건지. 사실 내가 어리다고 느끼며 산 적은 없었다. 지금에 와서야 그땐 어렸지. 생각하게 되는 비교형 말고,

▷정영주 : 무슨 말씀 하시려고요?

▷정호성 : 아빠는 장남으로서의 요구를 많이 듣고 자랐지만, 영주에게는 그렇게 안 하려고 노력했어도.. 할아버지나 할머니에게 영향받은 거, 그리고 엄마, 아빠가 네게 전혀 부담을 안 줬다고는 우리가 판단할 수가 없는 거라서.

▷정영주 : 괜찮아요. 크게 힘든 거 없었는데요.

▷정호성 : 수능. 중요한 타이밍이지? 그런데.. 가고 싶은 대학을 정한 거야? 하고 싶은 일이 있는 거야? 어떤 일이든 내가 잘할지 못할지는 해보기 전에 모르는 거지. 그럴 땐 자꾸 호기심이 생기고 관심이 가는 일이 이정표처럼 방향을 알려줄 수도 있거든. 그 사인을 너는 놓치지 마.

▷정영주 : 아빠랑 엄마.. 삼촌도 원하는 대학에 가려고 간 거 아니에요?

▷정호성 : 좋은 대학? 더 이름있는 대학? 남들의 가치대로 살면 남 좋은 일이지. 그게 자기에게도 좋은 일이 되려면 마음속을 허영과 허세로 채우면 가능할 거고, 그런데 허상은 결국 사라져. 그걸 깨달았을 땐 다른 걸 시작하기가 늦었다고 또 어영부영 살게 되고..

▷정영주 : 제가 하고 싶은 일을.. 가족들도 지지하지 않을 수 있잖아요..?

▷정호성 : 만약 그런다면 그건 가족이 문제지. 네 문제가 아니야. 그리고 모든 직업은 이윤을 추구하면서도 서로 돕고 도움받는 관계에 있는데 선호도에 따라 가치를 정하는 건 그러고 싶은 사람들이 그러면 돼. 덩달아 그럴 거까진 없지 않겠어?

▷정영주 : 제가 배워보고 해보는 도중에 후회하면요?

▷정호성 : 그때 다시 배워보고 해볼 거 찾으면 되지. 한 번에 적성 맞추고, 한 번에 결혼할 인연 만나고.. 그러면 너무 쉽고 편할 거 같지만, 삶은 행복을 추구할 권리를 법으로 부여받을 정도로 의무로 해야만 하는 일에도 파묻히기 십상이거든.

▷정영주 : 아빠는.. 행복하세요?

▷정호성 : 계속 다른 이유로 이어지는 행복을 찾아내고 있지? 그리고 영주가 하고 싶은 일을 하는 게 아빠의 행복의 이유가 될 것은 약속할 수 있고.   영주야, 직업의 귀천 있니?

▷정영주 : 아뇨..

▷정호성 : 아냐. 직업의 귀천 있어.   내가.. 귀하게 여기며 일하면 귀하고, 천하게 여기며 하면 천하다.

▷정영주 : 만약.. 저는 그런 마음으로 하는데.. 무시하는 사람들을 만나면요?

▷정호성 : 희성 삼촌이면 그 무시를 무시하면 되지! 라고 했을 건데 그건 그게 잘 되는 속 편한 놈 얘기고,   진짜는.. 네

마음속에 일어난 감정으로 상대를 못 박지 않는 거, 그리고 그 감정을 다른 사람에게 전염시키지 않는 거. 그걸 배우고 연습하는 게 인생이란 공부라서 아빠도 아직 하고 있는 학생이라 어려워. 그래도 최고의 정답은 알았지. 자신이 귀하게 여기며 하는 일을 가장 가치 있게 만드는 방법은, 내가 이 일을 할 수 있어서 행복하다는 게 상대에게도 결국 전달되는 거라는걸..

호성은 영주에게 말하며 자신에게도 말한다.
'아빠도 그래서.. 이 나이에도 다른 걸 배워 보고 싶고, 하는 일을 바꾸고 싶은걸..'

● 자연건축사사무소

민영은 주말 동안 사무실에 나와 있다. 진수에게 받은 실측 사이즈와 밑그림을 토대로 설계 도면을 만들고, 사진을 바탕으로 부모님 두 분과 신혼부부, 그리고 아기들을 위한 공간을 안팎으로 구상해보고 있다. 일에 집중하다 보니 뒤늦게 허기를 느끼고 시계를 본다. 2시 반이 막 넘어가는 시간, 민영은 옷을 챙겨 입고 나와서 망설임 없이 어제처럼 형제 기사식당으로 향한다.

● 은서의 집

은서는 금요일부터 이틀간 약을 먹지 않아서 잠을 거의 이루지 못한 상태로 누워만 있다.
잠을 못 잘수록 머리는 맑아지고, 신체는 활동력이 높아지는 상태가 되어버리는 은서의 각성 증상은 호르몬 장애로 평생 치료가 불가능할 확률이 높다고 들었다. 그래도 스물두 살에 처음 불면증을 겪으면서 잠을 이루기 위한 약을 찾아가며 병명도 알고 원인과 대처 방법도 알았기에 그나마 자신을 다스리며 살아올 수 있었다.

'어차피 병이란 게 외부에서 약으로 수술로 치료해 줄 수 있다고 한들.. 내부에서 치유가 이루어지지 않는다면.. 아무 의미가 없으니까..'

그동안은 낮에는 무슨 일이든 하고, 밤에는 잠이 들기만을 기다리며 살아왔다. 그래서 매일 약이 필요했고, 약을 먹으면 저절로 생각이 느려지고 몸이 무거워지며 꿈도 꾸지 않는 깊은 잠을 이룰 수 있었다. 그렇지만 이제 14년 전에 일시정지했었던 계획을.. 다른 목적으로 진행하려면.. 약을 의지하지 않는 훈련이 필요하다.

'내가 갈 곳에서는 약을 구할 수 없으니까.. 약을 먹지 않고, 이 불편함을 견디는 연습이 필요해..'

눈만 감고 있어도 수면효과가 있다는 의학 지식을 생각하면서 그렇게 은서는 40시간 가까이 잠을 자고 있기도 하고 못 자고 있기도 하다.

◆ 이혼서류가 등기로 도착한 날

연주는 고3의 겨울방학이 시작되기 전 학교의 알선으로 취업을 나갔다. 사무직을 추천하는 담임 선생님께 연주는 몸을 움직여서 일할 수 있는 직장을 원한다고 부탁드렸다. 그래서 몇 군데 회사 중 소규모의 지역 농산물 반찬제조 공장을 선택하고 곧바로 일을 시작했다. 첫 월급을 받을 즈음.. 엄마에게 전화가 왔을 때 연주는 이번이 마지막 통화겠다는 예감을 했고, 며칠이 지나지 않아 퇴근을 하고 돌아온 집에는 아빠가 등기 서류를 밥상 위에 올려

두고 생 소주를 세 병째 마시고 있었다. 연주는 인사를 하고 조용히 방으로 들어갔다.

이혼서류를 본 태범의 머릿속은 지난번 만나고 온 친구들의 비웃음으로 가득해졌다. 토요일 점심부터 밥과 술을 거나하게 먹고 2차로 유흥업소를 가겠다는 태범을 말리는 친구와 부추기던 친구 둘.. 종현이 엄마가 10년째 혼자서 돈 벌며 고생하는데 그 돈을 이렇게 쓰는 거 아니라던 친구 놈과 여편네가 굳이 일을 먼 타지로 가서 하는 건 이미 몸도 마음도 같이 뜬 거라며 그 돈은 다른 여자로 대체라도 하라고 양심상 보낸 거라고 말하는 두 친구 하고 함께 발길을 옮겼었다. 그리고 세 사람의 화대를 태범이 기꺼이 지불했다.

'그런데 이제는 돈마저 끊고.. 서류까지 정리하겠다..? 이 년이!!'
속에서 천 불이 올라와 차가운 술로 식히면서 대전의 횟집으로 당장 쫓아가 난장판을 만들고 싶지만, 그럴 돈이 없다.

'앞으로는 딸 년이 벌어오는 돈에 기대서 살아봐라? 이거지?'
태범은 세 병을 다 마시자 자리에서 일어나지도 못하고 그대로 옆으로 누워 버렸다.

연주는 주방에서 들린 기척 소리에 잠시 후 가만히 방문을 열었다. 아빠가 잠든 것 같은 모습에 조용히 나와 욕실로 들어가 씻고 나왔다. 그리고 저녁식사를 하려고 싱크대에서 조심스럽게 움직이는데 순간 둔탁한 소리와 함께 눈앞이 캄캄했다.

'무슨 일이지? 불이 꺼진 건가? 갑자기..'

연주의 시야가 차츰 흐릿하게 다시 보이기 시작하고, 먹먹했던 귀에도 아빠의 고함과 병이 깨지는 소리가 멀리에서 들려오는 듯하다. 동시에 얼굴로 뜨겁고 끈적하게 흘러내리던 붉은 물감..
연주는 싱크대를 짚고 있던 손에서 힘이 풀리며 바닥에 주저앉아 옆으로 쓰러졌다.

♠ 은서의 집

은서가 몸의 이상한 감각에 움찔하며 눈을 뜨니 아직도 밝기만 한 낮이다.

'잠이 들었었나? 하.. 언제.. 언제 내일이 될까.'

다시 눈을 감는 은서는 꿈처럼 현실처럼 재생되는 기억들을 결국 피하지 못하고 마주 본다.

'그날.. 아무리 생각해 봐도.. 어떻게 아프지 않았을까.. 머리에서 흘러나오는 피가 주방에 붉은 카펫을 깔아 놓는 듯이 번졌지만.. 나는 그걸 보면서도 전혀 통증을 느끼지 못했다..   그리고 욕지거리를 내뱉으며 짐승처럼 휘청거리는 아빠를 보면서.. 오빠 새끼가 보였었지..'

머리에서 빠져나온 저 붉은 물보다 그 작은 아이의 눈으로 빠져나온 투명한 물이..   아무도 알아보지 못할 무색의 그 물이 곧 생명이었다.
10년이 지나서야 뇌에서 잠근 자물쇠가 부서지며 풀린 봉인..

'그 일이 없었다면, 각성되지 않았더라면.. 또 부질없는 생각..
이미 나와는 분리되어 버린 아이.. 죽은 연주..'

은서는 마치 혈관을 타고 스멀스멀 돌아다니고 있는 저 기억들처럼 온몸속을 기어다니는 벌레를 잡을 수 없는 괴로움에 몸을 이리저리 뒤척이며 꽉 쥐어짜듯이 주무르고 때린다.

'하지 불안이라고 했지.   약.. 약이 필요해.   후... 약이라도 먹어야 어떻게든 살아갈 수 있지 않나.'

(29) 총성

은서는 벽에 기대앉아 형형한 눈빛으로 창밖을 응시하고 있다.
'누워있어도 눈을 감고 있어도 계속해서 반복 재생되고야 마는 기억의 편린들..   수없이 정지 버튼을 누르고, 전원을 뽑아버리며, 제발 망가지라고 던져 버려봤지만..   기어이 모든 세포마다 달라붙어 나의 존재함을 숙주로 삼은 괴물.'

은서는 당장 저 창밖으로 나갈 듯 일어나서 현관까지 한걸음에 다다랐으나, 설이 사진을 보고 우뚝 멈춰 선다.
'그날, 내 목숨이 끊어졌다면.. 병원으로 옮겨지지 않았더라면..'

◆ 원주 세브란스 기독병원

응급 수술을 받고 눈을 뜬 연주는 다른 사람이었다. 주눅 든 표정도, 무거운 눈빛도, 늘 조심스럽던 마음도.. 지난 연주는 가슴 속 분노의 화장터에서 살라지며 사라지고 잿빛의 흉터만이 잔인하게 남겨졌다.
밤 11시 53분.. 다른 연주는 집으로 전화를 했다. 두 번째, 그리고 세 번째 전화를 했을 때 바로 받은 아빠에게 통보했다.
"나야. 미안하다는 소리는 필요 없어. 퇴원할 때까지 일 구해."

그 말만 하고 전화를 끊은 연주는 병실로 돌아와 침대에 기댄다.

봉인되어 있던 그날의 기억이 선명하게 되살아나며 더불어 흑백의 조각들이 떠오른다.

'저 아이가 고작 네 다섯 살일까?'

욕실에서 연주를 내려다보고 있는 네 명의 남자아이들. 그 옆에서 웃고 있는 오빠 새끼.

"연주야. 넌 쉬야가 어디서 나와? 오빠들 학교 숙제인데, 도와줄 거지?"

외할머니의 집. 동네 아이들과 숨바꼭질을 한다고 연주를 다락방으로 끌고 가 이불 속으로 들어오라고 손짓하던 모습. 그 이불 속에서 바지를 벗은 하체 아래 연주의 얼굴을 숨기고 두 발로 꽉 조이며 "우리 들키면 술래야. 쉿!" 속삭이던 소리..

학교 구경을 시켜준다며 작은 손을 붙잡고 걸어가서 도착한 조용한 건물 안에서 연주를 내려다보던 몇 명의 남자아이들.. 하나둘씩 옷을 벗던 모습.. 그 후에는...   기억이 나지 않는다.

'다행인가? 그런데.. 그때, 그곳에서.. 무슨 일이 벌어졌을지.. 이제.. 이제서야 알 수 있겠으니까.'

다른 연주는 커튼막으로 가린 공간 속에서 소리를 내지도 못하고 짐승처럼 울부짖었다. 저 몇 조각의 편린들은 심장과 머릿속을 수없이 난도질하다 멈췄다. 그러면 세포들은 부지런히 상처를 복구하고 기능을 회복시켜 다른 연주가 죽지 않도록 치료해냈다.

초등학교 3학년 즈음부터.. 연주의 무덤덤한 얼굴만 봐도 짜증스러워 하던 오빠의 그 표정..

"야. 진상. 얼굴 좀 펴자? 재수 없게"
연주는 더 주눅이 들어서 서둘러 그 시선을 벗어났다.
방에서 책을 읽으며 다른 세상에 있는 듯할 때도 오빠는 그 세상에서 연주를 끄집어내서 눈 앞으로 데려다 놨다.
"공부 좀 한다 이거냐? 니가 오빠는 눈에 뵈지도 않지?"
발에 치인 책을 가지러 가면 연주도 그 발에 치여서 책처럼 나뒹굴었다.

거울을 보는 게 싫었던.. 책에서도 감정만은 배울 수가 없었던.. 드라마도 영화도 중간에 꺼버리기 일쑤였던.. 성에 관한 모든 것이 거북했던.. 그 무의식이 바로 이 빙산의 조각들이었다.
병원에서의 며칠.. 삶을 끝낼 수많은 생각들을 했지만 끝내 미련이 남았다.
언제든, 어떻게든, 얼마큼이든.. 반드시 그 새끼에게 고통을 돌려주겠다고. 살아있을 가치가 없는 건 나만이 아니라고, 숨을 쉴 때마다 동귀어진이라는 사자를 되새기며 연주는 사자(死者)가 되어갔다.

퇴원 후 귀가한 집에서 밝은 대낮에 어두운 두 얼굴이 마주한다.
▷이연주 : 일은?
▷이태범 : 그게.. 아빠 손이 이렇다 보니..

연주는 그 즉시 현관으로 돌아가 신발장 서랍을 열고 공구함에서 망치를 꺼내 들고 온다. 방바닥에 자기 오른손을 내려놓고 싸늘히 말한다.
▷이연주 : 내가 오른손 없이 일하러 다니면 그땐 할 말 없는 거지?

▷이태범 : 여,연주야. 너 무섭게 왜 그래?

▷이연주 : 아니면 대신 아빠 왼손 내려놔. 내가 책임지고 평생 수발 들어줄 테니까?

▷이태범 : 할게. 일 하마.. 그만 화 풀어.. 미안하다.

▷이연주 : 아빠한테는 화 안 났어. 좀 아쉽지. 죽게 됐으면 좋았을걸. 뭐 하러 병원에 옮겼을까? 그리고 이미 얘기한 거 같은데, 미안하다는 소리 다신 하지 마. 나한테는 필요 없어.   내가 필요한 건 돈이야. 그래서 이 집에서 지내긴 해야겠으니까, 적어도 알아서만 살아줘.

연주는 그 말을 끝으로 회사에 전화를 걸어 내일부터 출근할 수 있다고 연락하고 방으로 들어갔다.

태범은 천천히 일어나 외투를 입고 망치를 신발장에 넣으며 밖으로 나왔다.

♦ 3 년 후 3 월 29 일

일요일 오전 8 시쯤 전화벨이 울렸다. 대전 지역번호.. 연주가 수화기를 들고 가만히 있자 상대편도 말이 없다.

▷이연주 : 여보세요.

▷김자경 : 넌 왜 말을 안 하니? 답답하게. 혼자 있어?

▷이연주 : 네.

▷김자경 : 어디 갔대?

▷이연주 : 일 갔어요.

▷김자경 : 하. 그 인간이? 그래도 딸 년 위해서는 일을 나가나 보네.

▷이연주 : 용건이요.

▷김자경 : 너 니가 돈 벌어 산다고 어째.. 싸가지가 없어졌다? 그러니 종현이가 우리끼리만 살자고 하지.   니 오빠 곧 결혼해. 니 에비야 아들에게 여태 해준 거 하나 없으니 유일하게 해줄 거라곤 결혼식에라도 안 오는 건데, 넌 하나뿐인 오빠가 결혼하는데 와봐야 하지 않나 해서. 종현이는 계속 괜찮다는데 그래도 엄마 심정이 어디 그래. 알려는 주려고 연락했다. 올 거니?

▷이연주 : 그럼요. 일시랑 장소 알려주세요. 그리고 오빠랑 새언니 연락처도.. 아세요? 미리 축하 인사도 하고, 필요한 선물도 준비하고 싶어서요.

▷김자경 : 그래야지. 오빠 기분 잘 맞춰 주고, 경사 앞두고 말 조심하고. 종현이는 아직도 그 집구석 생각만 해도 몸서리치는 애니까. 왜 안 그렇겠어. 에미 에비 잘못 만나 그 고생만 하다 결혼을 하다니, 엄만 고마워 어쩔 줄을 모르겠다. 새언니가 서울 여자야. 너도 빠지지 않게 그날은 돈 아끼지 말고, 이쁘게 입고 오고.

엄마가 불러주는 결혼 날짜와 웨딩홀 이름과 주소, 그리고 두 사람의 핸드폰 번호까지 받아 적으며 연주의 얼굴에 기괴한 미소가 번졌다.
'4월 19일, 더 베일 웨딩홀이라..'

♦ 4월 16일

• 안녕하세요? 저 이종현 오빠 여동생인데요. 결혼식 날 뵙기 전에 인사라도 드리려고요. 그럼 혼자 계실 때 전화 부탁드려요.^^
저녁 9시 반이 되어갈 때 문자를 보낸 연주는 가만히 핸드폰을 응시하며 차갑게 웃고 있다. 역시 10여 분이 지나지 않아 벨 소리가 울리는데 그 번호다.

연주는 전화를 받자마자 다정한 목소리로 먼저 인사를 한다.
"안녕하세요, 새언니~ 지금부터 귀담아 잘 들어봐요. 내가 한 번만 말하고 싶으니까. 아니면 식장에서 전체가 다 같이 듣게 될건데, 내가 얼굴도 못 본 윤혜원 씨한테 그렇게까지 하고 싶지는 않네?"

혜원은 침대에 편안히 기대서 아가씨라고 호칭해야 할 상대에게 전화를 했다가 갑자기 바뀌는 스산한 말투와 내용에 깜짝 놀라 몸을 일으켰다.
"이종현이랑 자봤죠? 혼전순결이면 참 좋겠는데, 그 짐승새끼가 참을 수 있을 거 같진 않아서. 기술도 스태미나도 좋죠? 워낙 조기 경험이 많았으니까. 타고난 거지 싶어요? 나야 그 짐승새끼 상대로 기껏해야 아홉 살까지 5년 정도밖에 안 짓밟혔지만, 윤혜원 씨는 아무것도 모른다고 이종현 아내로 몸뚱어리 갖다 바치는 제물 되진 않았으면 좋겠는데? 그런데 혹시 이 얘기 다 알아듣고도, 사랑한다면 해요. 결혼.   식장에서 내가 두 사람 지켜보면서 혀 깨물고 참아는 봐 볼게요. 그리고 나중에 사별시켜 주는 것도 나름 흥미롭게 생각이 되어서요."

혜원은 전화가 끊어진 소리를 들으면서 자기의 머릿속의 회로도 끊어진 것만 같다.
'무슨 소리지? 내가 대체 무슨 얘기를 들은 거지?'

잠시 후 핸드폰에서 문자가 수신된 소리가 난다. 열어보니 아까 그 번호로 음성 파일이 첨부되었다. 재생해 보니 통화한 내용 그대로 흘러나오는 소리.. 다시 끝까지 들어보며 혜원은 소름이 돋고, 몸서리가 쳐졌다.

잠시 후 이종현에게도 저장되어 있지 않은 번호로 문자가 온다.
• 첨부파일 들어보고 할 말 있으면 1시간 안에 전화해. 짐승 새끼가 사람 흉내 내는 거 들어줄 기회 같은 건 다신 없어. 난 네 생식기를 인두로 지져 버리고 싶은데 먼저 혀와 두 팔과 다리를 잘라내고, 마지막으로 할 거야. 그제야 짐승 다운 소리를 들을 수 있을 테니까.

종현은 섬뜩한 문자를 읽고 인상을 쓰며 첨부파일을 들어본다.
'이 미친년이.. 설마 혜원이에게 전화를 한 건가? 안돼. 아닐 거야.'

종현은 쿵쾅거리는 심장을 가라앉히고 두 눈을 질끈 감고 전화를 한다.
"연주니..? 연주야.. 왜 그래 너.. 무슨 말도 안 되는 소리야? 아니야. 그런 일 없었어."

아무 대답이 들려오지 않자 두려워진 종현은 매달리기로 한다.
"연주야. 미안해. 진짜 미안해. 오빠도 그땐 어렸잖아. 아무것도 몰랐어. 그냥 친구들이 부추겨서 그런 거야. 아빠가 보던 거 보면서 기분이 이상해져서 따라 해보게 된 거였어. 나도 고등학생 되며 후회했어. 넌 너무 어려서 잘 기억하지 못하겠지만 나야말로 널 볼 때마다 미칠 거 같았어. 오죽했으면 너한테 화풀이를 했겠어. 그런 짓을 한 내가 미워서 그런 거야. 내가 아무렇지 않았으면 너에게 안 그랬지. 정말이야. 믿어줘. 제발.. 용서해 줘. 지금의 오빠는 그때의 어린애가 아니잖아. 너도 이런 거 누가 알면 어떻게 결혼도 하고 평범하게 살 수가 있겠니? 우리도 행복하게 살아 봐야지. 덮으면 둘 다 잘 살 수 있어. 잊자. 너도 나도 서로를 탓할 일이 아니야. 아빠 때문이라고. 엄마가 항상 우리 곁에 있을 수 있었으면, 그랬다면 우리도 그런 일 없었을 거야. 아무 일 없었을 거라고."

종현은 연주에게 어떤 대답도 없자 불안해서 미칠 거 같다. 그래서 더 다급하게 물어본다.

▷이종현 : 녹음파일. 혜원이랑 통화한 건 아니지? 보낼 거 아니지?

▷이연주 : 자백 고마워. 용서는 윤혜원 씨에게 받아봐.

▷이종현 : 뭐? 뭐라는 거야? 이 개 같은 년이!! 너 미쳤어?

▷이연주 : 개 같아서. 니가 나한테 핥게 만든 게 제법 됐잖아? 그러니까 이제는 물어뜯어도 보려고. 아무래도 토사는 실패할 거 같은데, 구팽하러 안 올래? 개 같은 내 목숨 끊어준다면야 언제든 누구든 대환영이지.

전화가 끊어진 소리를 들으며 종현도 이성이 끊어졌다. 소리를 지르며 방 안의 모든 물건을 박살 낸다.

혜원은 종현에게 전화를 해야 하나, 오길 기다려야 하나. 갈피를 잡지 못하고 방 안을 서성거리고 있다. 그때 다시 울린 문자 알림 소리.. 확인하기가 두렵다.

'그래도 결혼식이 삼 일도 안 남았는데..'

또 녹음파일.. 이번에는 종현의 목소리가 들려온다. 다 들은 혜원은 그대로 바닥에 허물어지듯 주저앉는다.

♦ PC 방

연주는 개인용 웹하드에 접속해서 두 개의 녹음 파일을 백업하고 한 번 더 중요 파일로 지정해서 비밀번호를 걸어 둔다. 그리고 핸드폰을 초기화 시키고 번호를 변경한다.

집으로 돌아와서 잠을 청하는데 잠이 오지 않는다. 꼬박 밤을 지새우고 출근을 하고 돌아온 금요일 저녁.. 그날도 잠이 오지 않아 밤새 뒤척인다.

토요일. 연주는 날이 밝기만을 기다려 외출 준비를 하고 원주 시내에 나가 결혼식 하객용 옷을 찾으러 다닌다. 누가 봐도 기억지 못할 평범한 옷을 구입하고 버스정류장으로 걸어가다 돌아선다. '이틀 동안 잠을 자지 못했으니까.. 오늘은 진짜 피곤해야 해.'

걷고 걸어서 도착한 집. 그래도 그날도 잠을 한숨도 못 잤다. 그리고 며칠 전부터 계속 오늘이 이어지고 있는 것만 같은데 분명히 4월 19일..

연주는 새벽부터 걸어서 원주 시외버스터미널로 가서 첫 차를 타고 동서울 종합 터미널에 도착한다. 전철을 타고 웨딩홀이 있는 역에 내려서 내부로 들어가 안내문에서 결혼식 예약 명단을 확인하니 이종현과 윤혜원의 이름이 없다. 데스크에 문의를 하자 갑작스럽게 취소되었다고 양해를 구한다.

돌아서는 연주의 얼굴은 자신이 오늘의 주인공이자 신부가 된 거처럼 기쁨에 겨워 조절되지 않는 웃음과 미소가 가득하다. 그렇게 종일 그 웨딩홀에서 이루어지는 결혼식마다 초청받지 않은 하객이 되어 축하를 한다.

연주는 사흘간 잠도 자지 않고, 먹지도 않고, 현실 세계에 존재는 하지만 마치 높이 올라서 모든 걸 내려보는 듯하다가 아무도 없는 나락으로 추락하게 된다.

진짜 행복한 사람들이 행사를 마치며 둘만의 여행을 떠나고, 자신들만의 집으로 돌아가자 가짜였던 연주는 자신은 갈 곳이 없음을 알았다.

무작정 걷고 걸으며 모두가 잠드는 밤이 되어도 도로 위를 달리는 많은 자동차들과 곳곳에 불이 켜진 상점들, 분주하게 일하는 사람들을 보며 연주는 편안한 생각이 들었다.

'서울은 늘 깨어 있어도 이상하지 않구나. 내가 사소해질 수 있는 곳이야.'

새벽부터 비가 내리기 시작하자 편의점에서 우산을 살까 생각하다가 이내 자조했다.

'뭐 하러.. 내가 피할 수 있는 게 얼마나 된다고.. 하늘에서 내리는 건 다 받아야지. 이쯤이야..'

연주는 하늘을 올려다보며 쏟아지는 빗방울이 문득 자신처럼 느껴졌다.

'잠시 구름이 되어 떠있었어도 결국은 본래의 모습과 자리로 돌아오는구나.'

한강을 건너는 대교를 지나가며 강을 바라본다.

'여기로 떨어지는 빗방울들은 좋겠다. 아무도 다르다고 하지 않을 테니까.. 난 어디로 가야 다르지 않을까?'

그렇게 발걸음을 정처 없이 옮기며 닿은 곳. 한 대학병원 앞에서 연주는 멈춰 섰다.

♦ 건국대학병원 신경정신과 병동

연주의 불면을 치료하기 위해 수면유도제, 항불안제, 항우울제 등의 약을 차례로 처방하고 복합적으로 복용했지만 연주가 잠드는 시간은 여전히 1시간이 되지 않았고 부작용들이 나타나 깨어 있는 시간에는 가만히 앉아 있을 수가 없는 정좌불능 증상이 두드러지게 나타난다.

▷김유진 : 환자분, 무슨 일로 불면이 나타나게 되셨는지가 치료에 중요한 방향이 될 수 있는데요.. 말씀하시기가 어려우실까요?

▷이연주 : 하고 싶지 않아요.

▷김유진 : 그럼.. 그때의 감정, 지금의 감정이 어떠신지는 표현하실 수 있으시겠어요?

▷이연주 : 없어요. 감정 같은 거. 못 느껴서.

▷김유진 : 네.. 혹시 계속 반복적으로 드는 생각이나 바람 같은 건 있으실까요?

▷이연주 : 잠드는 거 바라잖아요. (그리고 다신 깨어나지 않았으면 좋겠어요. 생각이란 걸 할 수 없도록..)

유진은 이연주 환자와 정확한 상담이 가능하지 않고, 우울 증상에 맞춰서 사용한 약들은 효과는 없이 부작용만 심해지자 전혀 다른 기전의 약을 사용하기로 생각하고 상세한 설명을 한다.

▷김유진 : 낮에는 세로토닌이라 불리는 호르몬이 밤이 되면 멜라토닌으로 전환되면서 수면을 유도하고 숙면을 할 수 있도록 해요. 그래서 그동안 환자분께 세로토닌 세포의 사멸을 늦춰주는 계통의 약을 처방해 드렸는데 효과가 없으셔서요. 우선 정좌불능의 형태도 하지 불안의 증상으로 보이셔서 이제는 도파민 호르몬에 관여하는 약을 복용해 보시도록 할게요.

▷이연주 : 책.. 있나요? 선생님이 설명하시는 내용들에 관련한 책들이요. 일반인이 읽을 수 있는 수준의 서적도 여기 병동 내 비치되어 있나요?

▷김유진 : 네. 있어요.

연주는 책으로 금방 공부가 됐고, 병동 내 생활에도 금세 적응을 했고, 다른 환자들을 집중하여 관찰하며 자신과 무엇이 다른지를 빠르게 파악해갔다.

병원에서 지낸지 2개월이 되어갈 때 병원비를 계산하며 연주는 계좌 잔액이 천만 원 이상 차이가 난다는 걸 알았다.

'역시.. 내 걱정은 하지 않는구나. 늘 눈치 보더니 눈에 안 보이니까 날 찾는 게 아니라 돈을 찾았네.'

결국 연주에게는 단 한 가지가 없었는데 그건 사랑이었다. 어떤 환자들도 자신을 사랑하는 누군가의 걱정을 받았고, 누군가를 그리워하는 사랑을 하고 있었다.

'여기에서도 나는 다르구나.'

그리고 연주가 예상했던 바대로 김유진 선생님께 병명에 대한 소견을 들었을 때는 쓴웃음이 났다.

'선천적인 경우는 잠재되어 있다가 트리거가 되는 경험으로 인해 발병된다. 자살 성공률이 매우 높아 환자들을 영어로는 생존자라 명칭 한다. 아직은 살아있어서?   게다가 미국 간호사들이 뽑은 가장 이기적인 병 1위라. 그럼 이제 그렇게 살아보지 뭐. 이기적으로 생존하다가 자살하면 되는 경로라니.. 맘에 드네.'

연주는 두 번째 퇴원을 하고, 원주로 가서 잠시 밖에서 집을 바라보다가 안으로 들어가자마자 놀라는 젊은 동양 여자를 마주쳤으나 무표정한 얼굴로 자기 방으로 갔다.

'늘 내 집이 아니긴 했지만, 저분에게는 새집인 건가.'

문을 닫고 옷을 갈아입고 가방에 꼭 필요한 것만 챙겼다.

'나머지는 전부 버릴 거.'

주방으로 나와 쓰레기봉투를 챙겨 들어가서 입고 온 하객복 부터 자신의 흔적이 있는 개인 물품은 다 쓸어 담았다. 초중고 앨범 중 자기 사진이 있는 부분만 찢어서 버리다가 가족 앨범이 떠올라서 안방에서 찾아왔다. 어린 연주가 담긴 몇 장 안되는 사진을 빼내서 보며 잠시 망설였다.
'아무것도 모르고 이렇게 웃고 있다니..'

다른 연주는 지금 자신의 찢어지는 심정처럼 그 사진들도 전부 조각조각 찢어서 봉투에 버렸다. 그리고 가방을 메고 책상 위에 메모를 남기고 나온다.
• 이태범씨. 새 출발 축하해. 그 돈은 부조해 줄게.

연주는 원주 시외버스터미널에 와서 인천행 티켓을 발행 받는다. 인천종합터미널에 내려 다시 버스를 타고 영종도로 이동해서 가장 저렴한 숙소를 찾았다.
'공항이 가까운 곳.. 이제 갈 곳만 정하면 되겠네.'
연주는 숙소 내 PC로 자신의 흔적을 지우기 위해 가입되어 있는 사이트마다 탈퇴를 하며 한 쪽지를 발견한다. 그리고 망설이다가 연락을 한다.
'내가 이 나라에 있지 않다고 전해줄 사람은 필요하니까.'

그렇게 잠깐 만난 이윤미에게 연주는 자기의 목적을 말했고, 윤미는 승우의 목적을 이뤄주었다.
'난.. 승우한테 연락 한 번만 해달라고 그 부탁하려고.. 승우는 부모님이 사고로 돌아가셔서 이제 혼자야. 그리고 초등학교 5학년 때 그 선물.. 승우가 연주 네게 줬던 거래.'

연주는 임승우의 연락처를 보며 고민을 한다. 결국 한숨을 쉬며 문자를 적는다.
'빚은 갚아야지. 정리도 해주고..'

- 이연주 : 나 이연주. 윤미 만났어.
- 임승우 : 안녕! ^^ 나도 한번 만나주면 안 될까?
- 이연주 : 어디 있는데?

다음날 연주는 승우가 일하고 있다는 영월의 은행으로 간다. 보안요원의 복장인 한 남자를 보며 생각한다.

'그냥 마주친다면 전혀 모르겠는 모습..'

그런데 승우는 연주를 알아본다.

◆ 플랫 커피숍

▷이연주 : 어떻게 알아봐?

▷임승우 : 항상 생각했으니까.

▷이연주 : 대놓고 그럴래?

▷임승우 : 한 번이자 마지막일 수 있으니까..

▷이연주 : 난 빚 갚았다. 선물 안 받았던 거.

▷임승우 : 빚은 내가 먼저 졌었어. 우리 1학년 때 네가 나 선생님이 끓여준 라면 먹고 있는데.. 문 닫아줬잖아.

▷이연주 : 내가? 왜?

▷임승우 : 기억 안 나는구나. 나 그날 울면서 지각했는데, 박은영 담임 선생님. 이름도 못 잊지. 그분이 나 아침은 먹었냐고 걱정하시면서 복도에서 라면을 끓여 주셔서 내가 또 눈물 콧물 훔치면서 먹다가.. 애들 웃는 소리가 나서 보는데 네가 살짝 열려 있던 문을 닫아주러 오고 있었어.

▷이연주 : 그래서.. 5학년 때 보답한 거야?

▷임승우 : 고백한 거야. 너 곧 이사 간다는 얘길 들어서 다급했거든.. 어떻게 누군지도 뭔지도 안 궁금했어?

▷이연주 : 뭐든 알고 버렸으면? 그럼?   내가.. 배려한 줄 알았는데.. 실수했구나.

연주는 승우의 마음에 대한 책임을 1년간만 지기로 하고 대신 지금의 관계도 그때의 연주를 대하는 마음으로만 유지해 줄 것을 요구했다.
'이곳을 떠나기 전 1년쯤은 잠시 연주로 머물러도 괜찮겠지..'

주로 등산을 다니며 시간을 보내는 연주와 언젠가 주말부터 동행하던 승우는 이런 말을 했다.
▷임승우 : 네 덕분에 산을 다시 왔다. 우리 부모님 산악회 모임에서 실족사 하셨거든.. 아빠가 술 드시고 내려오시다가, 아빠를 붙잡으려던 엄마도 같이.. 두 분이 산에서 떠나셨어.
▷이연주 : 산, 모임.. 술, 부모님.. 어떤 거 원망했어?
▷임승우 : 다. 처음에는 다 원망스러웠는데.. 어느 순간에 운명이구나. 받아들였어.. 그래도 산에는 못 오겠더라고.. 중학교 입학 전부터 내 스키를 타던 놈이.. 그때 부모님이 항상 몸 다치지만 말라고 걱정하셨는데.. 두 분이 갑작스럽게 내 곁을 떠나셨으니.. 이제 날 보며 무슨 생각 하실까?   미안하시겠구나.. 마음 아프시겠구나. 내가 행복하길 바라시겠구나. 그렇게 내 마음도 치유되어서.. 너도 찾은 거 아냐.
▷이연주 : 결론에 나는 넣지 마. 나 이민 가는 거 딱 1년만 미룬 거야.   그리고 승우 넌, 부모님 살아계신 거야.

● 승우의 집

연주는 하얀 고양이를 가만히 바라보며 있다.
'연주야, 낮에 우리 집에 좀 가 볼래?   나 어제 밖에서 담배 태우다가 눈더미에서 뭐가 움직이길래 보니 하얀 고양이가.. 사람이 키웠었는지 내가 다가갔는데 도망가지도 않고 가만히 있어서.. 집으로 데려왔어. 편의점에서 먹을 거 사다 주긴 했는데 아

276

직은 낯설은지 먹질 않아서. 이름은 뭐라고 하지? 병원에도 데려가 봐야 하나?'

가장 먼 거리에서 움츠리고 있던 고양이는 몇 시간마다 조금씩 자리를 옮기며 연주에게 가까워진다. 연주가 그 자리에만 있자 고양이가 결국 바로 곁까지 다가온다.
'너도 먼저 사랑을 할 줄 아는구나..'

그 해 연주의 겨울은 설. 이라고 이름한 아이와 승우네 집에서 따뜻하게 보냈다.
▷이연주 : 설이. 내가 데려가면 안되..겠지?
▷임승우 : 안되지. 설이가 너를 여기로 데려오는데? 내가 평생 잘 모실 거야.
연주는 설이의 사랑을 받았고, 설이를 향한 자신의 마음도 특별해졌다는 걸 알았지만.. 이 나라를 떠나기로 정해 놓은 시간이 다가오고, 자신이 없었다..
'내가 어떤 생명을 책임질 수 있을까. 승우가 돌봐서 다행이야. 그래서 승우에게 연이 되었겠지..'

♦ 5 월 말 시루산

▷임승우 : 왜 이렇게 등산만 열심히 하는 거야?
▷이연주 : 책에서 본 말이 생각나서. 그리고 나 이민 갈 나라가 높은 산이 많으니까.
▷임승우 : 둘 다 알려줘.
▷이연주 : 하나만 알려줄 거야.   산에 오를 때.. 산에 걸려 넘어지는 게 아니래. 작은 돌부리들에 걸려 넘어지는 거래.
▷임승우 : 인생.. 칠전팔기 해야 한다는 의미겠구나.

277

높지 않은 산. 둘은 정상에 있는 벤치에 잠시 앉아 물을 마셨다.

▷임승우 : 연주야.. 나 너 이민 가는 거 그냥 보고만 있어야 하는 거야? 너 정말 설이 두고 그냥 떠날 거야?

▷이연주 : 설이 옆에 네가 있잖아.

▷임승우 : 그 옆에 너도 있으면 안 돼?

▷이연주 : 되면 못 떠나겠지.. 아니면.. 될 때는 돌아오겠지.

▷임승우 : 그때까지 나한테 약속해 줄 수 있는 거.. 없어도 돼. 그런데 나한테 무소식이라도 그게 희소식인 희망은 줄 수 없을까?

● 승우의 집

연주는.. 승우의 혼인신고를 원하던 마음 때문에 며칠 고민을 했다.

'원래는 죽으러 가려고 했던 건데.. 그럼 서류상의 그 사람들에게 연락이 갈까 봐 그것조차 싫었지.   설아. 언니가 이제는.. 네 덕분에 스스로 그럴 수는 없을 거 같아. 승우에게도.. 만약 내가 치유가 된다면 돌아와야지.. 여기로..'

● 6월 16일

혼인신고를 하고 나오며 연주는 승우에게 다시 한번 얘기를 했다.

▷이연주 : 만약 내가 먼저 떠나면.. 운명이야. 그리고 네게 다른 사랑이 찾아오면 인연이야. 절대 나 때문에 걸려 넘어지지 마. 너는 약속해. 나는 여기까지야.

▷임승우 : 알았어. 몇 번이고 약속할게.

승우는 작은 연주가 가엽기만 하다.

'넘어져도 손도 잡아줄 수 없고, 업어줄 수도 없고.. 안아줄 수도 없는 아이..   나도 가여운 건가..'

◆ 9월 16일

승우는 연주를 만나지 못한 금요일 저녁.. 정말 그러고 싶지 않았지만.. 혼자 술을 마시며 통화 내용을 생각하고 있다.

'이달 말에 떠난다고.. 말도 안 돼.. 집도 이미 다른 계약자를 구했고.. 진짜 비행기 티켓도 예매했어..   설아. 언니 좀 잡아봐.. 네가 어떻게 해봐..'

술에 만취한 승우는 그래도 양치를 하고 가글도 하고 옷을 챙겨 입고 연주의 집으로 간다.

노크 소리에 인터폰을 본 연주는 승우가 보이자 망설이다가 옷을 챙겨 입고 밖으로 나와 문을 닫는다.

승우를 마주 보니 '평소와 좀 다르다..'

▷이연주 : 술.. 마신 거야? 그럼 내일 보자.

▷임승우 : 술김에 하는 거 싫어하는 거 알아. 그래도 나 한 번만 봐주면 안 될까? 오늘만 봐줘. 제발..

연주는 눈물이 나서 돌아선다.

▷임승우 : 안 갈수 없는 거지? 지금은 진짜 아내가 되어줄 수 없는 거지? 도저히.. 안 되는 거지..?

▷이연주 : 내가 남자였으면.. 아님 네가 여자였으면.. 좋겠어. 난..

▷임승우 : 다음 생에는 꼭 그러자.. 그럼 잠시도 안 헤어져도 될 테니까.. 꼭.. 돌아와.. 기다릴게.

연주는 승우가 알까 봐 눈물을 닦지도 못하고 흘러내리게 둔다.
승우가 바닥에 앉는 기척이 들리고..   한참 시간이 지난 거
같은데 더 이상 말이 없자 얼굴을 닦고 돌아보니 문에 기대서..
잠이 들었다.
연주는 깨울까 하다가.. 자기의 겉옷을 벗어 덮어주고.. 승우의
집으로 향한다.
'설이가 혼자 있겠구나..'

바닥에 웅크리고 설이와 누워 있으면서,
'승우가 언제 깨려나.. 날이 아직은 많이 춥지 않으니까 괜찮겠
지..'
생각하다가 연주도 이내 잠이 든다. 문을 두드리는 소리에 깜짝
놀라 눈을 뜨니 새벽 1시가 넘어가는 시간..
그리고 문밖에는 승우가 아닌.. 경찰이 서 있었다.

운명이 그날 승우를 데려가고, 연주는 설이와 남았다. 연주의 마
음속에는 자신을 불구로 만든 모든 것에 대한 원망의 불씨가 다
시 되살아났고, 두 손에는 승우가 남겨놓고 간 총알이 무겁게 남
았다.

'적어도 나를 향해서 쏘지는 않을게.   그것만은 약속해 볼게..
나도 잊은 연주를 기억하던.. 내가 어떻게든 존재하기를 간절히
바라던.. 너의 마음이.. 생경했지만.. 싫지는 않았어.   고마웠어..
이제야.. 알고.. 이제서야.. 말하네..'

280

(30) 망망

♠ 공무원 시험에 합격한 후 이사하던 날

"설아. 이제 언니랑 이사 가자. 여기.. 설이 아빠 집.. 계속 지낼 수가 없어서.. 미안해. 그래도 가장 비슷한 곳으로 갈 거야. 햇빛 잘 드는 곳.."

설이를 품 안에 안으면 막막하기만 하던 내일이 밀려오는 걸 받아들일 수 있었다.
'서울.. 이 나라에서는 가장 망망대해인 곳 인가.. 1/1000 만인 거.. 그만큼 내가 아무것도 아닌 곳..'

은서는 사직동 주민센터에 근무하며 김자경과 이종현, 이태범과 할머니의 소재를 알아봤고, 여전히 정선에서 혼자 살고 있는 할머니부터 찾아간다.
'내가 마지막으로 할머니를 본 게.. 아빠가 손을 다쳤다는 소식을 듣고 집에 온 날이었나.. 할머니는 엄마 앞에서 죄인인 듯 고개를 숙이고 연신 애원을 했던 거 같다. 그리고 그 후로는 원주로 이사를 했지만, 할머니를 찾아뵙는 일도.. 할머니가 그 집에 오시는 일도 없었는데.. 왜 그랬을까..'

♠ 정선군 사북시장

할머니 집 근처에 시장이 있어서 잠시 들러 본다.
'행상을 나온 분들도 물건을 사는 분들도 대부분이 할머니..'

간식과 반찬거리를 사서 등본 상 주소지로 걸어간다. 빛이 바랜 주황색 슬레이트 집에 들어서니 마루에 앉아 하늘을 보며 웃고 있는 머리가 새하얀 할머니가 보이자 은서는 걱정도 되고 궁금하기도 하다.
'할머니가 나를 알아볼까..'
▷이은서 : 안녕하세요. 할머니. 말씀 좀 여쭐게요.
▷김옥수 : 나는 아무것도 몰라요. 바보 아니에요. 아야 한 거랬어요.
할머니가 눈을 마주치지도 못하고 하는 대답이 이상했지만.. 다시 한번 말을 걸었다.
▷이은서 : 할머니. 이름이 어떻게 되세요? 김옥수 맞아요?
▷김옥수 : 나는.. 난..   어르신이에요.

은서는 다시 만난 할머니가 아무것도 모르지만 바보가 아니고.. 그리고, 어른의 어른이 되어.. 아프다는 걸 알았다.

● 대전의 포장마차

은서가 20 대의 마지막을 보내는 겨울. 토요일마다 대전 내 횟감을 다루는 포차를 다니며 이른 저녁을 먹고 밤차를 타고 서울로 올라가길 한 달이 넘게 하던 중.. 오늘 찾은 이 포장마차에는 40 대로 보이는 부부와 함께 중학생쯤 돼 보이는 딸이 있다.
▷아주머니 : 손님, 뭘로 드릴까요?
▷이은서 : 술 빼고, 골고루 주세요. 편하신 거부터..   제가 배부르면 말씀드릴게요.

▷아주머니 : 네. 그럼 조금씩 해드릴게요.　　　　　민정아, 이제 고만 들어가. 아무리 집이 코앞이어도 엄마 걱정돼. 응?

▷민정 : 내일도 학교 안 가잖아. 엄마, 요즘은 애들도 주말 알바하고 그래. 나도 엄마 아빠 덕분에 일도 해보고 그러는 거지.

▷민정아빠 : 안 창피해? 아파트 친구들이 민정이 여기 있는 거 보고 놀리면 엄마 아빠 마음 아픈데..

▷민정 : 나도 알 수 있어서 좋아. 그런 애들은 친구 아니라는 거. 내가 엄마 아빠랑 살지. 걔네랑 살아?

▷민정엄마 : 민정아. 너 때문에.. 우린 부자야. 진짜 부자.

은서는 식사를 시작하기 전. 세 사람이 만든 온기에 세상에서 가장 따뜻하고 비싼 저녁을 먹을 수 있었다. 그리고 나오면서 이곳을 추천하고 싶다고 아주머니의 연락처를 받았고 다음날 바로 전화를 드렸다.

▷민정엄마 : 그러니까.. 어제 다녀가신 그 아가씨 손님이신데.. 저희가 일식집을 맡아주길 원하신다고요..?

▷이은서 : 네. 프랜차이즈로 대전 지점을 낼 건데 저는 자본만 투자하고 교육부터 관리와 명의까지 전부 맡아서 사업해 주실 분 찾고 있어요. 제가 필요한 조건은 위치는 지정이 되어 있어서 그 근처로 매장을 구해주시는 거랑 가게는 잘 안되면 접어야 하겠지만, 안정적으로 잘 되면 언제든 두 분께서 투자금 그대로 인수하실 수 있다는 거. 두 가지예요.

김자경과 이종현이 운영하던 횟집이 문을 닫고, 민정 부모님께 매장을 인수해 드릴 수 있다고 판단이 되었을 때 첫 차를 타고 내려가 찾아뵙던 날.

이제 4 년이 되어가는데 1 억이나 모으셔서 놀랐지만.. 은서는 매달 두 분의 월급 5 백만 원을 제하고 보내주셨던 매출금을 자신의 생활비를 제외하고 손익을 계산해왔고, 그래서 그날 매장 보증금 5 천만 원만 받고 인수를 결정하자고 제안하자 두 분이 말을 못 이을만큼 놀라셨고, 은서는 개인적으로 작성했었던 공증 문서를 그 자리에서 폐기했다.

"이 문서도, 공증도 저한테는 원래 필요하지 않았어요. 고마워서 울지는 마세요.. 이미 짐작하시겠지만.. 누군가는 울린 매장이라서요. 그래도 제가 덜 괴로울 수 있었던 건.. 두 분이 정말 좋은 부모님이셔서요. 감사합니다. 제가.. 진심으로요."

그렇게 인사를 하고 나와 김자경과 이종현의 바뀐 동일 주소지로 발걸음을 옮긴다. 버스를 타고 내린 초등학교 근처.. 마침 하교 시간이라 저학년부터 둘 셋씩 손을 잡고 나오는데 뒷모습의 절반이 가방이다.

'귀여워.. 2,3 학년생들.. 초등학교 2 학년이.. 저렇게 어렸나...'

작은 연주가 얼마나 어렸는지.. 은서는 그 또래들을 눈 가득히 담으며 시야가 흐려졌다.

아이들의 뛰는 뒷모습을 눈으로 따라가다 멈춘다.

'저긴 분식집이겠구나.'

컵 떡볶이를 받아 들고 동전을 겨우 쥘 만한 손으로 값을 지불하는 여자아이.

그 아이의 머리를 쓰다듬는 아저씨의 손, 그리고.. 은서는 그 순간 돌아섰다. 모자를 쓰고 왔지만 그 초자 잊고, 서둘러 겉옷의 모자를 다시 덮어썼다.

'저, 짐승 새끼가.. 아이들을 상대로.. 장사를 해? 그 손으로..

대체 무슨 마음으로 만지니? 잊고 덮자더니, 그게 그렇게 쉽게 됐어? 나는 내 몸뚱이가 흙에 덮이고, 내 이름이 모두에게 잊혀도 그게 안 될까 봐 걱정인데?'

은서의 눈에 남아있던 물이 붉게 변한다.

♦ 서울고속버스터미널 내 커피숍

은서는 10 시 반부터 자리를 예약하고 기다린다.
'오전 11 시로 정한 면접 시간에 여기까지 몇 명이 올까..'
지원서는 미리 받지 않았고 공고만 단 5 일 동안 올려 뒀던 구직 광고는 대전시 초교 근처에 프랜차이즈 분식집이 오픈할 때의 근무조건과 추후 인수 가능에 대한 내용만 기재했다. 버스 운행정보상 10 시 50 분에 도착하면 11 시+10 분 내에는 지원자들을 한 번에 만나게 된다.
시간이 되자 커피숍으로 들어오는 7 명의 사람들에게 은서는 데스크로 가서 마실 걸 주문하도록 안내해 주고 결제하고 자리로 돌아온다.
서로 인사를 나눈 면접자들에게 다시 한번 간략하게 투자금의 규모와 인수 조건에 대해 설명하고, 반드시 하고자 하는 분들만 지원서를 제출해달라고 부탁한다. 그리고 미리 준비해둔 봉투를 전체 인원에 맞춰서 드린다.
"일요일에 여기까지 시간 내서 와주셨는데 10 만 원씩만 담았어요. 곧 식사 시간인데 점심도 드시고, 조심히 귀가하세요.
연락은 내일 중 드리도록 하겠습니다."
면접자들이 하나 둘 돌아가고 지원서를 훑어보는 은서는 총 다섯 부의 서류 중 두 번째 서류를 보려고 할 때 되돌아온 한 명의 젊은 남성과 마주한다.

"저, 투자자? 사장님? 암튼 사업하신다는 분이 이렇게 허술하시면 어떡해요? 돈이 신권이라 그런지 몰라도 만 원이 더 들어있잖아요. 여기요."

돌아서는 면접자에게 은서가 묻는다.
▷이은서 : 고작 만 원인데.. 제가 실수한 걸 굳이 돌려주실 필요가 있을까요?
▷면접자 : 저까지 실수하고 싶진 않아서요. 그럼.

어깨를 으쓱하고 돌아서는 면접자의 성격이 급하고 거칠다는 느낌은 있지만 그래도 투자자에게 굽신거리지 않고 할 말을 하는 태도가 바로 은서가 바라던 바다.
'필요한 조력자들을 만나게 되는 거.. 누구에게 감사해야 하나.. 그 당사자에게, 이 인연에게, 모든 것에.. 감사해야겠지.'

은서는 서류를 챙겨서 서둘러 집으로 돌아온다.
"설아. 언니 왔어. 설이 잘 잤어? 자다가 마중 나온 거야? 눈이 졸리운데?"

은서의 눈에 새하얀 설이가 가득 담기면 그 순간은 머릿속도 하얗게 지워진다.
"설아. 언니가 너랑 더 많이 있어야 하는데.. 이번에 또 일을 만들어서 미안해. 이것만 하면.. 그럼 이제 쉬자. 쉬고 싶어.. 설이처럼 먹고, 햇볕 쬐고, 장난치고, 잘 자고.. 언니도 그냥 설이 친구였으면 좋겠어."

🌢 2023년 설 연휴

설이의 꾹꾹이를 받으며 일어난 은서는 시간을 보고 설이를 쓰다 듬으며 누워있다.

"설아. 이제 밥 먹을까? 배고프지?"

일어나 새 그릇에 사료를 담아 식탁에 갖다 놓고 기다린다. 그럼 설이가 바로 달려와 오도독오도독 식사하는 걸 늘 보고 듣던 은서는 오늘 이불 위에서 움직이지 않는 설이가 의아하다.

'이상하다.. 다른 게 먹고 싶은 건가?'

은서는 다시 새 그릇을 꺼내 간식 캔을 담았다. 캔을 따는 소리가 날 때부터 냥냥 거리고 다리 주위를 맴돌아야 하는 설이가 지금 처음으로.. 가만히 있다.

'무슨 일이지? 어디가 아픈 건가??'

은서는 설이의 식탁에 그릇을 내려놓고 설이에게 간다.

"설아. 왜 그래.. 속이 안 좋아? 어디 아픈 거 아니지?"

설이가 가만히 식빵을 굽는 자세로 눈을 깜빡이자 은서도 눈을 깜빡여주며 고여있던 눈물이 흘러내렸다.

핸드폰을 갖고 와서 근처 동물 병원을 검색해 보고 24 시 연중무휴인 곳이 10 분 거리에 있어서 바로 문의 전화를 한다.

선생님은 아이의 상태를 듣고 바로 나이를 물어보셨다.

"저랑 함께 한 시간은.. 10 년이상 되었는데요.."

이미 노령묘의 나이이기 때문에 병원에 올 것을 추천하셨고, 은서도 전화를 끊자마자 서둘러 준비를 하려다가 설이가 놀랄까 봐 침착하게 조용히 준비를 한다. 옷을 갈아입고 케이지를 갖고 오자 영월에서 이사할 때 처음 여기에 들어가며 설이가 거부했었던 모습이 떠올라 은서는 가슴이 아프다.

"설아. 미안해.. 언니가 다 미안해.. 한 번만.. 잠깐만 들어가자.."

오늘은 거부 없이 케이지 안으로 들어가는 모습을 보니 은서는 또 눈물이 쏟아진다.

'설이가.. 진짜 아픈가 봐. 어떡해..'

♦ 산들바람 동물 병원

설이는 몸무게를 재고, 고양이에게 가장 흔한 질환들부터 검사를 받았는데 혈액 체취를 하고 췌장염 키트 검사에서 희미하게 양성이 나왔다. 그리고 치아 상태를 보고도 나이를 추정하셨는데 최소 15살 이상일 거라고 하시며 무엇보다 치아 흡수 병변이 육안으로도 전체적으로 상당히 많이 진행이 되어 있다고 하셨다.
은서는 수의사 선생님의 설명을 들으면서 자책하고 또 자책했다.
'대체 그동안 난 뭘 공부하고, 무슨 일을 하고 산 거야..'

"선택은 보호자분이 하셔야 합니다.. 강아지와 달리 고양이는 자기 영역이 가장 편안하고 스트레스가 생사를 좌지우지하기도 해서요. 췌장염도 치료가 어려운데, 치아 흡수 병변이 심하면 두 질병이 연관이 없다고 할 수가 없어서.. 발치 외에는 방법이 없지만.. 노령묘에게 발치는 사실 너무 큰 위험 부담이 있어요. 아직 어린 성묘들도 발치 중이나 발치 후 스트레스로 잘못되기도 하기 때문에 저희들도 상당히 조심스럽습니다.. 고양이는 아픈 걸 숨긴다고 해야 하나요.. 티가 안 나요. 식사를 못할 때는 이미 병이 많이 진행된 경우가 대부분입니다.."

은서는 설이를 데리고 돌아오면서 흘러내리는 눈물을 닦지도 못했다. 집으로 들어와 케이지를 열어주자 설이는 조심히 걸어 나와 이불로 향해 갔다. 설이를 보며 누운 은서는 하염없이 눈물만 흘렸다.
'설아. 왜.. 아픈 걸 숨겼어..   아니야. 언니가 바라는 대로만 생각한 거야.   네가 항상 건강할 거라고, 네게만 떠넘긴 거야..

미안해.. 정말 미안해..'

식사때마다 병원에서 사 온 처방식 주식 캔을 그릇에 새로 담아
주면서.. 늘 사료를 잘 먹는다고 설이의 나이에 맞게 음식을 바
꿔줘야 한다는 걸 몰랐던 자신을 어떻게 용서해야 할지 모르겠
다. 주식 캔을 먹는 양도 점점 줄어들고 이제는 가끔 물만 마시
며 눈에 띄게 야위어가는 설이.. 그 기운 없는 모습으로도 제 화
장실에 가서 볼일을 보고 덮는 설이가 안쓰러워 은서도 나흘째
아무것도 못 먹고 물만 마시고 있다.
설이를 바라만 보던 은서는 결국 울먹이며 설이를 위해 약속한
다.
"설아.. 편히 가. 괜찮아. 먼저 가서 편안히 쉬고 있어도 돼. 언
니 걱정하지 말고.. 편히 가. 어디서든 존재만 해줘. 그럼 언니도
너 먼저 보내고, 밥도 먹고 힘도 내고, 어떻게든 살아낼게. 너
만날 날 기대하며 견뎌낼게."
그리고 그날 2월 01일.. 오후 3시경 설이는 이불에서 걸어 나
와 창가 아래, 햇살이 드리워서 밝지만 바닥은 차가운 자리로 가
더니 거기 누웠다. 은서는 설이의 몸에 하얀 담요를 덮어주고 눈
을 마주 보고 누워 손을 잡았다. 설이의 작은 숨소리는 점점 거
칠어지며 경련을 일으켰다. 설이의 온몸이 흔들릴 때마다 은서도
폭풍에 격동하는 심정이 되었다. 마침내 설이의 움직임이 멈추자
은서의 세상도 멈췄다.
'승우야.. 설이 맞아줘.. 이젠 네가 꼭 곁에 있어줘..'

은서는 설이를 떠나보내고 햇빛이 잘 드는 그 집에서 나왔다. 거
처를 옮기며 설이를 가슴에 옮기고, 은서는 자신의 망망대해를
차갑게 얼려버렸다.

핸드폰에서 알림 소리가 들리자 눈을 뜬 은서는 끊임없이 재생되던 생각을 잠시 멈춘다. 10시.. 일어나 주방으로 가서 약을 먹고 자리로 돌아와 눕는다.

'이제는 잘 수 있겠지.   설아.. 네 생각만 나면 좋을 텐데.. 네 기억만 남으면 추억일 텐데.. 내 속에서 고이고 고인 이 추악한 고름을 어떻게 도려내야 하는지 모르겠어..   너처럼 깨끗해지면 그때야 네 곁으로 갈 수 있을 거 같은데.. 네게 가야 하는데..'

♦ 자연건축사사무소

▷이대리 : 내일이 수능일 아녜요? 11월에 행사가 많네요?

▷최과장 : 많다라? 네 결혼식 잊혔을까 봐?

▷이대리 : 요즘 일이 많아서, 거기 파묻힌 거 같아서.

실실거리는 진수를 보며 민영도 기훈도 웃는다.

▷박소장 : 이제야 새신랑 같네. 역시, 다워야 좋은 거야.

▷이대리 : 그럼 소장님은요? 소장님은 대체 뭐 다우실 건데요?

기훈은 난처한 표정으로 진수를 봤지만 진수도 (아뿔싸.) 하는 표정이다. 민영은 순간 멈칫했지만 정답을 찾은 듯 천천히 말한다.

"나는.. 난.. 좋은 동료다울 거야."

민영은 그 대답을 하며 마음이 편안해지고 미소가 생겨났다. 가장 먼 자리에 있던 은서의 얼굴에도 같은 온도의 미소가 만들어졌다.

점심시간이 되고 네 사람이 함께 형제 기사식당으로 향한다.

▷이대리 : 근데 은서 씨, 이거 좀 궁금한 건데요. 우리 평소에 여기 오고 싶으면 어떡해요? 이 식당 상호도 맘에 들고, 음식도 괜찮고, 전 은근 생각나더라구요.

▷이은서 : 마음대로 하세요.

▷이대리 : 아. 마음대로 해도 되는구나. 전 또 은서 씨 허락받아야 하는 거 아닌가 해서..

▷이은서 : 제가 허락한 일만 일어났으면.. 아마 세상이 존재하지도 않을걸요?

▷최과장 : 감사합니다. 존재하게 해주셔서.

넉살 좋게 대화하는 두 사람 덕분에 은서가 웃는 모습을 본 민영은 고맙고 감사하다.
그리고 '은서 씨가 존재하는 세상에서 살고 싶다.' 는 자신의 마음도 좋게, 고맙게 생각한다.

◆ 수능시험 당일

호성은 소영과 함께 점심을 먹고 있다.

▷정호성 : 소영 씨, 오늘 뭔 중요한 날이야?

▷강소영 : 이이가.. 나 지금 손이 떨려 밥이 어디로 들어가는지도 모르겠는데.

▷정호성 : 뭐가 그리 걱정일까?

▷강소영 : 진짜. 이런 날은 이러지 마요. 갑자기 도련님께 더 고마워. 어머님이랑 같이 식사하고 있는데 당신이 이러면 내 복장만 터졌지. 시어머니 모시고 어떻게 사냐고 친구들이 그러면 생각보다 별로 안 힘들던데.. 말이 나오는 이유가, 당신 때문인가봐.

▷정호성 : 내가 썩. 잘 했네?

▷강소영 : 뭐라고요? 다른 건 몰라도 자식 문제만큼은 천하 태평하지 마요. 나 정말 서운해요.

▷정호성 : 영주 엄마. 영주 인생 당신 거야? 영주 대신 살지 왜? 영주가 오늘 시험 망칠까 봐 당신이 걱정하면 뭐가 나아져? 영주는 엄마가 이렇게 걱정해서 그래서 더 걱정되지 않을까? 시험에 망치고 말고 가 어딨어. 원하는 대학 그거 왜 중요한데? 그 대학 안 나오면 자기가 원하는 일 못하는 세상이야? 반대로 알아주는 대학에서 전공한 거 평생 직업 삼을 수 있는 인생이야?

▷강소영 : 그래도 이왕이면 다들 원하는 대학, 전망 좋은 과에 들어가야

▷정호성 : 그래도? 그거 우리 욕심이야. 영주가 어떻게 살아야 만족할 건데? 내 아들답게, 집안의 장남답게. 그걸 왜 이제 우리가.. 아버지 대신해서 하는 건데.. 내가 뭐라고, 이 집안이 뭘 위해 존재하는데? 그냥 영주답게만 살면 돼. 그리고 그건 영주가 정하는 거야. 편안히 지켜보고, 지켜주는 자리. 그게 부모의 자리야.

▷강소영 : 말처럼 안 된다고요. 당신은 요즘 엄마들 어떤지 몰라서 그렇게 속 편한 소리 하는 거예요.

▷정호성 : 내가 왜 요즘 엄마들이 어떤지 몰라? 여기 내 눈앞에 있는데? 다른 엄마들에게 당신은 요즘 엄마 아닐 거 같아? 결국 같이 만들어가고 있으면서 혼자 영향받는 척, 착각은 하지 말자.

호성의 단호한 말에 소영은 더 이상 말하고 싶지도 않고 서운하기만 하다. 호성은 먼저 일어나며 부드럽게 말한다.
"나 사무실로 들어갈 테니 저녁에 집에서 봐. 영주랑 당신 둘 다 편안한 모습이길 바랄게."

● 잠실 비치나

희성은 엄마와 단둘이 식사 중이다.

▷손순미 : 희성아. 여긴 너무 고급스럽다.

▷정희성 : 그래서 고급스러운 엄마한테 얻어먹을 거야.

엄마가 뭉클한 표정이 되자, 되려 희성이가 기가 막힌 표정이다.

▷정희성 : 아니. 나이 마흔이 넘어서 얻어먹는다는 자식한테도 감동받고 그럼 어떡해 대체?

▷손순미 : 몰라. 넌 그냥 다 예뻐.

▷정희성 : 하.. 시대가 어긋났네. 엄마가 15 년쯤 늦게 태어나지 그랬어? 내가 띠동갑 연상도 커버 되는데, 그럼 나도 솔로 아니고 좋았잖아?

▷손순미 : 넌.. 요즘 여자들에게 인기가 없어? 아님 너가 맘에 차는 여자가 없어?

▷정희성 : 다행히, 둘 다. 일 걸?

▷손순미 : 왜 다행이야?

▷정희성 : 누구 속상하게 만들지 않고, 내 애 태우지도 않고. 다행 아냐?

▷손순미 : 외롭지는 않고..?

▷정희성 : 누굴 의지해 본 적이 있어야 그걸 알지. 그리고 아내만 있다고 남자가 안 외롭게? 그럼 엄마는 아빠랑 살며 외로운 적 없었나? 그러니까. 내일 걱정하지 말고, 지금 봐줘요. 오늘 좋은 모습인 거 그거나 잘 봐줘.

◆ 금요일 저녁

기훈과 진수가 먼저 퇴근하고, 오늘은 친구와 약속이 있다고 얘기한 민영은 시간에 맞춰 나가려고 아직 남았다. 은서가 퇴근 준비를 하자 민영이 말을 건넨다.

▷박민영 : 은서 씨, 그런데 설이는 몇 살이에요?

▷이은서 : 최소.. 열다섯 살은 됐을 거래요.. 왜요..?

293

▷박민영 : 오늘 만나는 친구가 수의사라서요. 혹시라도 아플 때 얘기하세요. 양심도 좋고 실력도 좋은 녀석이라서요.
▷이은서 : 부럽네요.. 제가 사람으로 유일하게 되고 싶었던 수의사라니.. 그런데.. 그래도 막을 수는 없잖아요. 노화는, 이별은.. 들어가 볼게요.

민영은 은서 씨가 돌아서는 모습을 보며 '이별이 아니라서.. 오늘은 아니라서.. 다행이다..' 는 생각을 한다.

● 드림캐치 클라이밍

토요일 오전 10시. 은서는 지난밤도 잠을 못 이루고 이곳을 찾아왔다. 약 없이 잠을 잘 수 있는 연습과 자신이 평생 살고 싶은 곳에서의 필요한 체력을 준비하기 위한 훈련을 지금부터 시작한다.
"안녕하세요. 오늘부터 비기너 패키지로 강습 받고 싶은데요."

은서의 망망대해가 서서히 녹아내리며 그곳에 띄울 하얀 배가 조금씩 만들어져 가고 있다.

(31) 전환

● 강태공예-술집

▷정호성 : 회식을 아니할 수 없는 날이지?
▷최기훈 : 식당 이름은 어쩜 이렇게 딱.이에요?
▷이진수 : 왜요? 뭐가.. 전 잘 모르겠는데?
▷최기훈 : 네 결혼이 예술이잖아. 네가 강태공이 아니어서 그렇지. 너.. 내가 강태공이 워낙 유명하셔서 조사 좀 해봤는데 지금 방향 잘 잡고 가고 있지만, 항상 조심해라.   하나 씨가 그 아름다운 기다림으로 너를 건져내신 거 늘 기억하고.
▷이진수 : 형은 아예, 신부 측에 앉아요.
▷최기훈 : 왜에? 그게 네 허락을 받아야 될 일이야?
▷이진수 : 와.. 사장님, 이거 다.. 은서 씨가 가르친 거예요. 기훈이 형 전술이 날로 발전하는 거요.

민영은 은서가 웃는 얼굴이 된 걸 보고 자기도 따라 웃고만 있다.
▷정호성 : 저어기 웃는 거 배운 놈도 있고, 진수는 뭐 배웠는데?
▷이진수 : 저는.. 전 뭐 달라졌어요? 그대로 아녜요? 한결같죠?
▷정호성 : 그 말 지키고 살면 되겠네. 결혼 후 한결같아봐 어디.
▷이진수 : 아.. 그건..   저 진지한 질문 있어요. 아내를 가족

처럼 여기는 것과 여자로 느끼는 문제에 대해서요.. 그거 어떻게
해야 되는 거예요?

▷정호성 : 사실 어차피. 대부분 시간이 갈수록 여자보다는 가족,
특히 애들 엄마의 입장으로 비중이 커지지? 그런데 만약 내 부모
가 마음에 안 든다고 다른 사람한테 부모에게 하듯. 하겠냐? 역
시 아내가 마음에 안 들어도 그 위치와 지위는 내가 존중하는
거야. 그래야 혹여 아내가 스스로 그 자리를 떠나더라도 나로서
는 최선을 다했다고 생각할 수 있을 거고, 그럼 후회할 것도 미
련 가질 것도 없는 거 아닐까?

▷이진수 : 에이, 먼저 떠날 리가..   하나는 그럴 리가 없어요.

민영은 '든든하겠다.. 그런 사람. 그런 사랑..' 잠시 생각에 빠져
있다가 자신의 이름이 불리자 살짝 긴장한다.

▷정호성 : 민영이는..   영화 잘 봐서 봤을 수 있는데, 내가 애
들 아빠 되고 나서 보니 진짜 와닿았던 영화가 하나 있거든. 그
게 제목도 유명한 매디슨 카운티의 다리야. 여주인공은 중년의
여자로 한 남자의 아내이자 두 아이의 엄마인데 어느 날 우연히
의도치 않게 격정적으로 사랑하는 남자를 만나게 되고, 그 남자
를 따라서 떠나고 싶은 감정에 남편이 운전하는 차에서 내릴까
말까 문 손잡이를 붙잡고서 계속 고민을 할 만큼 마음이 흔들리
면서도 결국에는 자신의 자리에 남아 죽는 날까지 가정을 지키거
든. 그런데 만약에 그 남편이 착하고 성실하지가 않았다? 그럼
아내가 떠났지. 난, 떠나고도 남았다고 본다. 그래서 서로 뜨겁게
사랑하는 것만 중요하면 남녀 사이, 부부관계가 얼마나 유지되겠
냐고.. 두 사람이 가장 사랑하는 존재가 같다는 부모로서의 책임
감이 진짜 가족을 형성하고 유지하는 기반인데, 남편이든 아내든

계속 이성적인 감정의 비중을 측정하며 불만하거나 불안해한다면.. 소탐대실하게 될 수도 있다는 거야. 그 잃는 존재가 자식이면 부모는 삶의 전부를 잃는 거고..

◆ 하나네 집

하나와 엄마는 하나의 침대에 같이 누워있다. 가만히 눈을 감고 손을 잡고 서로의 온기를 전하는 순간이 온전히 편안해져있다.

▷이정순 : 하나야. 참 좋은 시대다. 이제는 시집간다는 말이 따져보면 맞지가 않으니까. 널 어디 보내는 게 아니니까.

▷김하나 : 응. 셋뿐이던 가족이 다섯이 되고, 그리고 더 늘어날 거고?

▷이정순 : 엄마도 그랬지만.. 하나는 왜 진수가 계속 좋았어? 결국 부부의 연으로 이어졌지만 그건 결과가 있어서 편하게들 말할 수 있는 거고.. 과정에는 참 어렵고 망설여졌을 텐데..

▷김하나 : 엄마가 해줬던 말처럼.. 좋은 사람을 좋아한다면 그 자체로 가치 있다고. 내가 아직 좋은 사람이 못 되었거나, 상대가 그걸 알아볼 타이밍은 아니더라도.. 진수 씨가 좋은 사람인 건 변함이 없어서 내 마음도 변하지 않은 거예요. 친구들 덕분에.. 알아보고, 지켜갈 수 있기도 했고.. 그리고 먼저 좋아하는 건 자신에 대한 믿음이 있는 거라고 했잖아. 상대방이 좋아해서 좋아하는 건, 그 사람이 아닌 단지 나를 좋아하는 마음을 좋아할 수도 있다는 거. 그 마음이 변하지 않길 바라며 불안해하는 거보다.. 내가 좋아하는 게 나한테도 잘 맞고 편안했어요.

▷이정순 : 엄마도 엄마가 사랑할 때는 하나에게 말해준 거처럼 그랬던 거 맞는데.. 하나가 그렇게 하는 거 보면서는 마음이 편치만은 않았어. 사실 불안하고 걱정되고 그랬어. 우리 딸 상처받을까 봐.. 마음 아플까 봐.. 가슴 졸였지..

▷김하나 : 알아요. 그래도 엄마가 잠잠히 날 지켜봐 줘서 그 믿음 덕분에 내가 얼마나 힘이 됐는데. 변치 않는 사랑을 난 이미 받고 있었으니까. 누군가에게도 줄 수가 있었던 거야. 엄마랑 아빠는 자식이 둘 셋 많이 있었어도 한없는 사랑을 줄 수 있는 부모였을 텐데.. 나 하나여서 아쉬웠지..?

▷이정순 : 한없어. 우린 네 친구들도 다 자식 같았고, 손님들 중에서도 그런 마음으로 대하는 경우가 자주 있어. 꼭 내 배 아파 낳은 자식만 전부는 아니거든. 자기 자식만 사랑하는 부모는 아직은 아이 같다고 해야 할까.. 내 자식밖에 모르면 당장은 자식에게 더 많은 걸 해주는 거 같고 좋을 거 같지만 결국에는 모두가 상처를 주고받거든.. 사랑은 나눠 줄수록 모두를 이롭게 하는 힘이 있어.

정순은 옆으로 돌아누우면서 하나를 안아주며 말한다.

▷이정순 : 엄마 아빠가 너만 사랑했다면 네게도 우리에게도 이롭지가 않았을 거라는 이상한 말이.. 하나가 아직은 엄마가 안 돼 봐서 이해하기가 어려울걸..?

▷김하나 : 그것도 해보고 싶어. 그래서 알고 싶어요.

눈동자에 엄마를 담고 마주 웃는 딸을 바라보며.. 정순은 자신이 만들어온 자국이 혹여 하나에게 그늘이 되었을까 걱정해 왔지만, 길잡이가 되어주고 있다는걸 감사하면서.. 생의 선물 같은 결혼식을 맞이한다.

♦ 플라워 가든 웨딩홀

11월 26일, 진수와 하나의 결혼식이 꽃 길에서 이뤄지는 듯하게 꾸며져 있다. 하나가 가장 좋아하는 꽃을 한 번도 선물해 본

적 없었던 진수는 결혼식을 닷새 앞두고 부랴부랴 양재 꽃 시장을 새벽부터 찾아가서 차에 가득하게 꽃을 사 왔다. 그리고 퇴근 후 영상을 보며 작은 오아시스에 어설프게 꽃을 꽂아가며 34 개의 수반을 만들었다.

'초록색 물 스펀지의 이름이, 오아시스라니..'

진수는 형들과 나눈 대화가 생각나서 오아시스를 대할 때마다 웃음이 생겼다.

하나에게는 말하지 않고 진수에게 차를 빌려줬던 정순과 기철은 웨딩홀에서야 그 이유를 알게 되었고, 봄날에 피어나 흩날리는 벚꽃처럼 모든 시간마다 화사하게 웃었다.

진수의 옆에 나란히 서서 잠시 하객에게 같이 인사를 드리던 기훈이 틈을 타 말을 건넨다.

▷최기훈 : 저거.. 니가 했지? 보니까 아마의 솜씨고만.

▷이진수 : 어.. 형이 어떻게 알아봐요? 아무도 모르던데?

▷최기훈 : 네 형수님이 플로리스트시라.

▷이진수 : 예?? 참, 형수님은 어디 계세요? 아아.. 창피해라.

▷최기훈 : 창피 안 해도 되는데? 들으면 너 멋지다고 하겠다. 그럼.. 말 안 해야 내가 편하나?

▷이진수 : 뭔 소리예요? 어디 계세요? 처음 인사드리네.

▷최기훈 : 뭔 인사를 해? 안 왔는데? 나 혼자 왔어.

▷이진수 : 네?? 왜요?

▷최기훈 : 네가 형수님이라고 부르는 거지.   내 와이프가 널 도련님으로 부르진 않잖냐..   자기가 꼭 있어야 할 자리 아니면 고민도 안 해.   이럴 때 보면 참 공평해. 무서워.

▷이진수 : 형... 하나랑은 인사 꼭 하세요. 제수씨라고 불러줄 거죠?
▷최기훈 : 그럼, 존경하는.. 그건 마음속으로만 하고, 제수씨. 라고 불러야지? 그리고 나 제수씨 팬이라 어차피 신부 측에 내 자리 있는 거 아녔어?

진수는 웃으면서 기훈을 보내고 '같은 꽃이라도 다른 색이면 달라 보이던데.. 하물며 다른 모양인 꽃들이 세상에 얼마나 많을까.. 다 아름다운 거지.' 손님마다 다른 모습이 되어 맞이하지만 진심으로 행복한 신랑이 됐다.

민영이가 아버님과 진수에게 인사를 하며 "저기.." 라고 입을 열자 진수가 바로 작게 말을 잇는다.
"은서 씨 아직이에요."
민영은 당황했다가 곧 웃는 얼굴로 고마움을 전한다.
엘리베이터와 계단을 가끔씩 번갈아 보며 서성거리는 민영은 '3층이라.. 어디로 올까.. 계단일 거 같은데..'
그렇게 마음을 맞춰보는 동안 은서의 작은 얼굴이 계단에 떠오르자 곧바로 계단을 향해 간다.
"은서 씨.. 새 옷 입었네요?"
그 말을 듣자 둘 만 아는 그날의 대화가 생각나고, 은서가 민영을 고맙게 바라보며 엷게 미소 짓는다.

진수에게 인사를 한 은서는 비어 있는 자리에 가서 조용히 앉고, 민영도 그 곁에 앉는다.
"기훈이. 최 과장은 정말 저기, 신부 측에 앉았어요. 그것도 혼자."

은서의 의아한 표정을 보고 민영은 얘깃거리가 있어서 연신 좋은 모습이다.

▷박민영 : 우리만 제수씨라고 부르는 거지. 그분에게는 도련님이 아니라서 그렇대요.

▷이은서 : 짝사랑 같은 거네요. 하는 쪽이 더 좋은 거예요.

▷박민영 : 그래요? 왜요?

▷이은서 : 몰라요. 해본 적이 없어서.. 더 좋을 거 같아서요.

민영은 '내가 더 좋구나. 이유는 나도 모르지만.. 좋다. 좋으니까 좋다..' 은서의 말이 잔잔한 파동이 되어 떨림이 생긴다.

호성이 소영과 함께 진수에게 와서 아버님께 먼저 인사를 드린다.

▷정호성 : 진수 덕분에 저는 아버님이 제일 보고 싶었습니다.

▷이진수 : 저희 회사 사장님이세요.

▷이권석 : 아이고, 사장님.

▷정호성 : 사장님은요? 사장 놈이죠. 호성이라고 제 이름 불러주세요. 저도 진수보다 조금 큰 아들놈입니다.

▷이권석 : 그래도 어떻게..

▷정호성 : 제가 아버지만 부재셔서요. 하나 더 거두시죠?

호성이 웃으며 권석을 안아드리자 진수도 뭉클하고 권석도 웃으며 가슴이 벅차다. 호성이 소영과 자리에 앉자 권석이 말한다.
"진수야. 우리가 둘이 아니었구나. 네가 많은 식구를 데리고 왔어."

그날의 결혼식이 헤어진 가족들을 한자리에서 만나게 해주는 시간과 공간이 되어 인연은 이어지고 그 줄은 두터워진다.

예식이 마치고 사진을 촬영하는 시간이 되자 식사를 하러 가는 하객들도 많아지고 은서도 일어나자 민영은 아쉬운 마음으로 인사를 한다.
'내일 다시 만나면서.. 오늘 본 것도 덤이었고, 욕심.. 다스리자..'

식사를 하지 않고 나온 희성은 전철역에서 은서를 알아본다. 같은 방향의 전철을 타고 같은 역에서 내리는 은서의 뒤쪽에서 걸어가던 희성은 조금 빨리 걸어가 말을 시킨다.
"저기, 뭐 궁금한 건 아니고 봤는데 안본 척 그러는 거 제가 불편해서요. 전 집이라서 이 역에 내린 거예요."

은서는 희성을 보고 가만히 한 건물을 가리키며 인사를 하고, 그곳을 향해서 걸어간다. 희성은 집으로 걸어가며 생각한다.
'거 참. 누구 닮았네.. 형은 적도에 저분은 극지방에 사는 것만 다른가?'

● 식당 거북이&토끼

형이 보내온 주소로 가는 희성은 통화 내용을 생각한다.
▷정호성 : 셋이 만나는 자리인데 밥 먹을래? 커피숍 갈래?
▷정희성 : 그럼 밥이지.

호성과 장한은 식당에서 시간이 멈춘 듯 얘기를 나누고 있다.
▷정호성 : 암튼, 희성이 애. 일 시켜야 해.
▷장한 : 내가 배워야 하는 게 아니고?
▷정호성 : 내 동생 겪어보면 알 건데.. 배울 거 없어. 아니 배울 수 없을걸? 아버지 돌아가셨을 때. 희성이 회사에 부친상 소식 전한 게 아니고, 퇴사 통보한 놈이야. 그래서 그 큰 백화점에서

302

아무도 조문 안 왔어. 우리만 당황하고, 저건 당당하고. 그런 성격으로 일도 할 건데 뭐 배울래?

▷장한 : 형제긴 하다. 마음은 너랑 같은 결인 거 아냐?

▷정호성 : 난 실행은 안 하잖냐. 참을 인으로 인간 되는 길 가고 있잖냐.

희성이 식당에 들어서서 둘을 보고 차분히 걸어오며 머릿속은 빠르게 돌아간다. 호성의 시간도 희성을 보자 이내 다시 흘러간다.

▷정호성 : 이번에 동안 백화점 인수하신 투자자의 아들 되시는 실 소유자인

▷정희성 : 친구고만. 뭘 명함부터 내밀어?   형, 이름은요?

▷장한 : 장한. 반가워. 난 희성이 본 적 없어도 덕 본 적이 많아서 친근하네.

▷정희성 : 그 덕 제가 드린 것도 아닌데요 뭘.   저 형이 너무 크게 돌려받는 거 아니에요?

▷정호성 : 그래서 니가 할 일이 있다.

▷정희성 : 밥 먹기 전에 본론 나와 좋네. 일을 하라는 거야, 할 일이 있다는 거야?

▷장한 : 할 일이.. 나 좀 도와줘. 그건데.. 괜찮나?

▷정희성 : 도움이 되려나. 그건 밥 먹고 생각하죠.

식사를 마치고 장한을 통해 들은 스마트 백화점의 운영 방식이 희성에게도 흥미롭다.

▷정희성 : 경영이 뭐 별거예요. 식구가 좀 많은 살림이지. 나보다 잘 할 사람 한 명 끌어들여도 되면 할게요.

▷장한 : 얼마든지. 일할 사람보다 같이 꾸려갈 동료가 필요한 거라. 그렇게 탄탄하게 만들어가고 싶어.

▷정희성 : 그럼 전 이만. 쉬러 갈게요. 종 칠 날이 얼마 안 남아서 그런지 더 소중하네요.

희성이 자리를 떠나자마자 호성의 절레절레하는 표정과 얼굴을 보며 장한이 크게 웃는다.

♦ 호성의 집

소영은 문자가 온 걸 확인하고 가만히 옷을 챙겨 입고 어머님 방으로 들어간다.
"어머님. 저 잠깐 나갔다 올게요. 영주 아빠는 낮잠 자요. 도련님이 줄 거 있다고 저만 좀 내려오라고 하시네요."
아파트 입구 출입문을 나서자 희성이 있는데 두 손은 외투 주머니에 넣고 있다.
"맞아요. 저 빈손인 거. 형수님은 커피숍이 좋죠? 가요."

♦ 투 플레이스 커피숍

▷정희성 : 형수님. 이제 장소 좀 바꾸시죠?
▷강소영 : 무슨 장소를..
▷정희성 : 형수님 맨날 하는 거. 일. 일하는 장소요.

소영은 희성이 줄 거 있다고 한 게 다른 일, 사회적인 일이라는 걸 들으면서 설레기도 하고 망설여지기도 한다.
▷정희성 : 형은 몰라요. 형이 알아야 하나? 선택은 형수님이 하는 걸 누가 알아 뭐해요?
▷강소영 : 제가 뭘 할 수 있을까요? 잘 할 수 있을까.. 괜히 폐만 끼치면 어떡해요..

304

▷정희성 : 됐네. 하고 싶은 마음 있으면 된 거죠. 그리고 잘하려고 좀 하지 마요. 왜 그렇게 애를 쓰며 살아요? 빨리 닳게시리. 재밌게, 재밌을 정도로만 해요. 그래서 폐하지 않는 게 더 중요하고요.

▷강소영 : 도련님.. 제안도 응원도 고마워요. 그런데 만약 제가 일을 하면.. 애들이랑 어머님 챙기는 게 어려워지는 부분은 어떡하죠..?

▷정희성 : 형수님. 영주영이랑 엄마는 알아서 잘 살아요. 그리고 그래야 하는 거 아녜요? 내가 즐겁게 하는 일이 생기면 즐거운 건 나만이 아니에요. 말씀하신 거처럼 그런 부분도 생기는 거지 그게 전부 아니잖아요. 게다 아직 대기시간도 남아있으니 또 알아요? 대체 인력 생길지?

소영은 희성과 헤어지고 집으로 오면서 영주와 나눈 얘기를 생각한다.

▷강소영 : 영주야. 네 점수가 모자란 게 아니고.. 엄마가 모자라서.. 네 입장에서 생각하지 못한 거야. 미안해.. 그동안 부담

▷정영주 : 부담 줬어도 내가 안 받았으면 되는 거였어. 엄마. 그리고 미안해하는 게.. 더 부담스러워요.

▷강소영 : 응. 영주가 하고 싶은 일이 뭐였는지, 뭐일지 알게 되면 언제든 원하는 방향으로 가.   지금은 1년이 앞서거니 뒤서거니 하는 거 같지만.. 사실 1년 아무것도 아닌데.. 엄마 마음이 조급했어. 이제 천천히 같이 가자.

♦ 마일드마인드 의원

▷김유진 : 은서 씨. 오랜만에 봐요. 그런데 더 좋은 얼굴이에요.
▷이은서 : 약.. 매일 먹지는 않았어요.   위험할 수도 있지만..

그래도 제가 가고 싶은 곳에서 지낼 수 있으려면.. 연습이 필요해서요.

▷김유진 : 제 말도 위험할 수 있지만.. 약만 의지하는 건 완치로 가기 어려운 것도 맞아요. 워낙 불가항력적인 증상이 주기적으로 찾아와서 장애라고 명칭 했어도 장애라는 건.. 그걸 가지고 있다고 살 수 없다는 건 아니니까요. 어떤 장애인지 그래서 어떻게 대처해야 하는지 잘 알고, 안고서 살아가는 거죠.. 제가 경험해 보진 않았는데, 쉽게 말하는 거 같아서 조심스럽지만요..

▷이은서 : 저는 모르는 게 편해요. 이유를 알아도 누군가는 어떻게 그게 평생을 좌우하냐고 할 거예요. 얼마나 다행이에요? 이해하지 못해서. 저는 아무도 공감하지 않길 바라요. 겪어보지 않았거나.. 혹 겪었어도 이미 치유되었기 때문에 잊은 걸 테니까요.

▷김유진 : 은서 씨는.. 치유되고 있는 거죠..?

▷이은서 : 어느 영화에서요.. 용서에 대한 이런 대사를 들었어요. 미워하고 증오하는 건 쉬지 못하고 계속해야 하지만.. 용서하는 건 한 번만 하면 쉴 수 있다고요..   저 이제.. 쉬고 싶어요. 치유되면 쉴 수 있는지.. 쉬면 치유되는 건지.. 순서는 모르겠지만요..

▷김유진 : 제가.. 기도해 드릴게요. 기도의 힘을 저는 믿어서요.

▷이은서 : 원장님이 믿으시면 저도 믿을게요. 대신 제가 못하는 거.. 부탁드려도 될까요..?   두 사람을 위해 기도해 주세요. 저를 위한 기도는.. 제가 해볼게요.

'이 감옥에 다시는 오지 않게만 해달라고.. 기꺼이 온몸이 타들어 가는 고통 때문에 다른 생각은 할 수도 없다는 지옥에 가겠다고.. 그리고 선처하신다면.. 어디에도 존재하지 않게 해달라고.. 누구의 기억에도 제가 남아있지 않기를 바란다고..'

● 초등학교 급식소

하나는 결혼 후 초등학교에서 영양사로 근무하며 매일 자신의 아이들의 미래를 마주하고 있다.

아버님 집과 부모님 집 중에 줄다리기를 하다가 다행히 아버님 집부터 공사를 시작할 수 있었다. 먼저 2층부터 증축하고 신혼 살림을 장만해서 아버님이 지내실 수 있도록 하고, 1층을 수리하기로 했다.

그동안 서울에서 보낸 시간이 많았기 때문에 신혼은 남양주에서 보내고 싶었고, 아버님의 1층도 신혼이 되기를 바라는 마음으로 온 가족이 합심해서 응원하고 있다. 한 명 두 명 늘어가는 가족. 하나와 진수는 그렇게 대가족이 될 수 있다는 걸 배워가고 있다.

● 플롯 플라워 (plot flower)

현아는 지난주 금요일에 산부인과에서 들은 검사 결과를 일주일 내 생각 하고 있다.

'내가.. 어떡하지.... 엄마가 될 수 없을 수도 있는 건가..'

내일 기훈 씨가 고향에 다녀오면 현아도 엄마에게 갈 생각에 전화를 한다.

"그래서 일요일에 보러 온다고? 왜 뜨끈한데 누워서 전화로 얘기하는 게 제일 좋다더니?"

명선은 전화를 끊으면서 마음이 어쩐지 무거워졌다. 현아가 결혼보다 임신을 더 바라고 있던 아이라는 걸 알고 있지만,

'아직은 늦지 않은 나이인데.. 설마하니..'

일요일 아침. 명선은 남편이 목욕탕에 다녀온다고 채비를 하자 마음이 한결 가볍다.

307

▷최명선 : 현아 보고 싶다고 서둘러 오지 말고 느긋이 와요. 당신 보고 갈 거니까. 늦게 와야 내가 오랜만에 딸이랑 둘이 실컷 시간 보내니까.

▷유춘남 : 암튼 자기가 아쉽고 애 닳을 거면서 이상한 고집부려서는. 여자의 마음은 이해할 수가 없어.

명선은 춘남의 등을 밀려다가 안아주면서 배웅한다.
'우리 보러 오는 게 일이 되게 만드는 거보다 가끔이라도 쉬러 오는 거. 이게 나아요.'

춘남이 나가자 보일러 온도를 조금 더 높이며 바닥에 담요와 두툼한 이불부터 덮어두고 서둘러 집안일을 한다. 그리고 현아가 현관에 들어서자 명선은 언제 그랬냐는 듯 한가로운 얼굴과 태도로 딸을 맞는다.

잠시 후 뜨끈한 자리에 나란히 누워서 명선은 현아의 말 문이 열리길 편안히 기다린다.

▷유현아 : 엄마. 나는.. 엄마 못되면 어떡하지..? 3년이나 지나갈 줄 몰랐어..

▷최명선 : 엄마가 된다는 게 뭘까?

▷유현아 : 엄마가 그런 말을 하면.. 누가 알아?

▷최명선 : 엄마도 정말 잘 모르겠어서 그래. 너나 진아나.. 내가 낳았을 때는 이렇게 안 생겼었거든. 그 모습 그대로여야 내가 만든 거라는 생각이 들려나? 매달 매년 변해가는 새로운 아이들이었어. 사실.. 내가 안 낳았어도 엄마. 라고 부르는데 엄마가 되지 않았을까? 그런 생각이 들어서.

▷유현아 : 낳아서 엄마가 되는 게 아니고.. 그렇게 불려서.. 엄마가 되었다는 거야?

▷최명선 : 응. 내가 된 적은 없었던 거 같아. 너희가 만들어줬
지.
현아는 마음이 몸보다 먼저 녹으면서 아빠가 올 때까지 엄마 곁
에 누워 정말 편안히 쉴 수 있었다.

셋이 점심을 먹으며 현아는 엄마에게 국이랑 반찬을 다 싸달라고
한다.
▷유춘남 : 친정이자 맛집이지?
▷유현아 : 응. 여기 못 오는 손님 위해 포장이라도 해가야지. 맞
지?
▷최명선 : 아유, 백 년 단골인 손님들 있어서 우린 망하지는 않
겠다.
▷유현아 : 손님 많아지면 문 닫는다고나 하지 마. 바깥일 줄이
고 집안일을 늘려 줘야 해. 엄마는! 이렇게 음식 잘하면서 어쩜
언니랑 나는 꽝. 으로 만들어놨어?
▷최명선 : 그건 백년대계였어. 요것아!
현아가 엄마의 말 솜씨에 웃음을 터트린다. 명선도 웃고 춘남도
웃는다.

◆ 호성의 집

▷손순미 : 호성아. 이번 설 연휴에 뭐 할까.. 어디를 갈까?
호성이 엄마를 물끄러미 바라만 보자 순미가 말을 잇는다.
▷손순미 : 삼세번까지 할거 있어? 두 번이면 첫인사도 하고 마
지막 인사도 한 거지.   우리끼리 얼마나 잘 지내는지 보면서
거기서라도 반성 좀 하게 해야지.
▷정호성 : 엄마 마음이 편하면, 우린 다 편할 수 있어요.

▷손순미 : 아니다. 엄마가.. 감정적이었어. 감정이 무슨 의식을 통해 해결될 거 같으면 누가 마음의 병 안고 살까. 이제는 지금 볼 수 있는 사람, 그 마음 들여다보며 살련다.   내가 떠나면 너희가 평소에 생각해 주면 좋겠어. 편안하게.. 엄마랑 그랬었지. 그렇게만.. 울지 않고 웃어주면 좋겠더구나.

엄마의 말에 호성은 '진짜 남겨야 할 유산은 눈에 보이는 물질이 아니라 행복한 추억이다.' 라는 말이 생각나서 미소를 지으면서도 아버지 생각에 슬픈 눈으로 가만히 엄마를 안아드리며 아버지도 함께 안는다.

♦ 자연건축사사무소

▷정사장 : 백화점 오픈 앞두니 어때?   우리 손을 떠나서 그런지 마음이 허하니 내가 요즘 영업을 설렁설렁한다.   하기 싫어서 그래.
▷이대리 : 사장님.. 슬럼프예요? 슬프네요...
▷정사장 : 왜 슬퍼? 하기 싫어도 해야만 할 때가 슬픈 거지.
▷최과장 : 은서 씨, 우리 재정 상태는 어때요?
▷이은서 : 별로예요.
▷이대리 : 헙, 오늘.... 대책 회의예요?
▷정호성 : 아니. 나 회의를 느낀다. 그 주제로 얘기 좀 나누려고 모인 건데? 잠시 슬럼프여서 지나가길 기다릴 일이 아니고, 다른 길로 가고 싶은 거라서. 우리 식구들이랑 상의하려고.
▷최기훈 : 어떤 의견이 필요하십니까?
▷정호성 : 군기가 든 거야? 사기를 올리고 싶은 거야? 둘 다 고마운데 편히 얘기하자. 다른 일하고 싶은 거 뭐 좀 없어? 그렇다고 이 회사 당장 폐업하자는 건 아닌데 그냥 들어오는 일만 하

면서 투잡 할 수 있는 거 없을까? 어차피 이 일은 사실 민영이가 거의 하는 건데 이제 오는 손님만 받고, 우린 다른 거.. 보람 느끼면서 더불어 사는 거 같이 할 수 있는 일. 그런 거 뭐 없을까?   어려우면 그때처럼 아쉬운 거 얘기해 봐. 내 삶의 이런 부분이 아쉽다. 그런 거.

서로 찻잔을 들고 생각하는 시간을 조금씩 마시다가 기훈이 먼저 말을 꺼낸다.

▷최기훈 : 아쉬운 게.. 저는 크게 있긴 있어요. 나중 생각하면 와이프랑 같이 일하면 좋을 텐데.. 둘이 하기에는 규모가 작고.. 아, 꽃집 해요. 그리고 장인, 장모님도 화훼 농장을 하시는데.. 주말이나 성수기라도 돕고 싶지만..   현실은 얼굴 한번 뵙기도 어려워서요.

▷이진수 : 저는.. 하나가 지금은 학교에서 일하지만 아이 낳으면 일 쉬어야 하고, 부모님이 운영하시는 식당은 나이 드실수록 힘에 부치실 텐데.. 요리를 배워서 식당 일을 도와드려야 하나. 우리 아부지는... 계속 현장일 다니실 수도 없고,   제가 잘 살아도 가만히 부양 받으실 성격들도 아닌데, 앞으로 어떡하지. 그런 고민이 많긴 해요.

▷정호성 : 이제는 평생직장이 없지. 일본처럼 가업이나 장인이 많은 문화도 아니고, 그래서 장점도 있잖아?   터닝 할 기회가 있다는 거, 흐름을 전환시키는 변화를 줄 수 있는 거. 혼자면 두렵기도 하지만, 새로운 가능성에 더 비중을 두는 건..   우리가 함께라는 추를 만들 때의 시너지일 거 같아서.   같이 가는 가치 있는 길. 한번 생각해 보자고, 열심히. 대신 자연스럽게.

◆ 식당 만선의 꿈

▷정호성 : 먼저 저녁 먹자는 얘길 다 하고, 심상치 않네? 뭐 작심했어?

▷박민영 : 삼일 간다는 작심 뭐 하러 해요. 안 한지 오래예요.

▷정호성 : 그럼 진심 얘기겠네. 그건 더 좋지. 지금 찐동생의 마음은 어디로 기울었을까?

▷박민영 : 요즘 노후 생각해요. 할아버지 되고 싶거든요.

▷정호성 : 민영아. 나는 네가 은서 씨 좋아할 거 같았고 그러길 바랐다. 바람대로 돼서도 좋고, 지금 네 모습도 좋고 다 만족. 하는데..

▷박민영 : 형은 어떻게, 제가 은서 씨 좋아할 걸 예상했어요?

▷정호성 : 그건 나 때문이기도 하지? 자기가 좋아하는 동성이랑 닮은 상대를 만나면 잘 맞더라고. 게다가 네가 힌트랑 사인을 종종 주잖아? 지금도 노후 생각한다며? 그럼 은서 씨랑 다이렉트로 연결되는고만!

민영은 마음을 숨길 필요가 없는 호성이 편안해서 멋쩍게 웃으며 고개를 끄덕인다.

▷박민영 : 며칠 전.. 형이 다 같이 새로운 일 하고 싶다고 했을 때.. 전 은서 씨가 요양원 얘기했던 회식 날 이후로 그 설계에 대한 생각을 많이 해봐서요.

▷정호성 : 요양원? 요양원이라.... 다 묶이잖아? 이거.. 좋다! 부모님을 모신 자녀들이 뭔가 함께 일도 할 수 있고, 재능 기부와 봉사도 할 수 있는, 같이의 가치 요양원.. 이런 이름이 바로 떠오르는데?

▷박민영 : 네. 어르신들과 꽃, 식물 돌보는 일은 기훈이네가 함께 할 수 있고. 진수네는 식사를 담당할 수 있고.. 저도 그렇게 연결이 되긴 했어요. 준비하려면, 형도 저희도 다 공부부터 많이

해야 할 거 같아요.

▷정호성 : 나. 아들 둘 보면서, 내가 다시 학생 되고 싶다는 생각만 들더라. 이제야 제대로 된 공부 해 보겠어. 그리고 봉사 같은 일, 내가 먹고살면서 누군가에게 도움이 되는 일. 그럼 봉사업인가? 그런 일 원했는데 답을 얻고, 길도 찾아진 거 같다.

▷박민영 : 그런데 아까.. 다 만족하는데, 그 이후는요?

▷정호성 : 그 이후는, 네가 만들어야지.   은서 씨랑 약속한.. 1년이 가깝잖아.

♦ 일요일 오후

은서는 클라이밍을 하고 나오면서 부재중 전화를 확인하고 귀가해서 연락을 한다.

▷오성준 : 투자자 누님. 만 원이나 일억이나 차이도 없으셔. 어떻게 먼저는 연락 한 번을 안 해요? 그동안 내가 더 불안했던 거 알아요? 이러다가 연락 두절될까 봐? 그럼 난 뭐가 되는 거지 싶었다구요. 하필 오늘 전화도 안 받고.

▷이은서 : 연락됐잖아요. 일은 할 만해요?

▷오성준 : 바빠요. 재밌고요. 애들이 거 보다 보니 끔찍하게 귀엽더라고요.

▷이은서 : 오늘은 일요일이라 좀 한가했어요?

▷오성준 : 이제 아예 휴무해요. 오래 할 거면 페이스 조절 필수니까!

▷이은서 : 좋네요. 마라톤 할 거라니까.

▷오성준 : 철인 3종이에요. 애들이 달리게만 두질 않아요. 그리고 저 투자금 전액 반환할 거예요.

▷이은서 : 벌써요?

▷오성준 : 아니, 매달 받지도 않겠다. 다른 지원자들은 나처럼 개털은 아니었을 건데, 내가 고작 만 원 돌려준 걸로 이런 투자를 받고 진짜. 어이없음. 그 어이 좀 찾아오려고요.

▷이은서 : 그걸 다 모았어요? 그럴 수가 있나..

▷오성준 : 반쯤 모으고 반절은 빌렸어요. 절대 어떻게든 받아갈 은행한테. 작년이랑 올 상반기 매출로 세금 내니까 저렴한 이율로 바로 대출됐어요. 내 마음이 편하고 싶은 거예요. 계좌 알려줘요 빨리. 신고하기 전에.

▷이은서 : 무슨 신고요?

▷오성준 : 투자가 아니고 이건 투기 되게 생겼잖아요. 그냥 내던져 놓고 나 몰라라. 그러다 내가 떼어먹었으면 어쩌려고 그랬어요 진짜?

은서는 웃음소리를 들려주며 전화를 끊고 목에 걸린 듯 말을 삼킨다.

'그걸 잃어도 될 만큼.. 내가 잃게 한 게 있으니까요. 그리고 만 원도 돌려주려고 다급하게 돌아왔던 사람이.. 못 갚으면 그럴만한 이유가 있겠지 생각할 수 있었으니까요.'

문자를 보내자 잠시 후 온 답장에서 전해오는 위로를 천천히 삼킨다.

• 이번에 은행에서 빌릴 때 이율만큼은 계산해서 보냈어요. 그 정도는 받아줘야 내 양심도 편하고, 누님도 다신 이런 마음먹지 말고, 좋은 거 먹으면서 잘 지내요. 무슨 목적이든 이뤘으면 후회하지 말고요. 내 꿈 이루는 걸 매우 희한한 방식으로 도와준 거 나는 여하튼, 고마우니까요. 고마워요. 저도 잘 살께요!!

♦ 나무그늘 커피숍

▷박민영 : 와.. 이런 곳이 있네요. 다 어르신들이 일하세요.

▷이은서 : 그래서 평일에는 저희랑 같이 출, 퇴근하셔요. 9시에서 6시.

▷박민영 : 정말 좋다. 이런 곳 많이 생겼으면 좋겠어요. 그런데 찾아봐서 알았죠?

▷이은서 : 네. 소장님에게 드릴 말씀이 있어서 근처로 갈 곳 찾아보다가요. 그래서 정말 기분이 좋았어요. 목적 없이 그냥 와도 좋을 곳이라서.

민영은 은서가 갑자기 토요일에 따로 만날 시간이 있는지 물어왔을 때 정말 놀랐다.

그리고 지금은 '목적 없이 그냥 만나도 좋을 사이가 되면 얼마나 좋을까..' 소망인지 욕심인지 모를 마음을.. 차를 마시면서 가라앉힌다.

▷박민영 : 무슨 얘기 하고 싶으셨어요?

▷이은서 : 제게 무거운 짐이 있는데 내려놓고 싶어서요. 떠나기 전, 맡길 곳 찾고 싶었는데..

▷박민영 : 떠나기 전.. 어디로 떠나요?

▷이은서 : 제가 살 곳, 살고 싶은 곳이요. 원래 그 친구 만나기 전부터 가려고 준비하고 있었는데.. 이렇게 늦어진 거예요. 그리고 설이가 있어서도..

▷박민영 : 그런데 지금은요? 설이랑 같이 갈 수 있어요?

▷이은서 : 네.. 이젠 오히려 설이랑 같이 갈 수 있어요.   제 기억 속에서.. 사니까요.. 작년 2월 초에 이별하고 이 동네로 이사 왔던 거예요..

민영은 은서가 하는 얘기에 묻어 나오는 슬픔과 그리움이 전해져서 마음이 먹먹해진다. 가만히 서로의 마음을 다독이는 시간이 흐른다.

▷이은서 : 저한테 제 것이 아닌 유산이 있어요. 친구가 먼저 떠나면서 남겨진 거요.. 술에 취했을 때 사고가 났던 거라서 운전자에게도 피해가 발생한 만큼은 돌려드리려고 했었는데.. 공교롭게도 음주 운전이었고요..

▷박민영 : 그걸 왜.. 맡기려고 하세요?

▷이은서 : 앞으로 제가 살 곳에서는 전혀 필요가 없고, 돈이 필요한 곳이라고 한 들.. 저는 일해서 살고 싶어요. 그저 일해서만요..

▷박민영 : 제가.. 아니면, 회사가.. 맡아주기만 하면 되는 건 아니죠..?

▷이은서 : 요즘 다 같이 설립 준비 중인 요양원이요.. 거기.. 유기묘와 유기견을 돌보는 센터를 연계해서 운영할 수 있다면 그 일에 사용되었으면 좋겠어요.. 저는 제가 갈 요양원이라면.. 반려동물들이 있기만을 바라서.. 우리 회사가 요양원을 짓고 운영도 할 거라는 얘기 들었을 때부터 그런 생각만 해도 좋았어요.

▷박민영 : 이 부탁을.. 저한테 먼저 하시는 이유는..

▷이은서 : 소장님은.. 수의사 친구가 있으신, 저의 좋은 동료 시잖아요. 유기된 아이들은.. 아픈 걸 더 숨기는 거 같아요. 동물병원이 같이 운영되거나, 정기적인 방문 검사가 꼭.. 필요하실 거예요.

▷박민영 : 그럼 은서 씨.. 소식 전해도 되는 거죠? 우리의 요양원이 어떻게 운영되는지 소식 받으실 거죠?

▷이은서 : 네. 제가 연락처는 없을 거지만 이메일로 보내주시면.. 확인할 수 있을 때마다 꼭 볼게요. 보고 싶을 거예요.

▷박민영 : 혹시.. 그 섬으로 가시나요? 실존하는 장소던데.. 고양이와 할아버지. 그 영화에서 나오는 곳이요.

▷이은서 : 거긴.. 천국 같아서 못 가요. 그런 곳에서 고양이로 살 수 있다면.. 설이의 언니가 아닌 친구로 다시 만나는 거. 제가 감히 하는 유일한 소원이에요..

▷박민영 : 그럼.. 어디로.. 어디 가시는 거예요?

▷이은서 : 높은 산이 많은 곳으로 가려고요.

▷박민영 : 등반.. 다니시려고요?

▷이은서 : 아뇨. 클라이밍을 배우고는 있는데.. 그건 죽을 위험에 처하면 어떻게든 살고 싶은 생존 본능이 나온다길래.. 저도 그걸 느껴볼 수 있을까 싶어서도 배워두긴 했지만.. 그 나라에는 높은 산에도 마을들이 있대요. 거기서 살면 다 아무것도 아닐 거 같아서. 아니면.. 뭐라도 소중해질 거 같아서요.

민영은 은서가 여기 없으면 다 아무것도 아닐 것만 같다. 은서와 공유한 시간과 공간들이 얼마나 소중했는지 절감할 순간이 다가오고 있다.

커피숍을 나오면서 어르신들이 손수 제작한 소품들을 보다가 민영은 하얀 고양이 브로치를 발견하고 서둘러 결제를 하고 밖으로 나온다.

"은서 씨. 이거 할머니들이 만드신 건가 봐요. 여행 갈 때.. 배낭에 달아요."

● 호성의 집

주말이 더 바쁜 아내를 대신해서 집안일도 하고 공부도 하고 있는 호성은 요즘 집에서 쉴 틈 없이 바쁘다. 오늘도 엄마가 자꾸

음식 만드는 걸 거들려고 하자 희성이 한 말을 생각하며 코치만
해 달라고 다시 신신당부한다.

▷정희성 : 이 기회에 집안일 좀 잘 배워 놔. 그게 나이 들어 배
울수록 서..톨다?
▷정호성 : 서글픈 게 아니고?
▷정희성 : 생각하기 나름?

호성은 늘 앉아서 받기만 하던 밥상을 본인이 차리지만 혼자 먹
지 않고, 엄마와 영주, 주영이, 아내까지. 내려놓을 숟가락이 많
을수록 재미가 있다.
▷정호성 : 영주영. 살림남, 요리남이 대세라며? 너희도 해볼래?
일찍 시작했으면 사. 자 달아보는 건데. 아빠가 늦게 적성 발견
한 기분이다.
▷정주영 : 맛은.. 아직 그냥 그런데.. 기분이 색달라서 그런가
아빠가 해주는 밥도 먹을 만은 해요.
▷정호성 : 그으래? 우리 주영이가. 밖에서 아주 잘 먹고 다니는
구나?
▷강소영 : 여보, 난 내가 한 거보다 맛있어요. 진짜.
▷정호성 : 그치? 나도 당신이 일하니까 기분이 색달라서 그런
가. 그 소영 씨가 맞나 싶고, 새 장가든 거 같아.
▷정영주 : 아빠. 그건 좀.. 점수 따기보단 따귀 맞을 위험 발언
아닌가..
▷강소영 : 아슬하긴 하지? 근데 기분은 괜찮네. 좋은데? 새로운
모습으로 사니까 엄마도 내가 막 다른 사람이 된 거 같고 그래.
▷손순미 : 에미 일하는 거 나도 보기 좋다.   여자가 바깥일
한다는 게 고역스러우면 얼굴빛부터 죽는데, 저렇게 얼굴이 화사

하니까 나도 덩달아 젊어지는 거 같다.

즐거운 아침식사 시간을 보내고, 일을 가는 소영을 배웅하자 호성은 설거지부터 할 일이 많다.
순미는 달라진 집안 분위기를 보면서 얼마 전 희성이 전화로 해준 얘기를 생각한다.
"엄마. 형수가 인재야, 인재. 직원들도 딸처럼 동생처럼 대하고, 우리 백화점 구매 사은품도 꽃다발로 제안해서 고객님들 얼굴이 아주 부케 든 신부 같아."

그리고 아들과 며느리의 역할이 전환되는 것을 보며 마음 한편에서 서운한 생각이 든다.
'그이도 호성이랑 희성이에게 저렇게 살갑게 한 번이라도 해봤으면 얼마나 좋았을까. 그럼 두 번은 더 쉽게 되고.. 회한 남기지 않고 편히 보냈을 것을..'

♦ 은서의 집

안 그래도 살림이 없던 집안이 비워져 있다. 은서는 배낭에 달아놓은 하얀 고양이를 바라보고 설이에게도 민영에게도 미소를 지었다.
작은 기내용 캐리어를 현관문 앞에 옮겨 두고, 핸드폰을 해지하기 전 보냈던 문자를 다시 한번 읽어본다.

• 연희야. 언니가 이 문자에 대한 답장은 못 받을 거야. 그동안 네게 대신하게 했었던 일은.. 나도 너와의 연을 잇고 싶어서 그랬던 거 같아. 네 마음이 고마워서. 이제 네 소식을 보내줄래? 네게 듣는 소식은 무엇이든 좋은 소식이니까 언제나 편하게 얘기

해. 언니는 너라는 그 자체가 좋고 편안했어. 이메일 주소 남길
게.

집을 나선 은서는 인천국제공항에 도착해서 비행기 탑승수속을
마치고 공중전화로 향한다.
▷요양원 : 네. 안녕하세요.   아. 그러시군요.   할머니보다
저희가 서운하겠어요.   그럼 해외 근무 잘 다녀오세요.

다시 걸은 전화는 한참 신호가 울린다.
▷정호성 : 여보세요?
▷이은서 : 사장님. 저예요..
호성은 인천 지역번호의 전화가 수신되자 순간 심호흡을 하고 받
았는데, 안 맞길 바란 예상대로라서.. 쓸쓸한 기분이 된다.
▷정호성 : 은서씨 다운 퇴장인 건 아는데.. 그래도 서운하다.
▷이은서 : 저는.. 서운하기 싫어서요. 그냥 일상을 보며 가고 싶
었어요. 그래야 이별 같지 않잖아요.

♦ 자연건축사사무소

월요일에 가장 먼저 출근한 민영은 자신의 책상 위에 놓인 작은
상자를 본다. 열어보니 통장과 도장, 체크카드와 쪽지에 비밀번
호와 이메일 주소가 적혀 있다.
'비밀번호가 1103.. 어제였구나.. 그리고 아이디가 eunseol.. 은
설..'
그동안 은서와 주 5 일로 만나며 일상을 보냈던 1 년여의 시간
들.. 특별할 게 없었던 하루들이 모여서 민영에게는 연인이자
동생 같고 자신의 아이인 것만 같은 다양한 감정들이 쌓여 있었
다.

320

정 사장도 일찍 나와서 세 사람에게 담담히 얘기한다.

"은서 씨는 해외 연수 보냈어. 나중에 잘 하고 있나 누가 가보면 좋을 건데.. 그치?"

그렇게 은서와 분리된 시간과 공간으로 돌아온 네 사람은 새로운 일, 새로운 사람으로 삶을 채우며 세월을 지나가고 있다.

은서도 역시 새로운 환경으로 들어가 그곳의 사람들에게 서로 새로운 인연이자 좋은 이웃이 되어가는 시간들을 쌓아가고 있다.

가끔씩 함께 마을에서 내려와 생필품을 구입하며 잠시 들르는 작은 가게에서 인터넷을 사용할 수 있는 시간에는 은설이라는 공간 안에서 좋은 동료와 편안한 동생에게 온 소식을 읽으면 잠시 한국에 다녀오는 듯도 하다.

오늘은 연희에게 온 메일에 답장을 하려고 핸드폰의 사진도 컴퓨터로 옮기며 글을 적는다.

• 조연희 : 은서 언니, 어디가 있으신거예요오오! 떠나기 전에 얼굴이라도 한번 보여주시지. 역시 언니답다. 싫으면서도 저도 저답게 서운한 마음이? 〉〈

저는, 제 소식은.. 요즘 퇴근 후 학원 다녀요. 빵 만드는 거 배우고 있는데 제가 살찔지, 주변 사람을 살찌울지는 모르지만 솔직히 후자였으면 좋겠어요.^▽^ 후후후ㅋ

은서언니는 정상으로라도 만들어 드리고픈데! 사진 보내서 식욕만 돋워드릴 테니 어디서든 식사 잘 하시고 건강만 하세요.

• 이은서 : 나는 아주아주 높은 산 중턱 즈음에 걸쳐 있어. 여기 스물두 살 때부터 오려고 했었던 곳인데.. 시간이 꽤 걸렸지만 결국 오게 되었고, 좋아! 그리고 그때 왔다면 이만큼 좋은 걸 알았을까 싶어. 놀러 올 곳은 못되지만? 나도 사진은 보낼 테

니 이런 곳을 직접 경험해 보고 싶은 의욕이 생기면 언제든 와.^^ (빵은 맛있어 보이기보다.. 참 예쁘다. 만든 사람 닮았네.)

♦ 같이의 가치 요양원

호성이 동료이자 식구들과 준비해왔던 요양원이 현아의 부모님의 화훼 농장 부지에 설립되어 운영 중이다. 입소한 어르신들과 면회자들은 함께 꽃을 돌볼 수 있고, 텃밭에서 소일거리를 할 수도 있다. 반려견과 산책을 할 수 있는 실외 공간과 반려묘와 시간을 보낼 수 있는 실내 공간이 별도로 있고, 어르신들이 돌볼 수 있는 유기견과 유기묘 보호소도 있다. 그리고 특별한 동물 병원이 함께 운영 중이다. 민영의 제안을 받은 친구 김영길은 세 명의 수의사와 근무하고 있던 24시 동물 병원에서 이곳으로 망설이지 않고 자리를 옮겼다.
"영길아, 이 동물 병원은.. 투자자의 바람이 있어서 병원비가 자율로 운영될 거야. 기존의 병원비 기준으로 내역서는 있으되, 결제는 반려인의 형편에 맡기는 거야. 악용하는 사람조차 그래서 반려동물이 치료받고 고통받지 않을 수 있다면 여기까지 찾아와 주길 바란다고 했어."

▷김영길 : 이런 생각을 한 투자자. 그분 누구야?
▷박민영 : 내가 반려묘로 맞이하고 싶은 냥이.. 은설이.

영길은 민영이의 알 수 없는 얘기를 대수롭지 않게 들었으나 연신 웃는 얼굴로 사진을 찍으러 자주 오가는 모습을 보며 의뭉스럽긴 하다.

♦ 요양원 내 개인 사무실

민영은 이곳에서 설계 일과 사무 일을 겸하여 하고 있다. 그리고 무엇보다 좋은 일은 요양원 홈페이지에 사진을 게재하면서 은서에게도 소식을 전할 수 있는 일이다. 그동안 보낸 메일들을 확인하고 있는 것만으로 민영은 마음이 놓이고 함께 있는 기분이 되었다.

• 진수랑 하나 씨, 부모님이 직원분들과 요양원의 식사를 책임져주고 계세요. 오늘은 텃밭에서 수확한 냉잇국이 진짜 맛있었어요. 진수 아버님은 시설 관리 및 청소 반장님이세요!
• 기훈이, 현아 씨와 부모님이 꽃밭과 텃밭을 맡아주시는데, 돕고 계시는 할머니들의 얼굴도 꽃처럼 너무 아름다우시죠? 참. 스마트 백화점의 구매 사은품이 꽃다발이라 이곳에서 다 만들어 보내고 있어요!
• 사장님이 할아버님들과 유기견 산책 시키고 계세요. 요즘 요양원 운영하시며 아주 아이 같은 표정이시죠?

• 여긴 동물 병원. 제 친구 녀석이 담당하고 있어요. 그리고 병원비 결제가 자율이라는 현수막 멋지죠?   그런데 더 입금하고 가시는 분도 많아진대요. 더 멋지죠^^?
• 오늘 보호소에 맡겨진 아이예요. 여기서 많은 사랑 받고 좋은 반려인을 다시 만나길요..
• 할머님들이 냥이들 보러 자주 오가세요. 할아버님들은 낚싯대로 놀아주는 게 재밌으신가 봐요.

그렇게 여러 사진과 소식을 보내면서 민영은 자신의 사진은 보낸 적이 없다.
'보고 싶을 거라고 했는데.. 나도 보고 싶을까..'

• 식구가 늘어가요. 하나 씨의 배 안에 딸이 둘이나 있대요. 진수는 벌써 구름 위를 걷는 듯하다고 자기 표정 제대로 남겨 달래요.

• 저 꽃밭의 꼬마 아이는 최예슬이에요. 기훈이와 현아 씨 딸이에요. 내 동생들(진수네 쌍둥이)은 언제 나오냐고 매일 물어보면서 무척 기다려요.

• 오늘은 미용하는 날인데 저 젊은 남자 미용사가 사장님 큰 아들 영주예요! 대학교 친구랑 봉사 왔어요. 할머님 할아버님마다 애인 사이 될 거 같다고 다 들리게 말을 하셔서 둘 다 얼굴이 빨개요.

• 연말 행사로 장기자랑을 하는데 너무 즐거웠어요. 그리고 마지막 사진은 현아 씨가 플루트 공연을 하는데 기훈이랑 예슬이가 반해서 눈이 하트가 되었어요.

새해의 첫날을 다시 맞으며 민영은 공휴일에도 은서에게 보낸 메일이 수신확인이 되었는지 확인해 본다.
그런데 수신된 메일이 있다. 은설이라고 분류된 메일함에 1 이라고 표시된 걸 보면서.. 민영은 은서를 만나는 거처럼 두근거리는 마음으로 두 번 노크를 한다.

• 저는 현지인처럼 잘 지내요. 이곳 언어는 전혀 안 배웠지만 마음은 다 보이고 들리니까요.
소식들 고마워요. 이런 말 안 해도 성실하게 보내주실 걸 알아서 편하게 말할 수 있는 것도요.

(여기서는 거절을 못 해요. 사진도 당했지만 저인 거 같질 않아서 동료분들 보기에도 그럴까? 궁금해서 보내요.)

민영은 은서의 아이처럼 웃는 얼굴이 사진으로 남겨진 모습을 보며 가슴이 뭉클하고 함께 웃고 있지만 눈물이 흘러내리고 있는 걸 모르고 있다.

♦ 호성의 집

▷강소영 : 여보, 도련님 휴가 냈어요. 2 월 한 달.
▷정호성 : 얘, 또 일하기 싫은가.. 불안한 느낌이야?
▷강소영 : 우리 분위기가 워낙 좋아서. 내가 보기엔 그렇지는 않은데, 통화해봐요.

호성은 엄마 방에 들어가려다가 엄마가 봄, 여름 옷을 살펴보고 있는 모습을 보고 나와서 문자를 한다.
• 정호성 : 어디 가? 누구랑? 한 달 만이야?
• 정희성 : 공휴일 빼면 보름 +2 일.   3 월에 갈까 하다가 한이 형이 좋은가. 2 월로 정해지네.
• 정호성 : 엄마랑 가지?
• 정희성 : 그걸 그새 알아차리네.
• 정호성 : 어디로 가는데?
• 정희성 : 정해 놓고 가면 여행이야? 공 굴러가는 대로 가듯이 맘 가는 대로 가는 거지.

♦ 민영은 컴퓨터로 ktx 예약 화면을 한참 동안 보고 있다.

▷정호성 : 명절 연휴에 +3 일?   넌 또.. 어디 가?
▷박민영 : 저.. 그게..
▷정호성 : 됐다. 아쉬운 거 하나도 해결해 가나 보네.
▷박민영 : 네..?

▷정호성 : 속도가 빠르면 덮치는 거 같아도, 다가가는지도 모를 네 속도에. 그래도 한 걸음 크게 옮겨서. 내가 등 떠밀어도 꿈쩍도 안 하는 놈이.

민영이 서서히 숨김없는 표정으로 활짝 웃는 모습을 보자 호성도 마음의 그늘 없이 웃는다.
'너무 빨라서 안간힘을 써야 움직임이 보이는 희성이나, 너무 느려서 역시 그런 너나. 둘 다 좋다. 형은'

♦ 민영의 고향 집

▷민영모친 : 언제 오나? 연휴가 길대.
▷박민영 : 이번에는.. 아니 앞으로 연휴에는 못 가요.
▷민영모친 : 뭐라카노? 와 못 오는데? 그기 일이 많나? 많아두 글체?
▷박민영 : 다들.. 이제 국제결혼이라도 하라면서요?
▷민영모친 : 옴마야! 니 누구 소개 받았나? 결혼할끼가?
▷박민영 : 엄마는.. 제가 소개받는 거 싫다고 했잖아요. 직접 해외에 가서 만나려고요. 누가 저 같은 놈 좋다고 이 나라로 와 줄지. 제가 거기서 살고 싶은 만큼 좋아할지. 이제 다녀볼 거예요.

♦ 네팔 고산마을

민영은 은서의 사진을 들고 현지인 가이드들에게 물어 물어 지도에 표시를 했던 한 마을로 들어선다. 비를 맞은 듯한 민영의 모습을 보고 마을 분들이 반겨주며 물을 건넨다. 그리고 사진을 보자마자 은서를 부르러 가는 꼬마 아이들.

▷이은서 : 여긴 왜..　　　왜 왔어요?
▷박민영 : 당연히. 고생하려고 왔죠! 그래야 빨리 늙는다길래.
어후.. 지금은 눈에 보이는 게 없네요.

은서는 웃음소리가 작은 메아리 되어 들려오자 옆에 앉아 멀리
본다.
▷박민영 : 다.. 아무것도 아니게 됐어요?
▷이은서 : 네.　　　그리고, 어쩌면.. 다 소중하게도요.

'전지전능한 존재가
무지 무능한 존재들을 만들고,
지와 능을 골고루 나눠 주셨대요.
서로 다르니까..
도와주고 도움받아야 살 수 있도록
내 부족함을 알아서
상대의 고마움을 알라고,
그래서 사랑하라고
그리고.. 용서하라고..'

「아무것도 내 것이 아니고, 모든 것이 내 것이기도 하다.

내가 경험한 일이 아무 일도 아니기도 하고, 모든 이의 경험이
내 일이다.

모든 것이, 모든 일이, 모두가 연결된다.」

에필로그

우리가 언제나 어디서나 볼 수 있는 수많은 영화, 드라마에는 배역이 존재한다. 비범한 주연이 있으면 평범한 조연도 있으며, 히어로가 있기 위해서는 반드시 빌런 또한 있어야 한다.
만약 가해자와 피해자의 역할 중 먼저 고를 수 있는 우선권이 내게 있었다면? 악역을, 가해자를 골랐을까?

이와 같이 우리의 삶이라는 것도, 실화라는 일들도..

다 미리 정해진 배역과 설정이라면..

죄를 미워하되 사람은 미워하지 않는 것이 가능할 수 있지 않을까? 라는 생각에서 이야기를 시작했다.

처참한 사건들을 만들어낸 사람과 상황을 용서하고,
삶을 받아들이며 사랑을 회복하는 것.
그게 이 생에서 가장 어려운 일이기에 궁극적으로 이뤄내야 하는 바라는걸..
너무 노력하다 지치기도 하고, 외면하다 혼자만 남겨져 버리기도 하는..   그 발자취가 어떤 모양과 깊이로 어느 길로 얼마큼의 거리에 남았든..

결국 같은 도착지에 멈춰 설 때 그것을 죽음이라 부르리라.

그리고 죽음은 이 가상공간에서의 퇴장이며,
그 문이 등 뒤에서 닫히고서야 비로소 진짜 나인 게 아닐까.

본래 세계로 돌아와 모든 진실을 마주하지 않을까? 라는 가능성
을 소망하며 이야기를 마친다.

소설 속 사용된 실제 지명들은 작가가
개인적 은유의 의미를 담아 설정한 것입니다.

생플자의
방하리

초판 1쇄 발행   2024. 4. 21.

지은이   그믐달
펴낸이   김병호
펴낸곳   주식회사 바른북스

책임편집   주식회사 바른북스 편집부

등록   2019년 4월 3일 제2019-000040호
주소   서울시 성동구 연무장5길 9-16, 301호 (성수동2가, 블루스톤타워)
대표전화   070-7857-9719 | **경영지원**   02-3409-9719 | **팩스**   070-7610-9820

•바른북스는 여러분의 다양한 아이디어와 원고 투고를 설레는 마음으로 기다리고 있습니다.

이메일   barunbooks21@naver.com | **원고투고**   barunbooks21@naver.com
홈페이지   www.barunbooks.com | **공식 블로그**   blog.naver.com/barunbooks7
공식 포스트   post.naver.com/barunbooks7 | **페이스북**   facebook.com/barunbooks7

ⓒ 그믐달, 2024
ISBN 979-11-93879-80-1 03810